노동과 놀이의 경계

임영선 비평집

노동과 놀이의 경계

임영선 비평집

국학자료원

책머리에

시인들을 향한 마음으로

오랫동안 손 안에서 머물던 평론들을 하나하나 씻기고 다듬고 묶어 독자 앞에 내놓는다. 평론이란 게 누구나 쓸 수 있는 글이고 보니 '문학이 놀이'가 되고 '치유의 힘'을 갖는다는 것에 부정할 이유는 없어 보인다. 누군가는 '시인되는 놀이'에 대한 책을 쓰기도 했지만 일명 '시인되기'를 가르친다고 시인이 되는 건 아닐 것이며, 모든 이들이 글쓰기를 즐겨하는 것 또한 아니다. 각자의 눈과 언어로 세상을 바라보기 혹은 비틀어보기를 실천하다보면 시인은 아니어도 시를 이해하는 사람은 될 수 있을 거란 믿음은 있다.

사람의 길은 애초에 정해져 있는 건지도 모르겠다. 젊은 날 일에만 매달리던 시절, 매달 사보에 실리는 한편의 시에 흔들렸던 마음은 오랫동안 정체성의 혼란을 겪게 했다. 과연 백발이 돼도 즐겁게 할 수 있는 일이 뭘까에 대해 고민했다. 결국 먼 길을 돌아오긴 했지만 어렴풋이나마 내가 발견한 건 문학적 노동이 나를 자유롭게 만드는 놀이였다는 것이다. 기본적으로 글이란 그 사람을 닮아있어야 하고 많은 이들이 공감할 수 있어야 한다고 생각한다. 그러나 인간의 문학적 사유가 혹은 문학적 재능이 반드시 사람을 사람답게 만들어주지는 않는다는 데에 문제의식을 갖고 그 해결책을 찾아가고 있다. 중요한 것은 노동과 놀이의 경계를 지우고자 하지만 아직도 그 길은 요원해 보인다.

　대형서점의 신간 도서대에 무수히 올라왔다 사라지는 책들을 보면서 많은 생각이 교차한다. 이 엄청난 책들의 저자는 과연 독자의 마음을 얼마나 알까. 반대로 독자들은 저자들의 땀과 노력의 흔적을 조금이나마 헤아릴 수 있을까에 대한. 하지만 저자든 독자든 좋아서 쓰고, 좋아서 본다는 점이다. 두 입장에서 시인들의 시선과 언어, 그 고통의 내면을 보기 위해 부족한 근시안을 들이대고 있다. 비록 작은 행위에 불과하지만 이것이 좋은 시를 쓰기 위해 매순간 분투하는 시인들을 향해 내가 할 수 있는 작지만 뜨거운 응원이다.

　송찬호 시인의 말을 빌리자면 "시를 쓰기 위해 어떤 대상에 다가갈 때, 이미 다른 누군가의 시가 만지고 간 흔적인, 아직 남아있는 미열 같은 것"을 느낀다고 했다. 더 이상의 솔직한 말이 있을까. 지금의 내 심정이 그렇다. 하여 숱한 날들을 시를 만지며 놀 수 있도록 허락해준 시인들께 고맙고, 바쁜 중에도 재미없는 원고를 기꺼이 살펴준 후배 이희경에게 고맙고, 구부린 내 어깨를 늘 지켜봐준 가족들에게 미안한 마음 전한다. 그리고 출판을 위해 애써주신 국학자료원 출판사 분들과 정구형 대표님께 진심으로 감사드린다.

2016년 여름
임영선

목 차

IV. 호모 파베르 (Homo Faber)

▮ Epilogue

Prologue

호모 루덴스의 노동과 놀이의 경계

- 지적 노동과 지적 놀이의 비극적 한계

1. 인류와 함께한 인간 사유의 역사

호모 사피엔스(Homo Sapiens). "인간은 생각하는 동물이다."

이는 인간의 본질을 사유 능력에 둔 관점이다. 만물의 영장으로서의
인간은 지성적·이성적 가치체계를 향유하며 현대인으로 거듭 진화해
왔다. 턱을 괴고 깊이 사색하는 석가모니를 형상화한 국보 78호 '반가
사유상' 역시 인간만이 지닌 사유 능력에 대한 경외심이 그 배경에 깔
려 있다. 이와 같이 동서를 막론하고 인류의 기원과 함께한 것은 인간
사유의 역사이다.

사실 인류는 종족 번식의 본능에서 벗어날 수 없는 생물학적 존재이
다. 그런데 여기에 인간 고유의 사유 능력이 더해지면서 인간의 행위
가 세분화되기 시작했다. 본능 이상의 가치와 윤리, 유희를 추구하기
시작하며 인류는 기타 생물계와 노선을 달리하는 진화를 거듭하게 된
것이다.

근대 이후, 자본주의의 도래와 함께 인간의 노동과 자본이 구분되는 수순을 밟게 된다. 또한 노동 윤리가 개입되면서 노동에 대한 가치 판단이 이뤄지게 되었다. 즉 노동이 아닌 다른 행위는 신성하지 못한 것으로 여겨지게 된 것이다. 전술했듯이 다른 생물계와 구분되는 인간의 특질, 사유 능력으로 인해 세분화된 행위가 근대 자본주의를 만나 노동과 놀이의 경계를 짓게 된 것이다. 이제 놀이는 근대적 노동 윤리의 희생양이 되었다.

호모 루덴스(Homo Ludens). "인간은 유희를 즐기는 동물이다."

인간의 사유 능력은 본능 이상의 행위를 추구하게 한다. 그 중심에 '호모 루덴스'가 있다. 170여 년 전, 요한 하위징아[1]가 주장했던 진정한 호모 루덴스는 과연 이 시대에 존재하는지, 놀이와 노동의 경계를 지울 수만 있다면 인간은 과연 최대 행복을 누릴 수 있는지, 그것이 궁금하지 않을 수 없다.

산업혁명 이후 급격히 경제가 팽창하면서 사람들은 일을 하는 만큼 부를 축적하고 행복해질 것이라 생각했다. 그러나 근대 이후 사람들은 점점 가속되는 노동시간에 매몰되어 자기 자신을 잃어가기 시작했다. 결국 진보와 성장만을 삶의 최고 가치로 여기게 되면서 사유하는 인간을 별로 좋아하지 않게 된 것이다. 이와 같이 인류 진화 과정에서 진정

---

1) 요한 하위징아(Johan Huizinga, 1872~1945)는 네덜란드의 역사가로 문화사와 정신사의 관련을 고찰하였다. 그가 주장한 호모 루덴스(Homo Ludens)는 유희의 인간을 뜻하는 용어로 인간의 본질을 유희라는 점에서 파악하는 인간관이다. 문화사를 연구한 하위징아에 의해 창출된 개념으로 유희라는 말은 단순히 논다는 말이 아니라, 정신적인 창조 활동을 가리킨다. 풍부한 상상의 세계에서 다양한 창조 활동을 전개하는 학문, 예술 등 인간의 전체적인 발전에 기여한다고 보는 모든 것을 의미한다.

한 놀이가 사라짐과 동시에 현대인의 비극이 시작되었다고 할 수 있다.

우리는 근대화 이후 노동과 자본의 분리를 경험했고, 노동 윤리의 등장으로 노동과 놀이의 경계를 인식하게 되었다. 그러나 현대 자본주의는 더 이상 노동과 자본의 구분에만 머물지 않고 진일보하게 된다. 또한 노동의 가치를 단지 육체적 공여에 두지 않게 되었다. 정보화 사회의 도래가 그 변화의 핵심이라 할 수 있다. 이제 문명사회가 필요로 하는 것은 방대하고 엄청난 정보를 이해할 수 있는 능력을 가진 사람, 그런 지식체계인 것이다.

결국 21세기는 진정한 유희적 삶이나 그 어떤 명예로운 놀이도 인간에게 허락하지 않는지도 모른다. 오래전 헤세가 소설 속에서 그린 인격과 지식, 지혜를 고루 갖춘 사람들의 공간인 상아탑, '카스탈리엔'과 같은 신세계는 과연 존재할 수 있는가. 아쉽게도 오늘날 인문주의자들이 원하고 기대했던 '인문교양교육'조차 겉으로는 매우 활성화되는 것처럼 보이지만 실제로는 위기를 맞고 있다 해도 과언이 아니다. 일부 명망 있는 지식인들마저 황금만능주의에 사로잡혀 결국 '유리알 유희'가 되어버렸기 때문이다. 인간은 '생각하는 동물'이지만 '사유'를 잃어버린 인간으로 전락해가는 그 지점에 놓이게 되었다.

2. 호모 사피엔스에서 호모 파베르로

호모 파베르(Homo Faber). "인간은 도구를 이용하는 동물이다."

인류는 생각하는 인간 Homo Sapience에서 도구를 이용해 뭔가를 만들어내는 인간 Homo Faber로 진화해오면서 새로운 역사를 도출해냈다. 이에 '생각하는 사람'은 '만드는 사람'에게 또 다른 세계를 전해주어야만 한다. 앞에서 사유는 인간 행위를 세분화시켰다고 하였다. 사유 능력으로부터 인간은 도구를 이용할 수 있게 되었고, 이것으로부터 창조적 행위가 유발되었다. 도구를 이용하는 인간은 곧 창조적인 인간을 의미한다. 이는 인간의 노동이 삶의 변주와 함께 얼마든지 새로운 형태로 변모할 수 있음을 뜻하는 것이다.

서울 광화문의 흥국생명 사옥 앞에는 높이 22m, 무게 50톤에 달하는 설치 조형물 〈망치질하는 사람 Hammering Man〉2)이 있다. 이 작품은 단순한 실루엣으로 표현된 이미지와 오른팔의 반복적인 움직임을 통해서 현대사회의 운명과 철을 이용해 노동하는 현대인의 고독을 상징적으로 형상화했다. 이는 지금까지 작가가 추구해온 노동에 대한 순수한 시선이자, 복잡한 일상에 시달리는 우리에게 주는 메시지인 것이다.

엄밀히 '노동'은 인간 본연의 실현행위로써 인간은 노동을 하지 않고는 살아갈 수 없는 존재이다. 그러나 노동과 행위의 결과가 자신으로부터 소외될 때, 그것은 어느 한 권력자나 젠트리(gentry 지주계급)의 '사

---

2) 조너선 보로프스키(Jonathan Borofsky) 현재 66세로 미국 현대미술의 원시주의자로 통한다. 1990년대 국내에서도 개인전을 연 바 있는 그는 물질에 얽힌 현대인의 복잡한 심리를 움직이는 기계미술이나 인간이미지로 표현하는 작가이다. 특히 '망치질하는 사람'은 노동하는 인간의 모습을 상징화한 작품으로 대형 모터에 의해 천천히 되풀이되는 거인의 망치질 동작을 보여줌으로써 노동에 대한 인간 본연의 시선을 극명하게 포착했다고 할 수 있다. 그는 유년시절 할아버지로부터 들은 친절한 거인의 이야기를 바탕으로 노동하는 인간의 본질에 대해 아련한 신념을 느꼈다고 한다. 또한 이 작품은 복잡한 일상사에 시달리는 도시인들에게 실제 인간의 삶은 단순하며, 노동은 그 단순한 삶의 본질을 가장 잘 표상하는 것임을 일깨우고 있는 작가의 분신이라고도 할 수 있다. 1996년 국립현대미술관에 설치된 그의 작품 '노래하는 사람'이나 소격동 국제화랑 옥상에 있는 채색조각인 '지붕 위를 걷는 여인'에서도 그의 화두인 노동과 삶에 대한 자의식은 뚜렷이 나타난다. 망치를 든 '고독한 거인'은 오늘도 정확히 1분17초마다 한 번씩 망치를 들어 도시인들의 정신을 깨운다.

적 소유'로 전환된다는 점에서 상위 10%를 제외한 인간들은 노동으로부터 결코 자유로울 수 없다고 해도 과언이 아니다.

여기서 '개미와 베짱이'에 대한 이솝우화를 생각해보자. '개미'와 '베짱이'의 삶에 대해서 이젠 과거의 방식으로 생각하는 사람은 거의 없다. 21세기의 '개미와 베짱이'가 상징하는 의미는 변했고 달라졌다. 죽어라 일만 하는 개미에 대해 긍정 일색으로 평가하지 않는 시대가 되었기 때문이다. 일찍이 하위징아가 그렇게도 바랐던 '놀이'의 개념인 '호모 루덴스'는 인간이 본질적으로 '노는 인간'이었음을 밝히고, 놀이는 게으른 베짱이의 행동이 아니라 문명을 낳는 동력이라는 대담한 주장을 펼쳤던 것이다. 즉, 그가 주장한 호모 루덴스는 단지 노는 사람이 아니라 끊임없이 지적 논쟁을 벌이는 사람으로서 아무 생각 없이 무위도식하는 베짱이는 아니라는 의미이다.

놀이는 우선 질서를 창조하고, 그 다음 스스로 하나의 질서가 된다. 그것은 불완전한 세계와 혼란스러운 일상생활에 잠정적이고 제한적인 완벽함을 가져다준다. 놀이는 자체적으로 더할 수 없이 높고 절대적인 질서를 요구한다.3) 따라서 놀이는 자발성에 바탕을 둔 행동이지만 그렇다고 무질서한 행동을 말하는 것은 아니다.

많은 사람들에게 "당신은 진정으로 자신의 일을 즐기며 살아왔는가?"라고 묻는다면, 그 물음에 선뜻 "Yes"라고 답할 사람은 많지 않을 것 같다. 삶을 누리기보다는 시간의 흐름 속에서 욕망을 쫓느라 정신없이 달려왔기 때문이다. 현실적으로는 불가능할 수 있겠으나 모든 이들

---

3) 그리스인들은 인간을 합리적이면서도 격정적인 감정을 지닌 양면적 존재라고 했다. 아폴론이 인간을 이성적인 측면을 반영하는 신이라면, 디오니소스는 그리스 외부의 아웃사이더의 신이자 격정의 신이었다.
노명우, 앞의 책, 57쪽 재인용

이 일상의 '노동'을 '놀이'로 생각한다면 지금보다는 좀 더 행복지수가 높아지지 않을까.

3. 진정한 호모 루덴스로의 여정

〈모던 타임스〉(1936)는 산업혁명 이후 융성한 자본주의 체제의 비정이 잘 묘사되어 있는 무성영화다. 노동자에 대한 기본적인 배려가 결여된 작업 현장에서 주인공 찰리 채플린은 끝없이 돌아가는 컨베이어벨트와 작업 소음으로 인해 점점 미쳐간다. 그는 결국 무엇이든 나사로 생각하고 조이려는 정신병에 걸려 공장에서 쫓겨난다. 영화가 아닌 현실에서도 인간에게 노동이 고통이 된다면 얼마나 끔찍한 결과를 초래할 수 있나 에 대한 생각을 하게 된다.

사람이 오랫동안 고착된 인식의 프레임을 바꾼다는 건 쉽지는 않지만 불가능한 것은 아니다. 대부분의 사람들은 틀에 짜인 일상에 매몰되어 살아간다. 그런 끔찍한 삶을 살아가는 도시인의 삶을 그린 김기택 시인의 시 「사무원」을 떠올려보자. 이 시는 고달픈 사무원의 반복된 일상과 그로테스크한 상황을 명확히 제시한다. 또한 단순반복 적 노동에 지쳐 점점 기계화되고 사물화 되어가는 현대인의 슬픈 자화상을 냉정하고 담담히 그려낸다.

누구나 자기의 재능을 재미없고 힘든 일에 사용하고 싶진 않을 것이다. 얼마 전 청년 예술가의 삶을 들여다보는 TV매체의 기획보도에서 한 청년이 "꾸준히 활동을 하는데도 청년 예술가들은 가난합니다. 계약금은 떼이기 일쑤고, 재능 기부를 강요받는 일도 다반사입니다. 예술노동을 노동으로 인정하지 않는 풍토도 문젭니다."라고 인터뷰한 장면이 나왔다. 이 시대는 이름 없는 예술가들의 노동을 인정하지 않는 세상으로 변질되었다. 가진 것이라곤 예술적 영감뿐인 그들에게 재능 기부를 강요하는 세태는 착취의 또 다른 형태인 것이다. 그들은 예술적 유희, 그러한 놀이를 통해 마음껏 창조성을 발휘해야 하는 부류이다. 이에 대한 인식이 비천한 사회는 그들의 재능을 허비하고 예술노동의 가치를 인정하지 않는 것이다.

이러한 현상은 대한민국 예술계에 엄연히 존재하는 불의다. 또 한 예로 대한민국의 가난한 전업시인 함민복이 있다. 그는 젊은 시절 시 한편 팔아 쌀 한 됫박을 샀고, 강화도에 살면서 뱃일을 도와 품삯으로 받은 생선 한 양동이로 몇 끼니를 해결했다는 말을 들은 적이 있다. 시 짓는 일밖엔 하지 못하는 선한 시인은 비가 오면 함석지붕을 때리는 빗소리가 좋아 밤새 시를 썼고, 가난한 부모를 원망하기보다는 외려 감사했다고 한다. 시쓰기는 모든 시인에게 끝없는 시적 고행이고 자기와의 싸움과도 같은 작업이다. 만일 그가 시쓰기 자체를 행복한 놀이로 삼지 않았다면 그는 결코 아름다운 시인이란 말을 듣지 못했을 것이라 단언한다.

실상 경제적으로 대단한 시인도 많다. 시를 쓰는데 있어서 부의 많고 적음은 이유가 될 수는 없을 것이나 지속되는 차가운 가난을 경험해보지 않은 시인이라면 보다 절실하고 구체적이지는 못할 것이다. 적어도 이 사회가 그들의 가난과 예술적 노동을 인정하고 그것에 합당한 가치를 부여한다면 상황은 좀 더 희망적으로 변할 수 있다. 시를 쓰는 일이 인간의 상상력의 소산이라고 하더라도 그런 일상적 노동이 즐거운 놀이가 된다면 그 노동은 고통이 아니라 희열이 된다.

요즘 창조적인 분야에서 일하는 사람들 중에는 일명 '시체놀이'를 경험해본 사람이 꽤 있을 것이다. 그들이 손을 놓고 멍하니 허공과 천장만 바라본다고 하여 아무 생각이 없는 게 아니다. 단지 육체적 노동만을 하지 않을 뿐, 부동 상태에서도 끊임없이 활발한 두뇌활동을 하는 것으로 봐야 한다. 그것은 몸을 움직이고 노동을 통해서만 얻을 수 있는 것이 아니라 끊임없이 머리로 생산하는 행위 즉, 아이디어 생성 과정을 의미하기 때문이다.

　　하위징아는 말했다. 호모 루덴스를 발견한 찬란했던 과거는 너무나 멀리 있다고. 수많은 세월이 흐르는 동안 인류는 진화·발전했고, 사회 환경 또한 크게 변해왔다. 과거 원시 인류처럼 수렵과 채집으로 식량을 얻는 시대가 아니다. 아이러니하게도 21세기 현재는 우리가 아무리 간절히 원한다 해도 과거의 호모 루덴스로 돌아갈 수도 다시 되살릴 수도 없다. 그 점이 바로 현대인의 비극이다. 놀이가 사라진 자리에 '노동 자본'과 '효용적 가치'만이 기치를 세우고, 이어 인간성 박탈이 이어진다. 노예의 노동력을 착취하고 대가를 주지 않는 악덕 농장주처럼 현대는 진정한 놀이조차 누릴 수 없는 지경에 이르렀다.

　　세상은 인간을 지배하는 다양한 코드와 힘겨운 싸움을 하지 않으면 살아갈 수 없는 시스템이 되어버렸다. 그 와중에도 처해진 환경에 매몰되지 않고 무언가를 위해 끝까지 도전하며 즐길 줄 아는 자라면 그건 아마도 진정한 '호모 루덴스'가 아닐까. 한 가지 일만으로도 충분히 삶 속에서 즐거움을 찾는 사람이 많아질수록 호모 루덴스는 늘어날 것이며, 문학은 더 깊어지고 아름다워질 것이다. 따라서 지금 우리가 해야 할 일은 진정한 '호모 루덴스'를 새롭게 찾아내어 복귀시키는 일이며 그것이 곧 '호모 루덴스'를 현대적으로 읽어내는 것이라고 믿는다.

따라서 이 책은 호모 루덴스로 살아가기 위한, 살아갈 수밖에 없는 사람들 중 하나인 시인들의 이야기이다. 필자는 인간의 가장 어려운 과제인 '노동과 놀이의 경계'를 지워나가고자 하는 사람들의 다양한 실천 방식을 예술행위로 본다. 호모 루덴스적 인간, 호모 테이스트쿠스적 인간, 호모 스피리투스적 인간, 호모 파베르적 인간, 이렇게 네 영역으로 나누어 인간이 잃어버린 놀이의 세계를 이어가고자 하는 그들의 치열한 목소리를 듣고, 그들의 세계를 소개하고자 한다.

《사피엔스》의 저자 유발 노아 하라리는 "인공지능이 곧 인류를 앞서게 될 것"이라고 강하게 피력한 바 있다. 필자의 글쓰기 행위 역시 언제 땅속으로 묻힐지, 박제가 될지 모른다는 것을 잘 알고 있지만 계속해서 이 고통스런 놀이를 해나갈 생각이다. 마찬가지로 세상의 수많은 호모 루덴스들의 노동과 놀이의 경계를 지우는 일 또한 불가능과 가능의 경계에 있음을 알리고자 한다.

I.

호모 루덴스(Homo Rudens)

기호와 변전(變轉)의 미학

— 박상순, 『6은 나무 7은 돌고래』[1]

1. 자기존재의 변전(變轉)화

문학에 있어서 포스트모더니즘이란 기존의 관습에 대한 비판적 반작용으로 모든 예술적 방법을 동원해 끊임없이 전통과 정체의 틀에서 벗어나고자 함이다. 포스트모더니즘이 21세기의 시대정신이 아니듯이, 문학은 시대의 흐름에 따라 끊임없이 경계를 무너뜨리며 탈장르화한다. 그러한 세계를 추구하는 시인들은 속마음을 쉽게 드러내지 않고 자신의 삶에 대해서도 있는 그대로 말하기를 거부한다.

따라서 포스트모더니스트들의 시는 새롭고 전위적이며, 각기 다른 특성을 지니고 있어 이해하기 어려울 뿐 아니라 실험성이 강한 해체 경향을 보여준다. 또한 우리 시가 가지고 있는 전통적인 인습과 상투적인 상징적 질서를 철저히 해체하고 부정함으로써 무거운 관념을 깨부순다. 그들은 언어조차 인간행위로 간주하기 때문에 규정된 범주에 넣을 수는 없어 보인다.

---

1) 민음사, 1993.

한국시에 있어서 1990년대 이후 새로운 감수성의 양상은 도시의 소비문화에 대한 매혹과 반성 혹은 소외된 공간에서 파괴되는 시적자아에 대한 탐색이 주류를 이룬다. 그러한 우리시의 전위성을 대표하는 선상에 시인 박상순이 있다. 그의 시를 읽다 보면 언뜻 무슨 뜻인지 알기도 어렵고, 때론 지루할 때도 있다. 말과 문장이 문맥에 닿지 않아 비문법적이고 비상식적으로 보이기도 한다. 특히 시 속에 삽입된 동화나 낙서 같은 그림이 주는 추상적이고 난해한 요소들은 무엇을 의미하는지 설명하기 어렵다.

박상순이 즐겨 다루는 결핍이나 단절, 소외가 자신의 체험인지는 모르겠으나 그의 시에서 나타나는 심리적인 언어들 속에 감추어진 상처와 고뇌를 그는 시종일관 반복과 변전을 통해서 보여준다. 어쩌면 박상순은 자신의 시에 대한 평자들의 비평조차도 오독이라 생각할지도 모른다. 그만큼 그의 시세계에 대한 한마디의 말조차 그에게는 불필요한 사족일 수 있다. 그는 문단에서 주목의 대상이 되지는 않지만 독특하고 특별함을 지닌 시인임에 틀림이 없는 만큼 시적 개성이 강한 인물로 평가된다.

이 글에서 다룰 그의 첫 시집 『6은 나무 7은 돌고래』의 시적 특징은 끊임없는 '자기존재의 변전變轉화'로 집약될 수 있다. 그의 두 번째 시집 『마라나, 포르노 만화의 여주인공』(1996), 세 번째 시집 『Love Adagio』(2005)에서도 쉽게 근접하기 어려운 낯선 이미지들과 그로테스크한 풍경을 추상적이고 환상적인 기법으로 묘사한다. 이러한 그의 시편들은 판타지 시에서 보이는 환청, 환시, 환각과 같은 특징을 지님으로써 언어와 기호의 세계를 넘나든다. 사실 작가에게 직접 자신의 시를 설명듣기 전에는 도저히 알 수 없는 난해한 작품을 두고 설왕설래한다는 것은 어쩌면 의미 없는 과정일 수 있기 때문에 독자의 상상력으로 해석하고 이해할 수밖에 없다. 다른 예술 분야보다도 문학의 경우 포스트모던이란 의미는 모더니즘의 논리적 계승이며 발전인 동시에 그것에 대한 비판적 반작용이며 단절이기 때문이다.

박상순은 자기 시론에서 "내가 하나의 시스템이라면 시는 나의 센서다"라고 말한 바 있다. 그 한마디의 말이 그의 시세계를 말해주고 있다고 해도 과언이 아니다. 수없이 많은 '기표'와 '기의' 사이에서 '제로'를 만들 것인지 아니면 '한 번 더'를 만들 것인지는 순전히 그의 몫이다. 여기서 박상순만의 독창성과 상상력의 깊이는 분명 어떤 하나의 비전을 만들어내고 있다. 현대성에 대한 보들레르의 목가적인 비전은 현대성이라는 이름으로 우리 시대에 이루어졌으며, 그의 반목가적인 비전은 20세기가 '문화적 절망'이라고 부르는 것으로 되었다.[2]

다시 말하면 그러한 '문화적 절망'이라고 부르는 반 목가적인 비전은 보들레르의 현대성뿐만 아니라 현재를 살고 있는 우리들 자신의 현대성까지도 밝힐 수 있는 전망을 향해서 나아가게 될 것이다. 따라서 박상순의 시세계는 단순한 언어적 실험인지, 시대적 상황에 자연스레 동참하는 것인지 분명치는 않으나 해체적 실험을 통해 무엇을 말하고자 하는지를 찾아가는 행위로 받아들여질 수 있다.

결국 그의 시편에서 이루어지고 있는 '자기존재의 변전變轉화'란 세상을 뒤덮고 있는 해결할 수 없는 부조리한 문제들, 가족의 해체, 자본주의에 사로잡힌 주체들, 무서운 테크놀로지와 같은 커다란 상대와 싸우는 처절한 몸부림의 언어라고 할 수 있다. 그는 말 중심의 허실을 파헤침으로써 언어를 개념과 대상으로부터 해방시키는 작업을 자처한

---

2) 마샬 버만(Marshall Berman), 윤호병 외 공역, 『현대성의 경험』, 현대미학사, 1998, 163쪽에서 재인용.

시인이다. 따라서 말로 이해하기 어려운 세계를 반복되는 기호와 숫자놀이를 통해서 보여주고 있으며, 억압된 욕망들이 어떤 형태로 자아를 뚫고 나오는지를 순간순간의 대리물들에 의해 '나'라는 존재를 끊임없이 변전시킨다.

그러한 자의식과 언어에 대한 고도의 자각은 기존의 세계나 언어를 해체하고 재구성하는 능력에 좌우된다. 이는 이상李箱의 유명한 "어느 시대에도 현대인은 절망한다. 절망이 기교를 낳고 기교 때문에 절망한다"는 말과 그 맥을 같이하고 있다고 본다. 그만큼 그에게 있어서 언어의 해체는 당대의 미적 인식을 부정하는 것으로 전위적인 시인들이 찾고자 하는 자아와 세계에 대한 새로운 도전적 인식이다. 문자와 이미지의 경계를 해체하여 기호적 환상을 지향하고 있는 그의 시세계로 들어가 보자.

2. 결핍공간에서의 소외된 자아

수많은 대중매체의 증가와 산업의 비약적 발달로 인해 소비문화가 범람하는 20세기 후반, 현대인의 욕망이 이슈로 떠오른다. 또한 무방비 상태로 열려있는 공간에 풍요와 빈곤이 공존해 있고, 사랑과 소외가 대립되어 있는 상황이 연출되기도 한다. 그러한 문제들을 박상순은 깊이 인식하고 자기만의 언어와 기호로 시적 방향을 설정하고 있다.

시집 『6은 나무 7은 돌고래』에서 「사랑받지 못한 너희들에게」나 「폐허」, 「트럼펫을 불어라」와 같은 시를 통해서도 볼 수 있듯이 현실에서의 생존의 의미를 부정과 긍정의 반복을 통해 낯설게 만들어버린다. 특히 이 시집 속에는 '눈동자'라는 말이 자주 나오는데, 이는 눈이 바라보는 세상을 가리키는 것이 아니고 눈동자에 주목하는 것을 다시 뒤집어 보는 행위까지를 철저하게 객관화시키고 있음을 의미한다.

> 기차가 지나갔다
> 그들은 피묻은 내 반바지를 갈아입혔다
> 기차가 지나갔다
> 그들은 나를 다락으로 옮겨놓았고
> 기차가 지나갔다
> 첫 번째 기차가 아버지의 머리를 깨고 지나갔다
> 두 번째 기차가 어머니의 배를 가르고 지나갔다
> 세 번째 기차가 내 눈동자 속에서 덜컹거렸고
> 할머니의 피묻은 손가락들이 내 반바지 위에
> 둑둑 떨어지고 있었다
>
> 기차가 지나갔다
> 나는 뒤집힌 벌레처럼 발버둥 쳤다
> 기차가 지나갔다
> 달리는 기차에 앉아
> 흰구름 한 점 웃고 있었다
> 기차가 지나갔다
>
> — 「빵공장으로 통하는 철도」 전문

이 시에서 박상순은 도시적이면서도 목가적인 언어의 특징을 보인다. 시간의 흐름을 타고 계속 움직이는 이미지들이 삶과 죽음을 포괄하는 구조 속에서 새로운 메시지를 낳게 하고 있다. 기차가 지나가며 '아버지'와 '어머니'를 죽였다는 사실, 그리고 '나'는 발버둥 쳤다는 사실이다. 이승훈은 '빵공장'이란 현실원칙으로 먹고 사는 일의 힘거움이고, 그 어려움이 부모의 죽음까지 몰고 온다는 명제를 말하고 있는데 '뒤집힌 벌레처럼 발버둥 쳤다'는 변전은 타율적이든 자율적이든 '뒤집힘' 그 자체이다. 아무도 나를 구원해줄 수 없는 소외된 자아인 것이다.

박상순의 시가 매우 어려운 것은 시인의 의도가 잘 나타나지 않고 내포나 상징들을 감지할 수 없기 때문이다. 이것이 시인의 의도된 단순성일 수도 있으나 그의 시적 발상과 표현은 제목 자체가 그러하듯 차분하면서도 내부로부터 끓어오르는 아이디어는 다각적인 궁리의 결과인 것으로 판단할 수 있다. 형식면에서도 반복과 나열의 표현법은 변형을 통한 상황의 허용성으로 바뀌지면서 표현력을 확장시킨다.

이로 인해 이 시의 표현력은 단번에 확대되고, 그로테스크한 상황에서 마지막 연으로 이어지는 4~6행은 변전의 미학을 최대한 살려내고 있다. 「이발소의 봄」이란 시에서도 보면 거울 속에 있는 본래의 자아 역시 소외된 자아를 나타내고 있는데, 여기서 시가 가지고 있는 기법과 주제가 갖고 있는 관계를 생각해 볼 필요가 있다.

> 나는 뒤통수를 맡긴 채
> 거울 속에 허옇게 앉아 있었다
>
> ―「이발소의 봄」 전문

과연 시 속의 화자가 이발소의 거울 속에 비친 자신의 모습을 보며 거울 속의 영상과 원상과의 관계가 분열된 자아 속에 존재하는 이상과 현실의 모습에 대응관계를 갖고 있다고 생각하고 있는 것인가. 그러한 '나'는 뒤통수를 맡긴 채 거울을 보며 허옇게 앉아있다. 왜 하필이면 뒤통수가 허옇게 일까. 그것은 머리를 깎기 위해 거울 앞에 앉아있는 '나'

를 방치하고 있음을 보여주는 상징으로 보인다. 뒤통수를 맡긴다는 것이 마치 '뒤통수를 치다'에서 느껴지는 어감처럼 두 팔을 내린 채 완전히 무방비 상태에 있음을 나타내는 것이고, 그것도 허옇게 앉아있다는 것은 나를 텅 비운 것으로 해석할 수 있을 것 같다. 박상순의 시가 갖는 미적 감수성으로서의 변전의 미는 다른 시에서도 계속된다.

> 그는 여섯 개의 다리로 움직였다. 나는 언덕에서 그를 기다렸다. 은사시나무에 그는 여섯 개의 다리를 걸고 있었다. 그의 다리가 은박의 나무를 열고 내 얼굴을 보여주었다. 나는 자리에서 일어났다.
>
> 나는 곤충처럼 움직였다. 터널 속으로 들어갔다.
> 책상 앞에 곤충처럼 앉았다. 백열등이 켜졌다. 터널의 끝에서 흘러나온 습기가 내 어깨 위에 완전히 가라앉을 때까지 나는 서랍을 열지 않았다.
>
> ─ (중략) ─
>
> 나는 두 팔을 휘저었다. 금세 두 팔이 다리가 되고 두 다리가 다시 여섯이 되고, 딱딱해진 내 얼굴은 모자가 되고, 모자는 다시 황혼이 되고, 황혼은 다시 잠자리로 변하고 …… 나는 나에게로부터 도망쳤다.
> 더 깊은 가을 속으로 달리기 시작했다.
> ─ 「곤충의 가을」 부분

이 시는 소설 『변신』과 연결 지어 생각해볼 수 있다. 어느 날 잠에서 깨어난 주인공 그레고르가 자신이 벌레로 변해있음을 깨닫고 경악한다. 이 작품에서 카프카는 실존의 차원과 부조리한 세계를 묘사하고 있는데, 절망적인 세계 속에서 언제 어떤 상황에 처하게 될지 모르는 현대인의 유폐된 삶을 그리는 카프카의 대표적 소설이다. 물론 이 시와 『변신』이 같지는 않지만 시적 분위기가 매우 흡사하다. 다리를 통해 남의 몸속으로 들어간 '나'는 어느 날 곤충이었다. 박상순의 다른 시에서도 '나'는 어느 날은 쥐(「나는 더럽게 존재한다」)였다가 어느 날은 아이(「빵공장으로 통하는 철도로부터 2년 뒤」)였다가 수시로 바뀐다. 이 모든 '나'는 나의 대리물로써 나의 변전의 결과물이지만 한편 인간 상호간의 소통과 단절이 소외상황을 암시한다.

　소설에서도 주인공 그레고르가 죽었을 때, 아무 일도 없었다는 듯이 가족들은 소풍을 간다. 이 시의 마지막 연을 보면 "나는 나에게로부터 도망쳤다/ 더 깊은 가을 속으로 달리기 시작했다"로 마친다. 이는 어쩌면 각박한 현실 속의 우리 일상을 보고 있다는 생각이 든다. 이승훈은 라캉을 빌려 박상순을 이해하려 하고, 최승호는 그를 앙리 미쇼에 비교한 바 있지만 그러한 모든 설명도 그의 내적 세계를 관통할 수는 없어 보인다. 그가 말하고자 하는 소리는 어쩌면 전혀 다른 곳을 향하고 있는지도 모른다. 그 방향을 따라가 보는 것은 독자로서도 매우 의미 있는 과정이다.

　　　우리집에는 무덤이 다섯 개 있다

　　　무덤 1: 머리 없고 다리 없는 할아버지
　　　　　　할머니 A, B, C,
　　　　　　큰아버지 X, Y, Z, 아버지,
　　　　　　어머니 A, B, C,
　　　　　　작은아버지 X, 작은아버지 Y, Z가
　　　　　　쇠막대기에 걸려 있고
　　　무덤 2: 첫 번째 무덤에서 떼어낸 허벅지와

　　　　무릎과 발목과 발가락들이
무덤 3: 잘려진 손가락들 비닐봉지 속에서
　　　　A, B, C.
무덤 4: 눈알 뽑힌 머리통들
　　　　큰아버지 X의 머리통 위에 큰아버지
　　　　Y의 머리통, 어머니 B의 머리통 위에
　　　　작은 아버지 Y의 머리통
무덤 5: 주먹만한 눈알들이 서로 부딪혀
　　　　뚝딱거리다 흰 고름 터트리며 검은 피를
　　　　토하고

　　　그래도 우리집에는 살아있는 사람이 둘이나 있다
　　　　　　　　　　　　　　　　　　ー「녹색 머리를 가진 소년」 전문

　이 시가 보여주는 것은 죽은 뒤 무덤에서까지 진행되는 가족의 해체를 의미한다. 특이한 것은 시에 등장하는 남자는 단수로 되어있고, 여자는 복수로 표기되어 있다는 점이다. 무덤에 묻힌 사람은 할아버지와 할머니들, 아버지와 어머니들이다. 여기서 '살아있는 사람이 둘'인데 하나는 시인 자신이고, 다른 하나는 잘 알 수 없다. 또한 '녹색머리를 가진 소년'으로 표기되는 화자는 떼어낸 허벅지와 잘려진 신체의 부분들, 눈알 뽑힌 머리통들을 지켜본다. 결국 시인이 보여주고 있는 것은 결핍된 공간에서의 소외된 사람들의 운명을 통해 자아의 의지를 발현시키려는 욕망을 표현한다.

　박상순은 이 시를 통해 현실에 없는 주체의 죽음과 소멸을 확장하여 나타낸다. 끝까지 의문이 가는 것은 살아있는 사람이 둘이나 된다는 것이다. 하나는 권력으로부터 벗어난 자아(시인 자신), 다른 하나는 관찰자로 머물러 있을 수 없는 또 다른 자아라고 한다면 억측일지 모른다.

이는 말이 안되는 상황을 연출하고 있지만 슬프고 아름다운 해체적 어조로 인해 위안을 받는 형태의 힘으로 작용한다. 특히 기법 상 낯섦과 독특함의 부각은 그의 서정적 이미지와 뒤섞여 묘한 매력으로 작용하는 이유를 만들고 있다.

여기서 현대시의 양가성과 해체시를 짚고 넘어갈 필요가 있다. 양가성이란 인간가치의 이중적 양상이나 대립적 체계를 일컫는 말이며, 이분법적 도식의 틀을 해체하는 것을 의미한다. 즉 양가성은 이분법적 행위체 도식을 해체적으로 와해시켜버린 것을 의미한다.[3] 이러한 인식은 데리다의 해체이론의 출발이 모든 이분법적 대립을 없애려는 시도라 할 수 있으므로,[4] 역사적으로 볼 때 해체론의 등장과 보조를 같이 한다. 양가성은 단일성, 통일성에 대한 비판과 전복을 의미하고 전통적 인식 속의 가치관이나 관념을 다원적 가치체계로 전환하려는 의도인 만큼 해체론의 방향과 일치한다.

1980년대 해체시의 출발은 오규원과 황지우, 박남철 등으로 시작되어 기존의 전통시에 대한 거부로부터 출발하고 있다. 일례로 황지우의 시「도대체 시란 무엇인가」의 경우 전통서정시에 익숙한 독자들은 놀라지 않을 수 없다. 이미 익숙한 인식의 틀을 전복함으로써 당대의 미적 가치관에 도전하는 것을 의미한다. 이는 인간의 실제적 삶과 무관해진 제도로서의 예술을 부정하는 것이란 점을 확실히 하고 있다.

---

3) 페터 V. 지마, 서영상 외 공역,『소설과 이데올로기』, 문예출판사, 1996, 43쪽.
  양가성은 가치의 무차별성과 이 가치를 지칭하는 언어의 무차별성 그리고 방향상실과 무주체성과 연관된다. 그러면서 이분법을 해체하려는 양가성은 지배이데올로기의 독백성과 단의성에 저항하는 카니발적 다성성과도 연관된다. 이 글에서는 양가성을 이분법을 해체하려는 탈 중심주의적 표출로 이해하면서, 양가성 자체에 내재되어 있는 저항성과 무주체성이라는 이중적 성격을 포괄하고자 한다.
4) 최인환,「데리다의 해체이론의 전략과 한계」, 김성곤 편,『탈구조주의의 이해』, 민음사, 1988, 46쪽.

그렇게 볼 때 박상순의 시세계를 지탱하는 두 개의 축은 '소외된 자아로부터의 탈출'과 '이분법적 도식 틀의 해체'라고 할 수 있다. 그가 추구하는 방향과 꿈꾸는 것은 결국 기존의 권력적 공간이나 결핍된 공간으로부터 자유를 얻는 것이다. 그렇다면 다음의 시에서 찾아보자.

　　아내가 그린 그림 속에서 외눈박이 금붕어가 튀어나온다. 나는 금붕어를 두 손에 받쳐들고 그림 속으로 들어간다. 그림 속에는 눈이 내리고 붉은 표지판들이 눈발에 묻히고 있다. 나는 표지판을 따라 들녘을 가로지른다. 외눈박이 금붕어가 꿈틀거린다. 외눈을 껌벅인다. 내 눈꺼풀 위로 눈발이 자꾸 달라붙는다. 나는 계속 표지판을 따라 눈 덮인 들판을 간다. 바람이 눈보라를 밀치며 금붕어에게 묻는다.
　　― 저 사람 누구니?

　　― (중략) ―

　　나의 한쪽 눈이 지워진 눈보라에 묻힌다. 반 토막의 내가 외눈을 뜨고 눈덮인 들판을 간다. 아내가 다시 반 토막의 나를 지운다. 들판의 눈을 지운다. 아내의 발 밑에서 외눈박이 금붕어가 꿈틀거린다.
　　　　　　　　　　　　　　　　　　　―「지워진 사람」부분

　시「지워진 사람」을 읽다보면 아내가 그린 금붕어 그림 속에 시적 자아가 들어간다. 눈 덮인 들판에서 표지판을 따라 헤매는데 아내가 표지판 그림을 지우고 따라서 '나'도 지워진다. 제목에서 말하는 '지워진 사람'은 바로 시인 자신을 말하고 있음이다. 그러나 금붕어는 아직 살아남아 '아내의 발밑에서 꿈틀거리고' 있다는 말이다. 시인은 이러한 상황에서 뭔가를 말하고 있는 시적 자아가 그림 '밖'에서 그림 '안'으로 들어갔다가 지워져 다시 밖으로 나오지 못하는 것이라고 생각한다.

금붕어가 '저 사람 누구니?'라고 물었지만 그것은 자아를 확인하는 일일 뿐이다. 이제 영원히 지워진 그림 속에서 다시 재생 불가능하고 존재하지 않는다. 박상순의 시에서는 '묻는다 / 말했다'라는 표현이 거듭 나오는데 그 '말'은 의사소통의 수단이 아니라 안으로 감겨드는 소통의 단절과 같이 자신을 고립시키는 것이다. 이 시에서의 권력은 기존의 고정된 관념에서 온 것이지만 유년 속에서 억압된 기억이나 육체 등을 해체를 통해서 뒤집기 하는 것이다. 탈 권력을 향한 집념은 자연히 기존의 형식을 깨뜨릴 때에 비로소 새로운 형식으로 들어서는 것이다.

3. 현실을 재현한 기호의 세계

박상순의 경우 시의 대상은 현실이 아니라 언어 혹은 기호이다. 그는 현실을 노래하는 게 아니라 현실을 재현한 현실, 즉 기호의 세계를 노래하고 다시 기호화한다는 점에서 2차적인 현실을 말한다. 그가 대상으로 하는 것은 영화, 만화, 회화, 상품, 기호 등이다. 기법적인 측면에서도 그는 끊임없이 문자와 이미지의 경계를 해체한다.

이승훈은 박상순의 시 「통 속의 아이」를 무의식 운동이라 하고 라캉의 개념을 빌려 의미가 탈락된 상태, 말하자면 시니피에가 탈락된 상태에서 제멋대로 연결되는 시니피앙의 운동이라고 말한 바 있다. 그러나 필자는 박상순의 언어를 '시니피앙의 운동'이라고 단정하기에는 그 의미가 매우 심리적이라 생각한다. 박상순의 시세계는 보다 자의적이지 않고 심리적 언어에 더 가까워 보이기 때문이다.

1) 녹색의 내가 차례를 기다릴 동안

첫 번째 아이는 나를 기다린다

2) 내가 앞으로 나아갈 동안

두번째 아이는 통 속에서 운다

3) 녹색의 내가 우체국에서 말할 때

세 번째 아이는 통 속에서 달린다

─ (중략) ─

8) 녹색의 나를 닮은 우표가 붙은
   내 마지막 편지를 우체국에 전한다

9) 여덟 번째 아이가 태어나고
   우리들의 어머니가 죽다

10) 통 밖의 마을에서 너희들의 아버지

통이 되어 쓰러지고

11) 녹색의 나는 화가가 되어

녹색의 내 얼굴을 페인트로 칠하며
12) 너희들을 버린다
아직 어린 너희들을 버린다

-「녹색의 소년」 부분

이 시에서는 '녹색의 나'와 '통 속의 아이'의 관계를 생각해볼 필요가
있다. 박상순이 말하고자 하는 것은 그의 난해하고도 단순한 그림을 통
해 인간들의 죄와 고독, 공포를 적절하게 드러낸다. 짧은 몇 줄의 시구
와 동화 같은 그림으로 인간의 현실적 모습을 기호로 표현하고 있다.
여기서 녹색의 '나'의 이미지는 '그'에 대한 반기로 이해될 수도 있다.

「빵공장으로 통하는 철도로부터 3년 뒤」나 「가짜 데미안」에서처럼
박상순의 그림 역시 분명한 형태나 기호를 취하고 있으나 그 속에 내재
하고 있는 불확실성이라든가 그림에 가려져 보이지 않는 다른 무언가
가 있어 보인다는 사실이다. 이 부분에서 나의 생각을 확정시키지 못한
이유는 여러 가지로 의도된 이미지 속에서 기표와 기의 사이에 존재하
는 '無'가 독자의 입장에서는 어쩌면 아무 것도 수용하거나 알아채지
못하는 것일 수도 있기 때문이다.

첫번째는 나
2는 자동차
3은 늑대, 4는 잠수함

5는 악어, 6은 나무, 7은 돌고래
8은 비행기
9는 코뿔소, 열 번째는 전화기

첫 번째의 내가

열 번째를 들고 반복해서 말한다
2는 자동차, 3은 늑대

몸통이 불어날 때까지
8은 비행기, 9는 코뿔소,
마지막은 전화기

숫자놀이 장난감
아홉까지 배운 날
불어난 제 살을 뜯어먹고
첫 번째는 나
열 번째는 전화기
　　　　　　－「6은 나무 7은 돌고래, 열 번째는 전화기」 전문

　이 시의 논리적 의미를 규명하는 것은 어쩌면 불가능할지도 모른다. 시에서도 박상순은 '숫자놀이 장난감'이라고 했듯이 이 시에는 열 개의 장난감이 나온다. 그렇다면 그 장난감에 '나'도 포함되는 건지는 모르겠다. 특히 1연의 '나'와 마지막 연의 '나'는 주체가 어떻게 다른 것인지 그리고 불어난 제 살을 뜯어먹는다는 것이 무엇을 의미하는지 그 심리적인 면이 매우 궁금하다.

　박상순의 시는 거의 '내가 없고 내가 있고'에 대한 싸움의 연속이다. 그러나 그것은 박상순이 가지고 있는 아이와 같은 시각과 연결지어볼 수 있다. 이는 이 시가 지니고 있는 어린아이의 단순성으로 본 사물 또는 사람을 기호로 표시한 것은 아닐까. 이 시에서 '나'로 시작하여 자동차와 잠수함, 비행기 다음으로 동식물의 나열을 거쳐 마지막은 전화기 그리고 숫자놀이 장난감을 나열하고 난 뒤 다시 '나'와 전화기로 끝을 맺는다. 굳이 싫거나 좋은 사람이거나 물건과 사물의 이름을 대지 않고 표시하는 그러면서 그 속에서 잃어가고 있는 자아를 나타내고 있는 것으로 이해된다. 그런 방법으로 분석해보고, 해체 또는 비틀어보면서 자신의 존재를 증명하는 것이다.

그는 용감한 전사였다. 그는 내게 태양이나 지구에서는 볼 수 없다는 〈뮤〉입자에 관해 이야기했다. 그는 매일 무거운 가방과 함께 언제나 자유열람실, 도서관 옆 한적한 나무 밑, 강의실 맨 앞자리에 앉아있었다. 일주일에 한 번씩 나는 그에게서 물리학을 배웠다. 게으른 몇몇은 그가 쓴 보고서를 베끼며 숙제를 해결했다. 그는 용감한 ▲였다.

― (중략) ―

그들은 용감한 전사였다. 매일 등뼈들을 구했다. 높다란 담장을 뛰어넘어 쇠붙이를 구했다. 갈아 끼울 등뼈를 찾아 매일 아침 내 앞을 지나갔다. 그러던 어느 날, 새 등뼈를 구한 어느 날, ▲는 정신 이상의 가짜 대학생으로 붙들렸다. 병동으로 돌아갔다.

▶는 손바닥을 펼치다 머리가 아파, 두통약을 먹은 뒤 남아 있는 다섯 시간의 삶을 마감했다. ▼는 나에게 전화를 했다. ― 오늘은 잠이 안 와 ! 그리고 다음 날 편지를 했다. ― 여기서는 잠이 안 와 ! 그리고 어느 날 ◀가 갑자기 나에게 왔다.

― 「등뼈 없는 도둑 1」 부분

그는 내게 ×를 그었다
내 발목에
×를 그었다

대못 하나로 우리 둘의 인생을 함께 박아

쓰레기통에 던졌다

월요일 아침
등뼈 없는 우리 둘,
물먹은 휴지처럼 의자에 몸을 걸고
대못 하나로 꽉꽉 박은 우리들의 생
그 / 속을 / 뒤져
꼭꼭 박은 대못 하나 뽑아 갈
이후의 모든 시간들을 위하여
×를 그었다

— 「등뼈 없는 도둑 2」 전문

　박상순의 이 두 시들은 실험적 전위시로 일관해 온 그답게 단순하면
서도 독특함을 지니고 있다. 그는 자기만의 스타일을 줄기차고 냉정하
게 시에 적용시킨다. 그러면서 거칠거나 폭력적이지 않으며 서정성에
대한 가치를 소홀히 여기지 않는다. 이 시대의 헛된 욕망과 상투성 속
에 있는 난폭함을 극복하려는 노력을 담고 있는 것이다. 그런 의미에서
박상순의 글쓰기는 자신의 공간에서 그 어떠한 고통도 자신만의 특별
하고 낮은 소리로 바꿔버리는 조작을 통해 독자로 하여금 카타르시스
를 느끼게 한다.
　해체된 언어는 주체를 부정하게 되는데 주체가 부정된 시에서는 허
무와 욕망이 드러나게 된다. 그러나 그의 시적 특징인 반리얼리즘, 기
호와 의미의 관계 혼란 등을 통해서 자연스럽게 언어의 해체적 실험을
경험하게 한다. 그가 해체라는 도구를 이용하는 것은 항상성을 유지하
기 위해 긴장과 조화 사이에 놓인 자신의 시에 특수 장치를 다는 것이
다. 따라서 그의 시는 메시지와 이미지라는 비실재적 대상이 현실적 존

재로 인식되어 통용된다.

그럼에도 박상순 시의 문제는 시어나 문장의 표현들이 지극히 까다롭다는 것이다. 이러한 문제들이 해소되지 못하고 시종일관 '나'의 정체성을 찾다가 끝났다는 점이다. 그는 해체시의 꼭짓점에 있는 시인이지만 도시인들의 상처, 자아와 세계로부터의 소외, 자기부정과 같은 이미지들을 감각적 기법으로 살려내고 있다. 그런 면에서 리얼리즘적 풍토가 지배적인 우리 시단에 일단 파란을 일으킨 언어의 실험으로 확실한 그의 시세계를 각인시켰고, 형식적으로도 열려있는 공간을 연출하는 기법을 보여주었다는 점을 간과할 수 없을 것이다.

그의 첫 번째 시집 『6은 나무 7은 돌고래』는 '하나의 이미지들→ 메시지→ 이상적 가치→ 미적가치'의 과정을 통해 끝없이 자기변전을 시도한 것이고, 두 번째 시집 『마라나, 포르노 만화의 여주인공』에서는 만화의 주인공 '마라나'를 통해 사라지는 세계를 본다. 숨이 막힐 듯 틀에 짜인 세상질서와 판에 박힌 인습과 관행을 거부하며 새로운 이미지들과의 충돌을 서슴지 않는 그의 자유로움에 놀라고 부러워했다.

세 번째 시집 『Love Adagio』는 제목과는 다른 건조할 만큼 파삭하면서 섬세한 언어들의 유희가 토해내는 슬픈 노래들로 보다 의미가 명료하게 확장되었다. 첫 시집이나 두 번째 시집보다는 다소 부드러운 이미지들의 대결이라고 할 수 있다. 따라서 그의 시들은 의미론적으로 접근하면 끝내 해독하지 못한 채, 헤매고 만다. 많은 연과 행이 반복적 변주를 거듭하면서 운동감과 리듬감을 많이 담아내고 있기 때문에 음악성을 가지고 접근할 필요가 있다. 그의 말처럼 언어를 직조하기보다는 직조된 언어들이 어떻게 세상을 보여줄 것인가에 초점을 맞춰야 할 것이다.

박상순의 시집 세 권 모두 각각의 특징을 갖고 있지만 하나의 공통된

코드는 기호를 통한 해체와 변전이다. 그의 시가 얼핏 이성과 동떨어진 듯 보이나, 실제로는 완벽히 가려진 이성을 사용하고 있기 때문에 그의 시를 해독하거나 이해하기 쉽지 않은 것은 당연하다. 반면에 그런 점들이 박상순 시의 힘이 될 수 있는 것이고, 그것을 감상할 수 있는 마니아들의 공간을 충분히 제공해주고 있는 것이다.

집착을 초월한 자유와
실존에 대한 물음

― 박남철, 박찬일;
초기화 될 수 없는 실존과 절망의 언어들

1. '聖'과 '俗'의 경계를 넘나들다

인간의 삶은 결코 초기화 될 수 없음에도 불구하고 현실과 신의 세계
를 넘나드는 두 시인의 자유로움, 그 특별한 여정을 생각해 본다. 시인의
시집 속엔 많은 것들이 내포되어 있다. 그간의 시적 변모와 미학적 부분
에서 인간적 성찰까지. 그러나 단박에 독자의 심리를 꿰뚫는 방식이나
우회적이고 철학적인 표현들은 그 시인만이 갖는 예술적 근거가 된다.

빈센트 반 고흐의 작품 〈별이 빛나는 밤〉을 보면 형태들이 비대칭으
로 되어 있다. 그럼에도 이 작품은 균형이 깨져 있다는 느낌이 들지 않
는다. 오른쪽 위에 뜬 달의 밝기가 둥근 형태에 무게를 실어주어 왼쪽
의 어둡고 큰 나무의 무게를 줄여주기 때문이다. 그림을 감상하는데 정
해진 기준이 있을 리 없다. 다만 그것을 읽어내는 다양한 유형의 능력

에 의존하는 것과 같이 관찰자는 화면에 무엇이 재현되는지를 볼 수 있어야만 작가가 의도한 양식과 구성, 표현을 지각할 수 있다. 이런 회화적 태도를 가진다는 것은 문학 작품을 접할 때, 특히 시를 읽을 경우 메타언어 적(metalinguistic) 태도를 갖는 것과 같다.

우리의 삶과 시가 점점 정치화되는 현실에서 시인들 또한 따뜻하고 잔잔한 서정보다는 과격함과 솔직함으로, 또는 건조함과 무거움으로 시를 표현한다. 그러므로 시인의 다양한 시적 방법론은 누구나 모방할 수 없는 특별한 영역이 되어야 하고 될 수밖에 없다. 그런 차원에서 볼 때, 박찬일, 박남철 두 시인의 시세계는 특별하다. 이 시인들은 어떤 대상에 대한 초월 또는 초월하고자 하는 존재론적 인식론적 차원에서 또는 종교적 차원에서 또 다른 실험적 시선을 던지고 있다.

그러나 과연 이들 두 시인도 현실에 대한 집착을 떠나서 자신으로부터 진정 자유로울 수 있나 에 대한 질문을 감히 해본다. 어차피 인간의 삶이 어긋난 비대칭 속에서도 균형감을 유지해야 하고, 정확한 균제 속에서도 부조화는 존재하기 때문이다. 집착과 자유에도 분명 경계가 있어야 한다. 그 경계를 넘나드는 특별함에 의문을 가져본다는 것 또한 특별할 수 있으나 조심스럽게 그 세계를 접근해본다.

2. 카인의 후예로서의 숙명

박찬일 시인의 다섯 번째 시집『하느님과 함께 고릴라와 함께 삼손과 데릴라와 함께 나타샤와 함께』는 끝없는 인간의 실존에 대한 물음이며, 그 존재가 지닌 허무와 절망의 기록들이라고 할 수 있다. 앞서 출간된 다른 시집들을 통해서도 소멸과 실존에 관한 물음이 계속 이어져 왔지만 이번 시편들 역시 기존 시집들에서 보인 카인의 후예로서 살아 가야하는 유한성, 초월하고자 하는 탈 세계로써의 탐색이 드러난다. 이 시집은 긴 제목만큼이나 충분히 철학적이다. 또한 시 전편에 배인 소유 나 집착 따위에서 벗어나려는 시인의 담담하고도 초월적인 시적 태도 에서 독특한 시 읽기를 경험하게 된다. 이번 시집을 통해 그는 현실과 정신의 세계를 왕복하며 인간 본연의 고독·우울·죽음 따위에 대면하 면서도 충돌하지 않으며 그렇다고 피하지도 않는 초연함을 보여주고 있다. 특히 절대자 하느님을 시 안으로 들여놓고 끝까지 현실과 신의 세 계에서 자신을 움직이게 한다. 그림으로 말하면 추상화 같은 시이며 포 스트모던과 전통 서정의 중간에 놓인 독특한 경향의 시라고 할 수 있다.

> 멀티 콘센트 전기 차단 스위치를 누르면 선풍기에 붙어있는
> 정지 스위치를 누르지 않아도 선풍기는 꺼진다
> 꼭 선풍기에 붙어있는 정지 스위치를 눌러 선풍기를 끈다
>
> 멀티 콘센트 전기 차단 스위치를 누르지 마소서, 하느님.
> 나의 목을 직접 조르소서, 하느님. 내가 알게 하소서, 하느님.
> ─「멀티 콘센트 전기 차단 스위치」전문

이 시는 자기 자신의 존재에 대한 치열한 인식과 절제된 시적 태도 를 읽을 수 있다. 여기서 화자는 선풍기에 붙어있는 '정지 스위치=나' 이며, 멀티 콘센트 전기 차단 스위치'는 '나' 외의 무엇들, 즉 세계, 부 모, 아내, 자식 등 자신과 연결된 대상들이다. 마지막 연의 "내가 알게 하소서, 하느님"은 다른 것을 사용하지 않고 스스로 깨닫게 해달라고 간구하는 신을 향한 간절한 기도로 볼 수 있다. 이렇게 박찬일의 시는

하나의 대상을 끌어들여 그것을 통해서 정서를 환기시키며 깊은 성찰의 의미를 남긴다. 그의 시가 갖는 특징으로써 군더더기 없는 간결함은 심미적 상상력을 느끼기에 충분하다. 다음 시에서는 이미지가 한층 더 드러난다.

멀리서도 보인다고 말하네, 만리장성이 보이듯

삶의 한가운데가 아니고 줄의 한가운데에 있다고
줄에 갇혀 있다고 말하네
더 빠르게 갈 수도 더 느리게 갈 수도 없다고
줄의 끝에 무엇이 도사리고 있는 것은 분명하지만
줄에서 이탈할 수 없다고 말하네

가스실을 향해 느릿느릿 움직이던 유대인들의 운명에
줄은 적어도 위안이 아니었느냐고 말하네
고개를 수그리고 갈 수 있었던 것은
적어도 줄 때문이 아니었느냐고 말하네
사각형의 굴뚝이 뿜어내는 하얀 연기들

세상은 줄들이라고 말하네
줄의 끝에 무엇이 도사리고 있는 줄 알지만
고유한 행로가 있고
행로에서 이탈할 수 없을 거라고 말하네
줄은 달콤한 리스트였다고 말하네
　　　　　　　　　—「'쉰들러 리스트'의 특별한 장면」 전문

대부분의 시들이 화자를 은닉하고 있음을 전제하더라도 읽으면 읽을수록 생각의 폭이 확장되는 박찬일의 시는 편하게 읽혀지진 않는다.

그만큼 평자들의 비평 또한 다양한 게 사실이다. 특히 이 시의 경우 안과 밖/ 주류와 비주류/ 산자와 죽은 자의 경계를 통해서 '줄'이란 의미를 찾게 된다. 그 줄은 아마도 소속 또는 문단으로 말하면 끼리끼리 어울리는 동인일 수도 있다. 그렇게 본다면 4연 첫 행의 "세상은 줄들이라고 말하네"와 마지막 행의 "줄은 달콤한 리스트였다고 말하네"는 결국 이 시의 본질이 된다.

따라서 '줄'은 마치 쉰들러 리스트인 세상에서 "줄은 적어도 위안이 아니었겠느냐"는 반어적 표현을 통해 강한 아이러니를 느끼게 한다. 즉, 줄을 선다는 것은 생존의 줄이라기보다 결국 줄의 끝에 기다리고 있는 죽음일 수도 있다. 그 줄을 따라가야만 하는 상황에서 행로의 이탈은 생각할 수도 없는 실존 그 자체인 것이며, '달콤한 리스트'는 어쩌면 '죽음'이 아닌가. 박찬일의 시쓰기는 깨달음의 존재 방식에 대해 말하고 있으며, 일체의 유한한 것을 단념하고 신앙으로써 신 앞에 나아가는 삶, 즉 종교적 실존이 아닌 철학적 실존으로 깨달음을 풀어가고 있다.

> 우리는 돌아오게 될까요
> 스코트 대령은 돌아오지 못했습니다
> 김구용 시인은 돌아오지 못했습니다
> 어제는 개성에 갔다가 황진이에게 걸려 넘어졌습니다
> 내일은 돌아오게 될까요
> 서울장수막걸리에서 돌아오게 될까요
> 서울장수막걸리를 위해서 신달자, 원구식, 권혁웅을 읽었습니다
>
> ─ (중략) ─
>
> 서울 장수 막걸리를 마십니다

서울 장수막걸리에서 돌아와 거울 앞에 선 누님
우리는 돌아오게 될까요
함박눈이 오랜만에 펄펄 내린다고 하지만
서울 장수 막걸리와 노란 김치에서 벗어나지 않습니다
글쓰기로 돌아가게 될까요

inventio, dispotio, elocutio, memoria, actio
내년에도 아리스토텔레스를 들여다보게 될까요
　　 ―「내년에도 아리스토텔레스를 들여다보게 될까요」 부분

　실존주의의 대명제인 "실존은 본질에 앞선다."는 말은 기독교 교의
를 학문적으로 체계화하고 그 작업이 완성되어가는 철학적 가치를 지
닌 스콜라 철학(Scholasticism)의 모토이기도 하다. 인간은 스스로 삶의
의미를 만들어 가는 창조적 존재이기 때문에 어떠한 과정이든 사물과
연결되어 있으며, 다른 사물과 달리 자신이 아무 이유 없이 세상에 존
재하고 있다는 사실을 깨달을 수도 있다. 이 극단적인 허무를 깨닫는
순간 인간은 비로소 진정한 자유를 펼칠 수 있다는 것이다. 자신에 대
해 원래부터 결정되어 있는 것은 아무것도 없기 때문에, 나를 본질적으
로 구속하는 것은 없다. 따라서 나는 스스로 선택하고 행동하며 책임짐
으로써 자신의 존재이유를 스스로 만들어 갈 뿐이다.
　우리의 삶은 결코 내일이 약속되어 있지 않다. 이 시는 생명의 유한
성에 대해 말하고 있다. 오늘은 내일을 위한 삶이 아니고 현재, 지금을
살기 위해 사는 것이기 때문이다. 세상은 신의 의지로 움직인다고 했을
때, 오로지 이성과 사유를 통해서만 그 철학적 의미에 대해서 논증할
수 있다. 그러나 인간의 이성은 유한하지만 신은 무한하고 영원하다는
점에서 이성은 신과 같은 선상에 놓일 수 없다. 화자는 "내년에도 아리

스토텔레스를 들여다보게 될까요"라고 묻는다. 이는 서양사상에 여전히 뿌리 깊게 남아있는 아리스토텔레스라는 중세 그리스도 사상과 스콜라주의 사상을 뒷받침했던 철학자를 등장시킴으로 하여 아리스토텔레스주의를 생각해볼 필요가 있는 것이다.

시의 원문을 보면 시인은 "우리는 돌아오게 될까요? ~는 돌아오지 못했습니다"는 식의 스스로 묻고 대답하는 형식을 취한다. 현대인들은 수없이 많은 종류의 책을 접하고, 비평하고, 말의 홍수 속에서 살아가지만 바른 말을 하기란 쉬운 일이 아닌 것이다. 마지막 연은 이에 대한 반증으로써 "inventio, dispotio, elocutio, memoria, actio" 등 모든 수사학의 실용적 기법들과 함께 "내년에도 아리스토텔레스를 들여다보게 될까요"라고 자문한다.

박찬일의 이러한 시적 기법은 그만의 철학적 진술 방식으로 표현되고 있다. 즉 모든 것이 인간의 힘으로 보이나 세상은 신의 것이지 인간의 것은 아니라는 의미를 내포한다. 시「薄明」(56쪽)에서도 보면 "겨울 아시죠? 아름다운 페레가모 넥타이들, 하느님이 아니면 할 수 없는 일입니다"라는 형식으로 인간이 자연의 순리나 신의 섭리를 거스를 수 없음을 말하고 있음이다.

> 사라져서 사라지는 것을 해볼까 합니다
> 애도하기란 쉬운 일이 아니니까요
> 장례식장을 정하기도 쉬운 일이 아니니까요
> 강물에 뿌리라고 했지만 강물에 뿌리는 것도 쉬운 일이 아니니까요
> 어디로 사라져야 하나요
> 하느님, 하느님께서 저를 잠시 맡아주실 수 없나요
> 죽은 사람이 가는 곳을 몇 군데 갖추고 계시잖아요

애도할 만한 사람이 다 사라진 후 다시 내보내주실 수 없나요
그들은 내가 어딘가에 살아있을 거라고 믿었겠지요
사라진 그들을 제가 애도해 주고 싶습니다
무덤에도 찾아가 보고
강물에도 찾아가 보고
구슬피, 구슬피 울어드리고 싶습니다
　　　─「하느님, 하느님께서 저를 잠시 맡아주실 수 없나요」 전문

　인간은 반드시 죽는다는 것과 누구나 똑같이 한번은 죽는다는 것은 절대 사실이다. 화자는 가족묘 봉안을 통해 언젠가 소멸할 살아있는 자들의 현재를 생각하며 죽은 자를 위한 혹은 죽은 자들의 집에 대한 명상을 하는 중이다. 화자 스스로 "어디로 사라져야 하나요"라고 묻기도 하고 "하느님, 하느님께서 저를 잠시 맡아주실 수 없나요"라고 사정도 해본다. 그러면서 그는 이미 검은 흙으로 돌아간 어머니에 대한, 언젠가 본인도 사라져야 할 인간의 비극적 숙명에 대해 담담하게 맞선다. 또 그렇게 순응하며 살아가야만 하는 자신의 모습을 모순적 어법으로 풀어낸다. 그가 소유한 현실의 모든 실재도 사유의 대상이 된 신의 세계도 결국 그의 철학적 사상 속에 공존하고 있는 것과 같이 인간의 내면적 불안과 죽음, 비관주의적 세계관을 들여다보게 된다.

3. 색즉시공 공즉시색(色卽是空 空卽是色)

　박남철 시인의 일곱 번째 시집 『제1분』은 그의 기존 시집에서 보아온 부정적 전통 시관이나 시적 방법론에 있어서의 과격성, 세계 인식의

내포가 시적 매력이라고 판단해온 필자의 생각을 전복시켰다. 평소 독특한 해체 방식과 다분히 포스트모던 적 시쓰기에서 크게 벗어나지 않을 거라는 선입견 따윈 너무나 의미가 없는 것이었기 때문이다.

서문에서도 밝힌 바 있으나 인간의 집착과 자유에는 분명 경계가 있다. 어쩌면 이 시인에게 갖는 필자의 궁금함도 여기에 있음이다. 한국 불교의 소의경전인 『금강경』을 현실에 충돌시켜 현재화하려 했다는 인식의 자유로움이 불교의 선禪적 정신과 통했다는 것이다. 특히 이 시집은 전체가 Ⅰ~Ⅲ장으로 되어 있는데 앞의 Ⅰ, Ⅱ장은 Ⅲ장을 위한 서문과 같다고 볼 수 있다. 시인 자신의 정체성에서부터 세상이라는 현실을 거쳐 그가 "『금강경』을 읽고 난 다음 마음속에 한 점의 불행도 사라져버리고 말았"(96쪽)음을 깨달을 때까지 그의 내부에서 요동쳤던 존재의 원리를 찾았다고 볼 수 있을 것 같다.

1
버린 시가
나로부터 버려진 시가
온갖 각종 '사랑의 시집'들이며
온 인터넷 공간에 흩뿌려져

그 자신이 나로부터 버려졌음을 알리고 있다

— (중략) —

2
예술이 추구할 수 있는 것은 결국 자연의 모방일 것이다
하지만, 나는 내가 어떻게 하면 원숭이가 아닐 수 있겠는가……짐승
이 아닐 수 있겠는가……하는 생각으로, 자연을 창조하고 창조하고 또

재창조한다! [박남철](2002. 09. 29. Sun. 12:49)

－「버린 시」부분

　한 시인의 시는 자신의 손을 떠나는 순간 이미 그의 것이 아니다. 그
러나 시인의 말처럼 각종 시집과 인터넷 공간으로 퍼지는 '버려진 시'
인 듯 보이나 그것은 버려진 게 아니라 다시 그에게로 '돌아오는' 부메
랑이다. "예술이 추구할 수 있는 것은 결국 자연의 모방"일 수 있지만
시인은 그 "자연을 창조하고 창조하고 또 재창조하"는 사람이어야만
한다. 결국 버려진 시들은 온 세상에 그를 알리는 임무를 마친 뒤 반드
시 되돌아오게 되어있다. 그것은 시인의 운명이기 때문이다. 그 연장선
에서 볼 때, 신작 「제1분」〜「제5분」의 시들은 매우 실험적이고 특별한
형식을 취하고 있다.
　그중 「제2분」의 부처님과 수부티의 대화를 보겠다.

　제2분 : 수부티가 가르침을 청하다

　1
　그때 장로 수부티가 대중 가운데서 일어나 왼쪽 어깨에다 가사를
걸쳐 오른쪽 어깨를 드러낸 다음, 오른쪽 무릎을 꿇어 합장하며 붓다
께 여쭈었다. "참으로 희유한 일이옵니다. 세존이시여, 여래께서는 모
든 보살들을 잘 보살펴주시고, 모든 보살들에게 불법을 잘 부촉해주시
고 계시옵니다. 세존이시여, 선남자, 선여인 들이 아뇩다라삼먁삼보리
의 마음을 먹고는 마땅히 어떻게 살아야 하고 어떻게 그 마음을 다스
려야 하는 것이옵니까?
　붓다께서 말씀하셨다. "훌륭하고 훌륭하도다, 수부티여. 그대가 말
한 바와 같이 여래는 모든 보살들을 잘 보살펴주고 모든 보살들에게
불법을 잘 부촉해주고 있느니라. 그대들은 이제 잘 들을지어다, 내 당

연히 그대들을 위해 설해주리라. 선남자 선여인 들이 아뇩다라삼먁삼
보리의 마음을 먹게 되면, 마땅히 다음과 같이 살 것이며, 다음과 같이
스스로의 마음을 잘 다스려야 할 것이니라.

"예, 그리하겠사옵니다, 세존이시여. 기꺼이 듣기를 원하옵나이다."
[박남철 옮김]

2
황벽(黃蘗: ?~850) 스님이 어느, 날, 문득, 대갈일성을 하셨다.
"산은 산이고, 물은 물이다! (山是山, 水是水!)"

[但莫生異見. 山是山, 水是水, 僧是僧, 俗是俗]
　　　　　　　　　　　　　　　　　　　　　ー「제2분」전문

　　인간을 정화하고 이상사회를 건설하며, 현실고통을 해소하여 죽음
의 공포로부터 벗어나 영원한 행복을 추구하는 것이 종교의 목적이라
고 한다면 불교는 분명 깨달음의 종교라고 말할 수 있을 것 같다. "많은
수행자들 스스로가 깨달음에 가깝다고 말한다. 그러나 그들의 삶의 행
적이 그러하지 못함은 큰스님, 도인이라는 명예와 권위 따위에서 특별
함을 바라기 때문은 아닌지 살펴보라"는 조실 진제스님의 글을 두 번
읽은 적이 있다. "깨달음이라는 것이 누구에게나 올 수 있다는 그 위대
한 '보편적이고 평등한 깨달음'을 그러나 받아들이지 못하는 자는 생사
에 자유로울 수 없다"는 것을 전제로 한다. 이 시에서 수부티가 한 질문
에 대한 부처님의 대답은 한마디로 "아뇩다라삼먁삼보리"인 것이다.
다시 말하면 최고로 위없는 도를 깨달아야한다는 것이고 이는 곧 부처
님의 깨달음의 지혜이자 법의 내용이라는 것이다.
　　박남철은 이 시편들을 통해서 궁극적으로는 불교의 '공空사상'에 대

해 말하고 있다. 부처님의 제자인 수부티를 등장시킨 것에서 그 의미를 추적 가능케 한다. 마치 수부티와 선문답을 주고받는 듯 하지만 끊임없이 그들의 대화 속으로 당대의 황벽 스님, 송대의 청원유신 스님, 고려 말의 경한 스님과 성철 스님의 깨달음을 불러온다. 이는 선승들의 깨달음의 발화를 통해서 집착과 소유의 세계에서 벗어나 자유자제한 경계에 이르고자 하는 의지로써의 발현은 아닐까.

1
제5분 : 진리를 그 자체로서 참답게 보라

"수부티여, 어찌 생각하는가? 형상으로서 여래를 보았다고 할 수는 없겠는가?" "아니옵니다, 세존이시여, 형상을 가지고서는 여래를 보았다고 할 수가 없사옵니다. 왜냐하면, 여래께서 설하신 바의 형상, 즉 형상이란 여래가 아니기 때문이옵니다." 붓다께서 다시 수부티에게 말씀하시었다.

"무릇 형상을 지닌 것들은 그 모두가 다 허망한 것들이니, 만약 모든 형상이 형상이 아님을 알게 되면, 곧바로 여래를 보게 되는 것이니라."[박남철 옮김]

2
그리고, 다시 우리나라에서는, 1981년 1월, 성철(性徹:1912~1993) 영주 스님이 조계종 종정 취임 법어로써, 다시, 이 명제를 내놓으셨던 셈이었던 것이다.

원각이 보조하니 적과 멸이 둘이 아니라 보이는 만물은 관음이요 들리는 소리는 묘음이라 보고 듣는 이밖에 진리가 따로 없으니 사회 대중은 알겠는가

산은 산이요 물은 물이로다
　　　　— 성철,「대한불교조계종 제6대 종정 취임 법어」전문
　　　　　　　　　　　　　　　　— 「제5분」전문

　이 시들은 시 한 편이 1절, 2절로 나뉘어져 있다. 정상적이라면 이 순서는 바뀌어야 한다고 본다. 그러나 시인은 수부티와의 대화를 앞에 두고 2절에서 선승들의 깨달음에 대한 화두를 불러오며 계속 대화를 주고받는 형식을 취한다. 즉 전통시의 평면적인 방식에서 벗어나 입체적인 구조의 실험적 방법인 것이다. 특히『제1분』의 시편들은 '공空'이라는 진리를 깨달아 일상생활에서 지혜를 통한 자유로운 마음으로 사는 길을 찾으려는 근거를 제시하고 있다. 인간에게 있어 종교를 갖는 목적이 모든 두려움으로부터 벗어나 좀 더 평안한 상태를 얻는 것이라고 한다면 이와 같은 시도는 매우 특별하고 의미 있는 작업이다.

　황벽 스님의 "산은 산이고, 물은 물이다!"에서 청원유신 스님의 "산은 산이 아니고, 물은 물이 아니다. 산은 다만 산이고, 물은 다만 물이다."를 거쳐 경한 스님의 "산은 산이고, 물은 물이고, 중은 중이고, 속은 속이다!"가 마침내 성철 스님의 "산은 산이고 물은 물이로다"로 다시 이어지는 과정은 2500여 년 전의 부처님이 진리를 설파하던 순간이건 서기 2000년 이후의 현재이건 그 진리는 불변하다고 볼 수 있겠다.

4. 초월의 자유를 찾아서

　두 시인의 시집을 통해서 그들의 풍요로운 시적 상상력에 놀란다. 박찬일의 시편들은 시집을 읽는 내내 필자의 마음을 무겁게 짓누르는 무엇이 있었다. 시 전편에 인간의 고통과 죽음, 허무와 비극적 인식이 내재해 있기 때문이다. 그러나 시를 관통하고 있는 철학적이고도 중후한 종교적 성찰은 그의 시 「180도刑」(16쪽)에서 확실히 알 수 있다. "그러므로 예수는 존재하지 않는다고 말하지 않으리라/ 360도도 존재하고 180도도 존재한다고 말하리라/ 대지가 나의 최선이었다고 말하리라" 이는 마치 혹한과 혹서를 오가면서 온 혼을 애태우며 자신으로부터의 자유를 얻기 위한 조용한 투쟁과도 같다.

박남철의 『제1분』이란 시집은 감각적이고 해체적 어법, 시의 형식과 구조, 텍스트의 기호화로 광기에 가까운 치열함을 보였던 이전 시들과 분명 차별화된 작업이다. 자기 내 세계를 종교적 차원에서 바라보고 그것들을 법어로써 언어화하는 방식은 진화를 거부한, 경화된 많은 시인들에게 용기를 준다. 특히 이 시편들을 통해 그는 비록 사람들 속에서 생활할지라도 대상에 대한 집착을 떠나 초월의 자유를 찾아가는 경지를 체험적으로 풀어냈다. 이는 자신과 신의 경계에서 그만의 특유한 균형 감각을 잃지 않으려는 날카롭고 예리한 통찰력이라고 생각한다.

또한 기존 시작 방식의 틀을 이탈함으로써 또 다른 자유로움을 꿈꾸고 있음이라 하겠다. 시인은 최초의 인간이 최초의 세계와 마주쳤을 때의 경이로움을 형상화하고 최초의 표현으로 만들어내는 사람이어야 한다고 믿는다. 기독교적이든 불교적이든 수많은 인연들과 그들의 방식대로 끊임없이 관계하고 소통하는 두 시인에게서 분광될 앞으로의 시적 프리즘이 더욱 궁금해진다.

시의 미적거리와 이미지의 형상화

- 심언주, 마경덕, 김성대;
심미적 거리두기와 시적 자유

1. 시적 대상과의 거리두기

요리가 맛깔나려면 무엇보다도 원재료가 신선해야 하고, 요리법이 특별해야만 한다. 시도 역시 마찬가지다. 소재와 주제 모두 틀에 박힌 진부함에서 벗어나야 가능하다. 그만큼 시인의 언어는 자유로움을 추구한다. 그러나 시가 자유롭고자 하는 한 언어는 시인에게 끝없는 한계 상황을 야기하게 되는데, 이때 시인은 매개자로써 시를 통하여 자신과 전혀 다른 세계와 충돌하게 된다. 유동적이고 가변적인 삶이 시의 현실 속에서 새롭게 창조되는 것이다. 그리하여 정착이 끝난 다음의 시는 시인의 것이 아닌 시 자체의 몫으로 남겨진다. 여기서 시가 가지고 있는 시의 미적거리와 형상화된 이미지가 드러나게 되는 것이다.

시의 미적거리란 어떤 대상을 보고 순수한 미적 경험을 할 수 있는 심리적 거리를 말한다. 그 거리가 너무 가까우면 분위기를 잃을 수 있고, 지나치게 멀면 제대로 파악하기 어렵다. 따라서 시적 대상에다 상징적 의미를 덧씌울 수 있는 미적거리의 확보가 필요한 것이다. 또한 형체로는 분명 나타나지 않은 것을 어떤 방법이나 매체를 통해서 구체적이고 명확한 형상으로 표현해내고 다양한 소재를 예술적으로 재창조하는 것을 형상화라고 한다. 따라서 시의 미적거리의 확보는 매우 가까운 거리에서 시의 내적의미를 발견할 수 있다. 그런 측면에서 볼 때, 심언주, 마경덕, 김성대 이 시인들의 신작시는 각기 다른 미적거리와 형상화된 이미지를 가지고 있다. 우리가 체험하지 않은 세계를 느낄 수 있는 세 시인들의 세계를 들여다보려 한다.

2. 대상에 대한 시적 형상화 방식

문학 작품에 있어서 제목은 많은 의미를 암시한다. 영화나 소설 경우도 그렇지만 특히 시의 제목은 장르의 특성상 매우 함축적이고 상징적이며, 다양한 각도로 상상의 폭을 확장시키는 역할을 한다. 심언주의 시 경우 제목이 주는 이미지가 정확하게 시와 맞닿아있다.

> 미루나무에 걸린// 찢어진 구름./ 고삐를 풀고 발버둥 칠뿐이지. 어제도 오늘도 주행거리 18킬로미터. 고분고분한 사육용 말일 뿐이지.// 흑백사진 속 단발머리./ 30년 넘게 쏟아지는 소나기지. 불에 그을린 바늘들이지. 두통을 잠재우려 밤만 되면 소리치며 노랠 부르지.// 씹고 또 씹던 풍선껌./ 들쥐 입에서 풍기던 민트향이 전철 가득 배일 때까지 잣나무랑/ 씹던 풍선껌. 자고나면 풍선껌은 머리칼 움켜쥐고 제멋대로 나를 흔들어대지.// ─ (중략) ─ 내 우울의 콧구멍이라도 캐볼까 킁킁대는 네 입속에 옥수수보다 빽빽한 이빨이 오십 개는 넘을걸.
> ─「미루나무 꼭대기에」부분

사람들은 가끔씩 '미루나무 꼭대기에' 자리한 잃어버렸거나 사라진 일상의 잔해들을 떠올리며 순간 머리가 하얗게 되어버리는 경험을 하기도 한다. 심언주는 그러한 경험의 대상들을 통해 미적거리를 확보하고 있다. 이 시는 묘사를 툭 던져놓고 진술을 하고 다시 이어지는 여러 이야기들을 하나로 연결한 옴니버스 형식을 취하고 있다. 굳이 무거움과 가벼움으로 나눈다면 가벼움 쪽으로 기운다는 느낌을 받는다. 버리고 잃음으로 무게를 덜고 비워내고자 하는 어디에도 잡히지 않으려 하는 시인의 언어에 대한 간결함이 돋보인다. 특히 여기서 '가벼움'이란 의미는 '정신의 가벼움'이라는 절묘한 방식으로 대응하는 시적 화자의 태도와 그것의 시적 형상화 방식이다.

「피구시합」이란 시 역시 무게감이 배제된 시다. "사과나무 잎들이 몰려다닌다./ 사과가 날아온다고 소리를 지른다. — (중략) — 풋사과가/ 잎을 때리는/ 순간순간/ 나는 주저앉으며/ 호루라기를 불 뻔 했다." 라는 구절에서도 하나의 동적인 분위기의 상황을 정적인 형식으로 짧게 묘사하고 있다. 신선하고 간결한 시어들이 이미지를 파괴하지 않으면서 섬세하게 드러난다. 특히 아이들을 '사과나무 잎들'이라고 한 표현이나 피구를 못하는 아이를 '풋사과'라고 하는 표현은 맑은 동시적 이미지를 보여준다. 시인은 그때그때 시를 통해 드러나는 언어와 대상, 관념과 사물들이 맞부딪히는 긴장의 순간을 감각과 미적거리라는 렌즈로 투시하고 있다.

내가 잠깐 자리를 비운 사이// 트럭이 두 팔을 내밀더니, 내민 두 팔이 자꾸 길어지더니 레간자를 번쩍 안아 올렸다. 레간자는 주변을 휘이 둘러보고는 하얗게/ 구름을 토하면서 갔다. 커다란 엉덩이가 흔들흔들 거렸다.// 간호사가 네 엉덩이에서 주사바늘을 빼냈다. 고드름처럼 박혀/ 있던 주사기를 던지고 조용해진 너를 밀면서 갔다. 흰 가운이 덮/ 인 채 봉분 같은 엉덩이가 흔들 흔들거렸다.// 링거 줄에 매달린 신호등이 빨강, 노랑, 초록 불을 몇 차례씩 갈/ 아 끼운다. 네가 신호등 속에서 가다가 서다가 돌아다본다.

—「횡단보도」 전문

　이 시는 불법차량 단속 레커차에 끌려가는 자신의 차를 바라보는 주인의 심정을 형상화된 이미지로써 담담하게 묘사하고 있다. 시인은 단순한 장면의 순간포착을 놓치지 않는다. 끌려가는 차의 뒷모습을 "엉덩이가 흔들흔들 거렸다"라든가 마지막 4연의 "네가 신호등 속에서 가다가 서다가 돌아다본다"와 같은 구절은 독자로 하여금 안타까움을 지나 체념으로의 과정을 경험하게 한다. 시인의 소통 방식은 다양하다. 그러나 때로는 굳이 긴 설명을 제거하는 것도 하나의 소통일 것이다. 특히 군더더기 없는 절제됨이나 정확한 미적거리를 재는 눈은 심언주 시인의 자유로운 상상력인 듯하다.

　이와는 반대로 마치 작은 기록문 같은 일기체 형식을 취하고 있는 마경덕 시인의 시는 일상에서 부딪치는 다양한 경험과 사물들을 분명한 선과 섬세한 이미지로 표현한다. 거기에 자기 삶의 한 부분을 중첩시키면서 시적 사유를 깊게 하고 있으며, 대상에 대한 탄력 있는 필치를 보여준다. 특히 시적 대상이 포착되면 그 대상에 동화됨과 동시에 그 속에서 이질적 요소를 발견해냄으로 획득하는 시적 리얼리티가 감동으로 연결되게 만든다.

　대개 사람의 보는 눈은 비슷하면서도 각기 다르다. 보는 이들의 감성이나 감각적 영역이 존재하기 때문이다. 그만큼 시적 대상을 어떻게 보느냐에 따라 달라지지만, 표면적인 질서 너머의 다른 내면적 질서를 시인은 보아야만 한다. 마경덕 시인은 그러한 다름을 분간해내는 촉수로써 외양에 치우치거나 주관에 치우침 없이 철저히 객관자적 태도를 유지하면서 시적 사유와 감동의 중심을 바로 세우고 있다.

> 그 해 여름 산자락 폐가에서 만난 대추나무를 기억한다. 빈집 창문을 들여다/ 보던 그 대추나무 머리가 산발이었다. 언제 감았는지 언제 빗었는지 도저히 빗/ 이 먹히지 않는 떡 진 머리였다. 밑둥은 실했지만 대추 한 알 없는 빈 몸 여기/ 저기 죽죽 면도칼 자국이 남아 있었다. 나무는 몇 번이나 팔목을 그은 모양이었다.// ─ (중략) ─ 한 때 꿀처럼 살이 달았다는 그 나무. 으슬으슬 해가 지면 혼자 남은 집에서/ 머릴 쥐어뜯으며 울었다고 했다. 끝내 미쳤다고 했다.
>
> ─「미친 대추나무」부분

폐가에 홀로 남은 대추나무에 대한 이미지가 단번에 살아오게 하는 것은 기억을 형상화된 미적거리로써 당겨올 수 있는 것에 기인한다. 발효된 언어를 구슬리며 다루는 시인의 화법은 대립이나 적의를 만들지 않는다. 인간의 체취를 담고 있으면서도 현실의 공간을 견뎌낼 수 있는 힘을 만들고 있다. 시「연밥」에서도 "줄기마다 큰 밥그릇 작은 밥그릇/ 그득그득 차지게 익었다// 저 벌집 같은 밥그릇들// 연못이 꽃을 피운 건 벌집 그릇에/ 밥을 담기 위한 것"과 같은 표현은 강렬한 어휘 구사 속에 식물성 이미지의 서정성을 내포하고 있다. 그야말로 시어 하나하나가 찰진 느낌이다.

> 주남저수지는 온통 가시연이다/ 왜가리가 성큼 가시연을 딛고 건너간다/ 쇠물닭도 종종거리며 지나간다/ 누가 저 너른 연못에 방석을 깔아두었나/ 방석 하나 깔고 앉아 지친 다리를 쉬고 싶다// ─ (중략) ─

제 살 깊숙이 바늘을 꽂고 살아가는/ 가시연은 가장 힘없는 식물/ 숨겨
둔 무기는 물속에 있다// 둥글고 넓은 이파리를 뒤집는 순간/ 아차, 손
가락을 물렸다/ 뚝뚝 핏방울 떨어지는 억새 핀 둑길아래 피꽃이 진다//
찬바람에 수천 개의 불이 꺼졌다/가시를 두려워하지 않는, 저수지는/
피 묻은 손으로 방석을 걷고 있다

- 「가시방석이 떠 있다」 부분

이 시는 매우 즉물적인 시다. 난해하지 않으며 인간과 자연에 대한
깊이 있는 애정의 시선을 기저에 두고 있다. 여성 시인 중에서도 특히
대범한 묘사와 진술을 통해 시적 이미지를 형상화하는 그는 시를 힘 있
게 만드는 기법을 확보하고 있다. 이 시 3연의 "제 살 깊숙이 바늘을 꽂
고 살아가는 가시연은 가장 힘없는 식물" 그러나 "숨겨둔 무기는 물속
에 있다"란 구절과 마지막 5연에서 이 시인의 깊은 시적뿌리를 보는 듯
하다. '힘없는 식물'이지만 물속으로 숨겨둔 비장의 무기는 바로 '가시'
를 가지고 있다는 것이다. 특히 이 시에서는 바탕과 현상은 다르지만
분명 차별적인 그 무엇이 존재함을 가르쳐주고 있다. 언어를 세공하고
조탁하는 기술을 형상화라고 하듯이 이렇게 의미 있고 탄력 있는 표현
들이 빛을 낼 수 있는 건 시인의 뛰어난 세공기법이라 할 수 있다.

끝으로 사실적이나 난해하고, 섬세하면서도 거침없는 감성을 지닌
김성대 시인의 시를 보겠다. 그의 시는 겉으로는 잔잔하게 흐르는 물처
럼 보이지만 속으로는 강한 물살을 숨기고 있다. 흔히 아방가르드적인
시나 포스트모던한 시에 인접하면서도 정통 서정시의 룰을 지키는 자
기만의 분명한 결을 가지고 있다. 이를 위해서 그는 자칫 관념이나 사
적인 감성으로 기울어질 수 있는 시적 사유의 중심을 잡는다.

그렇게 나와 나 아닌 나가 모였다/ 여름이었고 낮이 아니었고 창을
열어두었다/ 눈동자가 풀어지는 시간만큼 나는 모여 있었다/ 주름진 원
탁 사이로 내가 흘렀다/ 돌아갈 수 있나요?/ 돌아갈 수 없어.// 죽은 지
느러미처럼 나는 투명하고 뻔했다/ 죽도록 뻔하고 뻔하여 나와 나 아닌
나는 숟가락을 들고 바다를 들락날락했다/ 들릴락말락 알을 낳는 소리
가 났다/ 체외수정은 참 깔끔한 방법이 아닙니까.//— (중략) — 게거품
이 식도를 타고 나와 접시에 떨어졌다/ 얇은 후회가 지느러미처럼 한
들거렸다/ 거봐 돌아갈 수 없잖아.// 나와 나 아닌 나 사이에 살이 올랐
다/ 나는 나를 물어뜯었다/ 살이 곁에 있다는 건 이럴 때 참 편리하다

—「상어지느러미게살」부분

앞서 말한 바와 같이 시에 있어서 제목은 다양한 의미를 지니며 그만
큼 전달력이 강하다. 그러나 시가 난해하고 주체가 불확실할 경우는 제
목만으론 이해하기가 쉽지 않다. 김성대의 시가 다소 그런 편이다. 문
체가 거침없고 역동적이나 파편화되어 있다. 그럼에도 그의 시가 매력
적인 이유는 분열하는 주체들의 이미지가 형상화되어 오롯이 감지되
기 때문이다. 일단 미적거리는 뒤로 하더라도 시의 결말에서 주는 경고
메시지는 매우 서정적으로 다가온다.

위의 시를 보면 화자인 '나'와 '나 아닌 나'의 구도를 가지고 끝까지
탄력을 잃지 않고 진술과 묘사로 이어진다. 여기서 '나'는 나 아닌 타자
도 되고 사물도 되는 현대인의 이중성을 형상화하고 있다. 특히 시어의
차별성이나 문체의 흐름으로 보아 단연 특이할 수밖에 없는 김성대의
다음 시 역시 매우 독특한 소재와 형식을 취하고 있다.

귀퉁이에서 끓고 있는 여인들/ 이가 긴 여인들/ 여인들이 뜯고 꿰매
는 새벽/ 시골 궁전의 출정/ 푸짐한 밥상이 차려진다// — (중략) — 가
론강가에서 고기를 나누고 타른강가에서 고기를 낚았네/ 천호에서 진

압하고 암사에서 반란군이 되었네// 귀신들, 요새들, 돌짐승들/ 그림 구석에 나는 있다/ 구멍 뚫린 룸 안에 나는 있다/ 말들의 입김 위에/ 채찍질 위에/ 인공폭포 위에 나는 있다// — (중략) — 혀는 타오르지 않을 것이다/ 체온으로 부르는 노래/ 나의 장난감 혈액/ 찰흙숨

—「몽토방」 부분

이 시는 프랑스 남부도시 타른 강변에 있는 몽토방이란 성의 이미지를 가져온다. 매우 빠른 리듬으로 표면상으로는 어떤 역사적 사실을 가지고 있으나 내재적 의미는 거의 은폐되어 드러나지 않는다. 특히 이 시에서의 의문점은 두 개의 시점과 배경을 가지고 있다는 것이다. 그 점이 독자와의 소통을 불편하게 하고 있다. 문장에서 추리를 이끌어내는 상상력을 발휘하고 있는 점 역시 특이한 부분이다. 3연을 보면 느닷없이 "천호에서 진압하고 암사에서 반란군이 되었네"라는 구절은 다소 당황스럽다. 그러나 6연과 7연의 묘사는 언뜻 암시되는 공간('구멍 뚫린 룸 안에 나는 있다')을 상상하게 한다. 그러나 이렇게 나열된 표현들은 불확정적 주체들과 불연속적 공간들을 통해 시인은 현대인의 공허와 소외를 형상화하고 있는 것으로 이해된다.

또 낳고 외제니 그랑데 당신의 기법을 알아요 들켜버린 당신은 볼륨이 없답니다 숨결은 더 이상 반/ 짝이지 않아요 외롭나요 자신을 배반하는 건 외롭기 때문이잖아요 무섭게 자라는 금붕어들은 모두 팔/ 려나가고 있지만요// — (중략) — 외제니 그랑데, 눈썹에 하루살이들이 쌓여요 자발적인 생활은 착시일 뿐인가요 가슴깊은 착시일 뿐/ 인가요 똑똑 암술을 두드리며 헤아릴 수 없는 손이 헤아릴 수 없는 곳을 만져요 아무도 돌보지 않는/ 계절이에요 더 이상 바랄 게 없다고 꽃들이 지고 또 생활을 낳고

—「사생활의 발작」 부분

문학 작품에서 중의성을 띤다는 것은 소설의 인물이든 시적 언어든, 작가가 이중적 의미를 부여하고자 하는 장치를 심기 위함이다. 이 시는 발자크의 소설 『외제니 그랑데』를 차용하고 있다. 여기서 '발작'은 '發作'이란 의미와 소설가 발자크를 중의적으로 사용하는 것으로 보인다. 따라서 발자크의 소설 주인공 그랑데의 탐욕에 대한 비유를 통해 현대인의 무의미하고 허무한 삶의 모습을 독특한 형식과 은유로 나타내고 있다. 마지막 4연에서 더 확실히 그 고독의 의미를 드러내 보인다. 특히 이 시는 마디 글이 아닌 줄글로써 천연덕스럽게 끝없이 독자를 회유하며 다시 반문하는 식의 반복어법을 사용하고 있으며, 이러한 문체나 방식은 현대시의 한 양상으로 볼 수 있다. 이런 시적 기교는 「몽토방」이나 「사생활의 발작」 두 시에서 찾을 수 있는 공통점으로 시인의 전략적 난해함으로 이해할 수는 있지만 독자의 입장에서는 다소 소통의 어려움으로 남을 여지가 있다.

3. 선이 다른 시인들의 특별한 세계

세 시인의 신작시를 살펴보았다. 각자의 시세계가 매우 다르고 그 선이 분명하여 공통점을 찾기는 어렵다. 또한 시에 나타난 미적거리와 형상화된 이미지 역시 강한 개성들을 지니고 있다. 심언주 시의 시어에 대한 세련됨과 자유로움, 마경덕의 강한 이미지 계열의 시어 구사, 김성대의 불확정적 주체들의 형상화 등 시인들 각자 분명한 세계, 특별한 색채를 지닌 시들을 통해 자기 나름의 세계를 확보하고 있다.

문학의 사회적 기능이란 하나의 작품이 인간과 사회에 어떤 영향을 주는가 하는 데에서부터 기인한다고 볼 수 있다. 최근 젊은 작가들이 작가의 직능 안에서 다만 쓴다는 행위 자체로 자부심을 강조하고 있다. 자본주의적 문명도시가 시인이나 문학인들에게 다양한 꺼리를 제공하지만 반면에 인간을 왜소하게 만드는 부분도 분명 존재한다. 그것과 연결 지어 볼 때 시를 읽고 시를 쓰는 행위의 중요한 동기 가운데 하나는 현실세계를 제대로 인식하고 살아가기 위해서일 것이다. 정당한 사회의식이나 역사의식의 함양을 통해서 허위의식을 극복하는 일이 시인들에게 절실한 이유로 제기된다.

따라서 시인은 그 사회적 기능을 위해 어떤 방식으로 체제의 논리를 공급해주고 독자와 소통하며 정신적 에너지를 쏟아야 할지에 대해 고민하게 된다. 문학의 형상은 일차적으로 인간의 미적 감수성과 감성적 반응을 통해 작용할 수밖에 없기 때문이다.

부존재증명을 위한 관찰자의 눈

— 염민기, 김제욱;
관찰자로서의 시선과 사유의 세계

현대인의 소외에는 두 가지 유형이 있다. 억압된 세계를 차분히 현실로 받아들이거나, 현실 그 자체를 떠나는 방식으로 대응하는 방식이다. 전자일 경우는 현실 속에서 일상을 그대로 연관시켜 보여주지만 후자일 경우는 인간과 사물이 전도되기도 한다. 그렇게 본다면 시인이란 억압된 세계를 현실로 받아들이되, 몹시 불편해하면서도 현실을 떠나지 못하는 천형을 앓고 있는 환자가 아닐까 생각해본다. 우리의 몸에 이미 들어와 있는 삶과 죽음의 반영들은 그래서 더욱 상실해가는 존재의 의미를 되새기게 해준다.

인간의 사유적 세계는 그 안에 있는 자신(나)의 존재와 부존재 유무에 따라 현실 속에서 막대한 영향을 받는다. 지금 살아있는 사람이라도 의식세계가 존재하지 않는다면 살아있다는 것은 무의미하다. 그러나 이미 세상에 없는 사람일지라도 그가 존재했던 자리에 대한 의미가 그 누군가에게 지대했다면 아마도 살아있는 어떤 의식세계보다도 더 강렬할 것이다.

따라서 부존재증명을 하기 위한 관찰자의 눈이란 존재하는 것만을 들여다보는 것이 아니라 눈으로 증명할 수 없는 죽음의 기억까지 접사接寫해보는 것이다. 간혹 무의식 속에서 자신의 부존재에 직면할 때가 있다. 그것은 내가 사라지는 것이 아니라 '나'의 존재에 대한 근원적 질문에 부닥치는 상황이다. 그러한 존재와 부존재의 경계에서 염민기, 김제욱 두 시인의 언어를 통해 서로 같거나 다른 성찰의 세계를 들여다본다.

1. 의식세계에 비친 무의식의 세계

프로이트의 정신분석 이론에 의하면 의식과 무의식은 인간에게 중요한 영역으로 작용한다. "프로이트의 심리학 체계를 지배하고 있었던 최고의 개념은 무의식적 정신이었다.─프로이트가 성취하려고 노력했던 과제는 관찰자에게는 직접 드러나지 않고 인성을 결정짓는 힘을 찾아내는 것"[1]이었던 만큼 인간에게 의식과 무의식은 떼려야 뗄 수 없는 것으로 이해할 수 있다.

> 그 방에는 거울이 없다 직독직해 된 시간만이 있었다 굴절된 어둠은 일찍 켜졌다 툭 툭 끊어지던 정적 까마득히 소리마저 제거된 날 가는 귀가 더듬던 것은 미세한 흠집들이다 그리고 마구잡이로 방사해 놓은 케케한 눈빛 매일 각도가 벼린 징후를 갈아놓았다 간혹 궁금해 하는 것은 지린 육체를 놓친 미확인 그림자뿐이었다

> 자주 축축하게 식은 잔해를 갈아 주었다 부유하는 민무늬 손사래

---

1) 캘빈 S. 홀, 최혜란 역, 『프로이트의 심리학 입문』, 학일출판사, 1985, 71쪽.

짓무른 저항은 갈수록 미약했다 생착률이 높은 상처만이 서로에게 덧대어졌다 적나라하게 베껴 진 몸을 자세히 읽은 것은 죄다 풀어헤친 바람이었다 다들 예민한 촉수가 지쳐갈 무렵 가장 순하게 죽은 저녁이 왔다 이미 앙상하게 마른 슬픔 규명하는 실체는 바닥을 드러낸 눈물만 이었다

―「그의 방」전문

이 시는 부활을 꿈꾸지만 부활이라는 단어에 별의미가 없어 보이는 소설 『변신』의 그레고르처럼 '그 방'에 사는 사람의 존재 역시 가족 모두에게 의미를 잃어가는 존재이다. 시 「그의 방」을 보면 "적나라하게 베껴진 몸을 자세히 읽은 것은 죄다 풀어헤친/ 바람"이듯이 부활이라는 의미는 이미 죽음과 맞닿아 있다. 자아를 상실해가는 인간의 고독과 죽음의 그림자만이 방안을 가득 채우고 있는 것이다.

첫 행에서 "그 방에는 거울이 없다"는 말의 의미를 생각해봐야 한다. '거울'이란 형상을 비춰보는 도구이다. 그러나 그 방에는 '거울'이 없다. 관찰자인 우리의 의식세계에 미치는 거울의 의미를 생각해볼 때, 영상 속에 있는 실재 현상들을 비춰 볼 필요가 없기 때문이다. 즉 이 시에서의 '거울'은 상실해가는 존재의 의미를 되새기게 해준다는 것으로써 받아들인다.

염민기의 시는 이렇게 죽음이 특별하게 두려운 존재가 아닌 평범한 일상의 한 부분으로 묘사되고 있다. 마치 "생착률이 높은 상처"를 보듬는 '바람'처럼 세세한 묘사와 슬픔의 주체를 규명하는 진술로써 시어 하나하나가 언술 형식으로 구성되어 있다. 죽음은 자연현상으로써 어느 누구도 막을 수 없는 아니 조용히 받아들여야 하는 과정이다. 2연 15행으로 이루어진 「그의 방」은 행마다 '관찰'을 통해 존재를 말하고 있

고, 결국 2연의 마지막 4행을 통해 부존재를 규명하는 은유와 깨달음에
대한 판단을 독자에게 맡긴다.

> 말하건대 내가 아는 한 식탐은
> 입이 아니라 귀가 하는 것이다, 덥석
> 귀 안에 삼켜진 입
>
> 오랫동안 씹고 있던 소리도 덤으로 먹었다 딱딱
> 음절과 공명들은
> 압력솥에서 굳은 밥같이 눌어붙어 있다
>
> 필생을 편애하며 맛보던 귓속은, 복날 늙은 개의
> 혓바닥
>
> 헉헉대며
> 입에서 귀까지, 귀에서 입까지는 일생을 다 써도
> 도달하지 못할
> 아득한 길이로
>
> 발치한 잇몸에 생긴 구멍으로 끝내 가닿으려는
> 혀끝처럼
> 그 사이를 헤매거나 걸어간 이들의 굴레를
> 그들이 깊게 앓았다고 하는 이명을
> 쩝쩝 맛을 다시는 귀의 포만감을 오늘도
> 나는 생각한다.
>
> ─「이식 耳食」전문

우선 이 시의 제목이 매우 인상적이다. 귀로 먹는다는 '이식耳食'의

중의적 의미에서 시적 공감을 얻을 수 있다. "말하건대 내가 아는 한 식탐은/ 입이 아니라 귀가 하는 것"이란 표현에서 입으로 먹지만 귀로 감지하고 받아들이는 세상의 소리들과 연결되어 있다. 즉 우리의 귀는 이미 식탐을 넘어 포화상태에 이르렀음을 말한다. 이 시의 화자는 '발치한 구멍'으로 자꾸 혀가 가듯이 "그 사이를 걸어간 이들의 굴레"와 연결시켜 귀로 들어오는 모든 '음절', '공명', 그리고 '이명'들과 "쩝쩝 맛을 다시는 귀의 포만감"에 대한 경각심으로 사유하게 한다.

귀와 관련해 서정춘 시인의 「귀」2)라는 시가 있다. 이 시의 시구는 단한 문장뿐이다. 글자 수로는 29자밖에 되지 않는다. 그러나 이 시에 응집된 이미지는 강렬하다. 신의 음성을 듣기 위해 하늘에 '낮달'을 두었다고 말하는 그에게 '낮달'은 하늘의 소리를 듣는 유일한 통로라는 것. 시도 줄이고 말도 줄여서 정말 하고 싶은 말만 세상에 내놓겠다고 했던 서정춘의 세 번째 시집의 표제시이다. 두 시인의 시가 다른 형식을 취하고 있지만 공통점이 있다. 서정춘의 시 「귀」는 시에 있어서 최대한 말을 아끼고 불필요함을 제거하여 독자에게 성찰할 수 있는 공간을 제공한다는 점이다. 염민기의 시 「이식 耳食」은 '귀'가 가지고 있는 가장 큰 특성을 리얼리티 있게 표현함으로써 귀로 먹는 세상의 모든 소리에 대해 의식 없이 받아들이는 것을 경계하라는 의미로 이해된다는 점이다.

인간에게 제어할 수 없는 기관으로 눈과 귀, 코가 있다. 사람이 태어나서 죽을 때까지 입으로 먹고 입으로 말하지만 그중 귀는 안 들리기 전에는 모든 소리에 무방비상태로 열려있다. 사람의 귀는 또 다른 의미에서 '이식移植'처럼 나무를 옮겨 심거나 피부조직을 옮겨 붙일 수도 없

---

2) 서정춘, 『시』, 시와시학사, 2005, "하늘은 가끔씩 신의 음성에겐 듯 하얗게 귀를 기울이는 낮달을 두시었다." 전문.

다. 내 몸에 붙어서 어찌할 수도 없는 '耳食'에 대해서 철저히 제어할 의
지를 키울 수밖에.

우리는 각자 안에 커다란 죽음을 지니고 있다…….
한 인간은 태어나면서부터 죽기에 충분할 만큼 늙었다
　　　　　　　　　　　　　　　—라이너 마리아 릴케

우들두들한 한 무리 햇살
좁다란 샛골목에서는 아귀를 맞출 수가 없었다
허물어진 귀퉁이 담벼락
걸쇠로 닫을 수 없게 된 칠 벗겨진 나무대문 틈
새로

시래기 국물빛 내복 바람 집의 내력이
지팡이를 짚고 햇밤송이를 까고 있었다

— (중략) —

한낮인데도 공복 같은 헛헛함만이 뭉쳐 있는 마
당 더께 진 어둠에 가르릉한 소리 거스러미로 우는
바닥 깊은 집

한때 가지런한 치열같이 견고했던 시절의 축도
움푹 기울고
볼끈 조여지지 않은 채 고무대야에 낙수 떨어뜨
리던 수도꼭지처럼
낡은 대문은 당분간 열려 있을 것이다
아버지 가시던 날 외주물집* 우그러진 섀시미닫

이문 같이,

시인은 릴케의 시구를 예로 들어 인간은 태어남과 동시에 죽음을 안고 있음을 말한다. 릴케의 시에서 "우리는 각자 안에 커다란 죽음을 지니고 있다"는 구절과 함께 염민기의 시에서 빈집의 "시래기 국물빛 내복 바람 집의 내력"은 삶과 죽음의 공존을 의미한다. 산자의 눈에 비친 관찰자적 시각은 "한때 가지런한 치열같이 견고했던 시절의 축도/ 움푹 기울고"란 묘사를 통해 아버지가 떠난 자리에 대한 연민과 그리움으로 대체된다. 인간의 무의식적인 기억은 본인에게 자기도 모르는 사이 어떤 행동과 말을 하게 된다. 심지어는 하나의 당위성까지 갖게 되므로 무의식은 기억이나 지식을 동원하여 직접 감지하고 사고해야만 한다. 따라서 시인의 부존재에 대한 관찰자의 눈은 더욱 열려있을 수밖에 없다.

「대문은 열려 있다」에 인용된 릴케의 시와 에드바르트 뭉크의 광기와 죽음에 대한 작품을 연관 지어보면, 뭉크의 작품은 대개 삶과 죽음의 문제, 인간 근원에 존재하는 고독, 질병, 불안, 공포 등을 응시하는 인물을 그림 속에 표출하고 있다. 대표적인 작품으로 〈절규〉, 〈병실의 죽음〉, 〈병든 아이〉 등 인간의 다양한 죽음의 모습들이다. 이처럼 많은 예술가들이 시와 소설, 그림, 음악 등을 통해 인간의 감정을 표현해내는 것은 결국 존재하거나 존재하지 않는 것들에 대한 강렬한 증명과정이 아닐까. 다시 말하면 인간은 누구나 태어나면서부터 죽어가는 존재이고 아무리 부정한다고 해도 죽을 수밖에 없는 운명을 가지고 있다는 것 역시 거부할 수 없는 사실이기 때문이다.

2. 현실세계에 개입된 환상성

시인이란 자신의 감정을 남과 다르게 표현하고, 특별하게 보며, 자기 방식으로 해석하는 사람이어야 한다. 또한 그런 능력을 획득한 사람이라고 생각한다. 김제욱의 시에 그런 시선이 포착되는 것은 그의 시에 나타난 환상성(fantasy)이다. 물론 1990년대 이후의 환상시와는 다른 류類의 특징을 가지고 있긴 하지만 시적 화자 자신이 현실과 환상의 경계에 놓여있는 데 대한 '시적 통찰'을 보여주고 있다는 점에서 현실세계에 개입된 환상성을 논할 수 있을 것 같다.

> 고차로의 늪에 K의 두 무릎이 잠겨있다.
> 신호등이 말했다던 알리바이가
> 흔들리는 K에게 다가와
> 그날의 순간을 공중에 진술했고
> 고차로의 경적 너머로
> 나는 뿌려졌다.
>
> 하늘과 구름을 가득 품으며
> 남모르게 분절되며 꿈틀거렸을 K.
>
> 조각난 얼굴이 바닥을 메웠다.
> K가 짐승처럼 나의 도로에 뛰어든 이유는
> 신호등이 저 탄환의 속도를 가렸기 때문이다.
>
> 전력으로 흩어지는 외마디 말.
> 허공을 휘감던 짙은 안개.

K는 짧게 식어버리고
나는 그 탄식으로 피안의 이름을 추적한다.
신호등의 점멸은
누구를 위한 놀이도 아니다.
교차로 저편에 K의 산책길은 이미 펼쳐있고
K의 기억을 따라
나는 구름 속으로 걸어 들어가는 중이다.

횡단하는 먹구름의 두께와
시간의 벼랑이 지닌 높이가 그에겐 있어
나는 아직도 K의 신호등으로 점멸중이다

두 무릎이 더욱 짙게 잠긴다

— 「K의 신호등」 전문

　　대도시의 도로는 시시각각 상상조차 할 수 없는 일들이 발생하듯이, 우리 머릿속에도 종종 복잡다단한 생각들이 충돌하여 사건을 일으키기도 한다. 이 시는 시적 화자가 실제로 교통사고에 연루된 것이라기보다 사람과 사람 사이에 일어난 심리적 접촉사고에 대한 어두운 기억에 대한 묘사로 이해된다. 여기서 화자는 'K'가 느닷없이 짐승처럼 도로에 뛰어든 이유를 '신호등' 탓으로 보고 있다. 그러나 탄환의 속도를 가린 것이 과연 신호등—'자신' 때문이었을까. 신호등이 탄환의 속도로 달려든 'K'를 가린 것이 아니라 이미 신호등 스스로 자신의 눈을 가렸기 때문인지도 모른다.

　　짐승 같은 'K'는 화자의 세계를 향해 돌진했고, 화자의 꿈은 지금 "구름 속으로 걸어 들어가는 중"이다. "아직도 K의 신호등으로 점멸 중"인 화자는 판타지가 개입된 현실세계를 관찰자의 눈으로 더듬는다. 다음

시, 「내일의 연인」에서도 시인은 우리에게 일어나는 모든 상황에 확실한 것은 없다고 말한다. 다만 "가깝고도 먼 관객을 위해/ 내일의 연인을 만나러가"는 시인이 있을 뿐이다.

나는야
시간을 용접하는
환상 건축가.
소리의 점, 선을 공중에 던져
원시림의 울음을 만들지.

음표를 분절시켜 색상을 입히고
몸과 글자의 경계를 잃고 흔들거리는
한 겹 두 겹 재잘거리는
나는야
이미지와 이미지가 충돌하는 오선지.
하이엔드 스펙트럼 언어의 오디오.

완벽한 오늘은
건반에 빛방울을 튕기며
환상이 주는 안식의 침대로 가자.
벗은 일상의 이름으로
봄의 얼굴을 마주하겠다.

언덕의 숨소리가 잠드는
따분한 노을의 풀림이 좋아.

책장의 날갯짓으로 살아나는
빛 조각으로

운석의 꿈이 다시 튀어 오르고
비행의 궤도를 따라
분절된 음절을 잇는 나에게

확실한 것은 없어.

— (중략) —

가깝고도 먼 관객을 위해
내일의 연인을 만나러가자.
한순간 사라지는
터지는 빛의 조각으로

완벽한 오늘
찰나의 겹겹에 기어들어가 잠을 청한다.

— 「내일의 연인」 부분

일반적으로 시에서의 1인칭은 특별한 경우를 제외하고는 그다지 자주 등장하지 않는다. 그런 차원에서 본다면 이 시의 첫 행부터 등장하는 '나'라는 1인칭 주어에 주목할 필요가 있다. 대개 시에서의 환상성은 현실이 아닌 다른 제2의 세계로 넘어가기 위한 하나의 수단으로 이용되기도 한다. 특히 이 시에 있어서 시적 화자는 시인 본인으로, 마치 소설의 1인칭 주인공시점과 같이 화자 스스로 독자에게 자신의 내면을 드러내는 효과를 주고 있다.

여기서 장자의 꿈을 생각해보자. 장자가 기이한 상상력과 화려한 비유 등을 구사한 것과 관련지어본다면 시인의 말대로 "세상에 확실한 것은 없"다. 그렇다고 모두 불확실한 것만도 아니다. 다만 불확정적인 세게에서 어쩌면 꿈인지 현실인지 구분할 수 없는 호접몽의 세계인지도 모른다. 사물과 나의 경계가 없이 하나가 된 장자가 꾸었다는 나비의 꿈. 장자는 그것을 일러 '허허연호접야'(栩栩然胡蝶也: 하늘을 향해 날아가면서 마음껏 춤추는 한 마리의 나비)라고 말했다. 이를 해석학적인 관점에서 본다면 하이데거의 '우리의 세계-내內-존재'라고 할 수 있겠다. 즉 자신만의 세계를 갖는 현존재이다.

그것은 언어를 가지고 유희를 즐기는 비현실적인 환상성을 표출하고 있으나 철저히 현실세계 안에서 움직이고 있음을 알 수 있다. 첫 연에서도 "나는야/ 시간을 용접하는/ 환상 건축가"로 시작한다. 이는 현재 주어진 환경에서 끝없이 새로운 환상의 세계를 추적하는 관찰자의 시선을 스스로에게 따라 붙인다. 또한 "완벽한 오늘은/ 건반에 빛방울을 튕기며/ 환상이 주는 안식의 침대로 가자"라는 시구에서도 상상 위에 환상을 불러오는 언어사용 방식을 구사하고 있다. 이러한 기법들은 아마도 김제욱 시가 갖는 시적 특징으로 보인다.

그는 또한 "비행의 궤도를 따라 분절된 음절을 잇는 나에게/ 확실한 것은 없어"라고 단언한다. 말 그대로 연속적으로 이어지는 시인의 판타지는 "가깝고도 먼 관객을 위해/ 내일의 연인을 만나러가"기 위해 "찰나의 겹겹에 기어들어가 잠을 청하"는 바로 그 너머에 있지 않을까.

구름베개를 베고 바람이 누워있다.
늙지도 않는 바람의 연료
그 돌변의 중얼거림을 구름이 받아 적는다.

하늘 낮게 드리우는 음영의 장대한 폭
꿈틀거리는 갈증의 길 위에 서서

구름 사나이가
빈 풍경의 대문이 잠긴
오늘의 모퉁이를 확 찢고 있다.

길 위에 질퍽하게 터져버리는
저 베개 속 구름.
구름 한 뭉텅이를 입에 물고
하루 저물녘에 깃들어 잠이 들면
귓가를 간질이며 아우성대는 바람소리.
투명한 미소가 바람을 따라
맨 걸음으로 내려오시는데
소리의 어깨가 바람 언덕으로 피어나고
옅은 뒷모습으로 봄꽃 속에 휘날리는
한 사내가 보인다.
　　　　　－「구름베개를 베고 잠드는 바람－ 최하림 선생님께」 전문

　환상의 세계에서 현실적 논리는 힘을 받기 어렵다. 물론 이 시는 위의 두 시와는 다른 차원이긴 하나 시의 환상적 리얼리티가 확보되려면 '비극적 환상성'이 필요할 수도 있기 때문이다. 이 시에 나타난 '비극적 환상'이란 죽음을 다루되, 죽음 자체를 작품에 드러내기보다는 서술자가 관찰자의 위치에서 그 상황을 미학적으로 해석하는 기법을 사용함에 있다. 현실과 등을 맞대고 있는 환상 사이에서 무수히 많은 감정의 이미저리가 시의 환상성을 좌우하게 된다. 또한 그 속에서 시인은 자신의 존재를 전 방위적으로 성찰한다.

　김제욱은 최하림 시인의 장례식에서 슬프도록 아름다운 죽음의 세계를 본다. 현실 속 "음영의 장대한 폭"에 '구름', '바람', '봄꽃' 등 이미지의 언어적 농담濃淡을 사용함으로써 죽음의 무게를 꽃잎처럼 가볍게

처리하고 있다. 첫 행의 "구름베개를 베고 바람이 누워있다"라는 감각적 묘사나 "투명한 미소가 바람을 따라/ 맨 걸음으로 내려오시는" 표현 또한 어둡고 무거울 수 있는 분위기를 무념무상의 평온함으로 환기시킨다. 오래전 필자가 본 오월의 장례식에서도 하관하는 관위로 쏟아지던 하얀 벚꽃은 잊을 수 없을 만큼 비극적 환상 그 자체로 기억된다.

부존재증명에 대한 관찰자로서의 시선과 사유의 세계는 결코 쉬운 일은 아니다. 시인은 시어의 감성적 묘사보다도 자연스런 그 자체의 현상에서 더 큰 환상성을 만날 수 있기 때문이다. 그 순간을 기막히게 포착하는 눈과 귀, 그리고 명료하게 반응하는 감각으로 사물을 바라봐야 하기 때문이다. 염민기와 김제욱 시에 나타난 현실과 비현실, 의식과 무의식의 세계를 관찰한 독자의 입장은 어떨까 궁금하다. 다만 열림과 닫힘, 무거움과 가벼움 등의 이미지로 보아 어느 정도 짐작해볼 수 있을 뿐이다.

즉, 시인의 관찰자적 촉수가 보여주는 것은 삶과 죽음이 하나로 연결되어 있으며 인간이란 그 열려있거나 혹은 닫혀있는 문을 통해 수시로 들고 나는 위태로운 존재라는 것이다.

예술성과 대중성의 경계

– 조민, 오늘, 윤관영; 빛깔이 같은 시인들의 시선

시적 언어는 보편적인 일상어와는 달라야 하고 다를 수밖에 없다. 그 점이 시적 속성의 하나이기 때문이다. 그렇다고 전혀 그 뜻을 알 수 없고 독자와의 불통이 허용된다는 의미는 아니다. 특히 시 작업은 현실이나 상상 속에서 끊임없이 일어나는 일들과 시인의 그물망에 포착되는 시적 대상을 언어로 정착시키고, 그 예술성에 대한 미학의 원리를 다양한 방식을 통해 부여하는 일일 것이다.

최근 몇몇 시인들의 시에서 발견할 수 있는 점은 자기 혼자만의 언어로 중얼거린다는 점이다. 그것이 요설인지, 풍자인지, 키치인지에 대한 판단은 독자의 태도에 있다. 물론 시는 읽는 사람의 자유로운 영역이라는 차원에서 본다면 시인의 의도와는 전혀 관계없음을 전제로 한다. 포스트모더니즘은 대중의식을 강조한다는 테리 이글턴의 견해처럼, 포스트모더니즘에서는 문학작품과 독자 사이의 '거리'를 좁혀 상호간의 '참여'를 강조한다. 여기서의 '참여'는 대중의 사회적이고 정치적인 참여보다는 문학작품의 생산과 소비에 대한 작가와 독자의 동시적인 참여를 의미한다. 따라서 '대중화 현상'이라고 말했을 때, 그것은 작가와 독자가 분리되지 않은 동시성을 강조하는 것이지 문학작품의 통속성 혹은 저질화를 의미하는 것은 아니다.

설명과 진부함, 몽환적 어휘의 나열이나 이미지의 조합만으로는 시의 예술성을 논할 수 없다. 대중성이라 하여 지나치게 감각적 언어만을 차용하거나 기교적 현실주의에 젖어있는 시들 역시 시의 감동을 반감시킨다. 이제 지나친 관습에 길들여진 언어의 수용은 거부되어야 할 시점에 와 있다. 독자나 대중이 공감할 수 없는 혼잣말로 쓰는 시 역시 지양해야 할 것이다. 단, 시에 대한 개인의 견해가 자칫 위험한 편견의 잣대가 될 수 있어 조심스럽다. 그런 의미에서 볼 때, 세 시인의 시를 통해 시의 예술성과 대중성의 경계에 접근해보려 한다.

1. 세상과의 낯설게 하기 : 조민

조민의 시는 단순하지 않은 복합적 요소를 함의하고 있다. 즉, 보고 느낀 그대로만 쓰지 않는다는 것이다. 시와 제목이 전혀 상관성이 없어 보이기 때문에 적잖게 당황스럽기도 하다. 일종의 미래파식 감수성이라고 할까. 조민의 시에서 언뜻 이상의 분열이미지를 발견하는 것은 그런 연유에서 기인했을 것이다. 시 전체에 깔려 있는 전통 부정의 정신이 그렇고, 다른 시인들과의 시적 변별성에서도 그러하다. 다분히 이단적 요소가 내포되어 있다.

그러나 굳이 조민의 시를 억지로 이해하려 들 필요는 없다. 어쩌면 시에 대한 분석조차 그에겐 어울리지 않는지도 모른다. 그동안 조민은 현대인의 복잡한 내면을 다루는 시 작업을 해왔던 만큼 문법이 매우 자유분방하다. 그 점이 조민 시가 가지고 있는 시적 특질이라고 할 수 있다.

아이부터 낳을까/ 똥부터 눌까/ 눌까,/ 말까,
가스통을 껴안고/ 펑펑 우는 사내의 등짝을 식칼로 긁는다

젖꼭지를/ 뺄까 말까/ 홍수에 떠내려 온 아이의
바짝 마른 입에/ 빈 젖을 물리고 또 물린다
활짝 열린 항문에 입을/ 쪽쪽 맞추면서

            —「초코칩 쿠키」 전문

 이 시에서 시인은 무엇을 말하고 있는가. 지상파의 한 방송에서 소말리아 어린이가 '진흙 쿠키'를 먹는 것을 본 적이 있다. 현실적으로 진흙으로 쿠키를 만든다는 것은 불가능한 일이다. 그러나 먹을 것에 굶주린 그들은 진흙을 물에 걸러 마아가린 한 덩이와 소금으로 반죽한 앙금을 뜨거운 양철판에 한 숟갈씩 떠올려 태양볕에 구워낸다. 그것을 팔고 또 허기진 배를 채운다. 이 시를 읽는 순간 기아에 허덕이는 아프리카 난민을 떠올렸다. 특히 "펑펑 우는 사내의 등짝을 식칼로 긁는다"와 같은 표현이나 "활짝 열린 항문에 입을 쪽쪽 맞추는"과 같은 묘사는 가히 충격적이다. 사실 항문이 열렸다는 것은 이미 죽음을 맞았다는 증거로 볼 때, 아프리카의 참상과 죽음의 현상 앞에서도 모성을 놓지 못하는 여인의 얼굴이 그려진다.

 조민은 사실을 있는 그대로 말하지 않고 시적언어를 최대한 활용한다. 거기에 동떨어진 제목을 달아놓음으로써 시의 이중성을 확실히 확보한다. 그러나 자세히 살펴보면 그가 무엇을 말하고자 하는지 읽을 수 있다. 이 시의 이면에는 기아의 참혹함을 바라보면서 어쩌지 못하는 안타까움을 독자에게 고백하고 있다. 그리고 자신은 멀찌감치 떨어져 독자들의 반응을 지켜보는 듯한 조어법을 사용함으로써 묘한 여운을 남긴다.

집이/ 나가지 않는다니깐/ 장롱도 피아노도 소파도
미리 다 집 밖에 내놓았는데/ 비만 오고 비만 샌다니까
새라니!/ 개라니깐/ 검은 개라니깐

― (중략) ―

벽에 붙어 다니기만 하면/ 무너지지 않는다니깐
일 년 내내 빗물만 흥건한/ 옥탑방 지하실이라니깐
이마에 크게 써서/ 붙여놓았다니깐/ 24시라니깐

― 「장례식장」 부분

이 시에서 시인은 낯선 언어들을 통해 대상을 인식하고 표현하는 데 페이즈망 기법을 사용한다. 자동화된 사고를 거부하면서도 독자로 하여금 독특한 유추를 획득하게 한다. 여기서 말하는 장례식장은 "현관에 서서 문만 닫으면/ 바닥처럼 보이는 천장이지만/ 벽에 붙어 다니기만 하면/ 무너지지 않는다"는 장례식장이다. "이마에 크게 써서 붙여놓았다니깐"/ "24시라니깐"이라는 종결어미를 사용하여 이곳이 화장장인지 납골당인지는 알 수 없는 묘한 공간으로 만들어버린다. 이렇게 몇 개의 이미지들을 묘하게 결합시켜 새로운 충격을 주고 있음을 알 수 있다. 이렇게 몇 개의 서로 다른 낯선 이미지들의 결합과 연속을 통해 의도적으로 계산된 시적 기법을 적용한다. 이러한 점들이 조민 시에 있어서 끝까지 시적 긴장감을 놓치지 않는 힘이다.

「낙법」이란 시도 역시 독백과 질문을 번갈아가며 독자를 혼란스럽게 한다. "컴백에 실패한 한물 간/ 영화배우처럼/ 피었다 늙었다 얼었다 삭았다가/ 밤사이 틀려지는 너"와 같은 상반된 시어들―"언제, 어디서, 어떻게 떨어질 거니?"나 "문제는 또 떨어지기 위해 9층 계단을 다시 오

른다는 것!"과 같은 하강과 상승 이미지를 번갈아 사용한다. 삶에 있어서도 분명 충격을 완화시키는 기술로써 '낙법'이 필요하다는 평범한 진리를 낯설고 모호한 시어들을 나열하고 조합함으로서 오히려 시적 이미지들을 해체시킨다.

특히 이 시는 소외된 현실을 살아가는 사람들의 상실감으로도 읽힌다. 소외, 고독, 자의식의 정서를 드러내며, 그 현실에 대한 분열 상태를 조명하고 있는 것이다. 따라서 이 시에 나타난 시적자아에게는 자신을 돌아보는 '자기 확인'과 현재를 살아가는 인간들의 '존재 확인' 체험을 통해서 성찰의 계기를 갖게 한다.

2. 자아와 세계와의 충돌 : 오늘

우리는 현실 속의 자아와 가상 속 다른 자아와의 공존 속에서 살고 있다. 일상 안의 '나'와 일상 밖의 '나'가 다르고 끝없는 자아의 내면세계에서 일어나고 있는 충돌은 자신의 존재를 의심하게 만든다. 오늘의 시를 통해서 현재 자신에게 일어나는 일 외엔 전혀 관심조차 갖지 않는 현대인의 냉정하고 각박한 세계와의 충돌을 엿본다.

> 방주 안에 갇힌 불빛들이 바다를 바라보며 퍼덕이는 밤 그림자를 벗어 던진 사람들이 절벽아래로 하나 둘 뛰어들었다
>
> ─ (중략) ─
>
> 깊고 푸른 것들은 여전히 아름답다는 말을 쓰고 지우는 동안에도 뭇 별들은 방주로 뛰어내리고 있었다 산호가 되어가고 있는 수많은 방

주들이 그의 바다에 즐비하다

— 「투발루」 부분

이미 알고 있는 사실이지만 다시 상기되는 현실 앞에서 시인은 제목 아래 "─노아가 방주를 만드는 동안 나는, 겨드랑이에 숨겨둔 새가 날아갈 것만 같아 불안했다"란 소제목을 단다. 이 말은 곧 시 전체를 보여준다. 비가시적인 지구온난화라는 죽음의 그림자로 인해 아름다운 산호섬 하나가 사라지는 상황과 이민자를 거절하는 비정한 현실을 노아의 방주에 비유하고 있다. 지구온난화를 되돌리는 데, 최소 1000년이 걸린다는 신문 기사를 보았다. 이 문제의 세계적 권위자인 수전 솔로몬 박사는 "사람들은 우리가 이제 CO_2 배출을 중단할 경우, 100년이나 200년 후면 정상으로 돌아갈 것이라 짐작하지만 그건 사실이 아니다"라며, 지구온난화가 사실상 '돌아올 수 없는 다리'를 건넜다고 단언했다.

인간이 쌓은 바벨탑은 금이 가고 무너져 내리고 있다. 문명은 자연을 훼손시키고 급기야 그것에 의해 지구가 조금씩 소멸되어가고 있음을 안타까운 심정으로 바라본다. 그는 지구온난화가 인간의 삶을 파괴하는 양태를 구체적으로 구현해내기 위해 산문적 진술을 택했다. 산문적 진술은 오늘 시인의 따스한 시선으로 하여 무너져가는 지구의 모습을 보다 사실적으로 그릴 수 있게 한다. 「그럴줄 알았어」란 시에서도 시인은 또 소제목을 단다. ─"내 몸의 핏줄이 아버지가 그어놓은 금이 아니라는 걸 알았을 때 날 선 복부의 통증 하나쯤은 견딜 수 있었다"라고.

깨진 보도블록 사이에 숨어 내 뒤 굽을 잡은
아버지를 닮았거나 전혀 닮지 않은 남자
(휘청거리는 아버지를 처음 보았어요)

발목을 가진 금 안의 남자와 손목을 가진 금 밖의 아버지

― (중략) ―

남자는 아버지보다 멀리 더 멀리 금을 그어댔다
날카로운 이빨을 가진 금이 주저하는 나를 물었고

수많은 아버지들이 가슴팍에서 쏟아져 내렸다
　　　　　　　　　　　　　―「그럴줄 알았어」 부분

　시인은 이 시에서 남자, 남편, 세상의 모든 아버지를 불러온다. 결국
'금線'이라는 것을 통해 여자 즉, 화자가 극복하거나 풀어야 할 문제들을
말하고 있으며, 그것은 결국 그 금 안에서 해결해야 할 것들이다. '금'이
주는 의미는 처한 상황에 따라 각자 다를 수 있으나 "발목을 가진 금 안
의 남자와 손목을 가진 금 밖의 아버지"는 결국 같은 존재가 아닌가. 핏
줄을 통해 심장으로부터 피가 나가고 다시 들어오듯, 우리 몸 안을 흐
르는 핏줄은 아버지가 그어놓은 금이 아니라 아버지의 피인 것이다.
　마지막 연의 "수많은 아버지들이 가슴팍에서 쏟아져 내렸다"는 표현
을 통해서 알 수 있듯이 끝없이 순환하며 현재를 살아가는 우리의 모든
'아버지'를 그리고 있다.
　「꿈꾸지 않는 방」은 일상에서 느끼는 정체성에 대한 궁금증을 불러
일으킨다. 정체성은 그 주체성과 직결되어 성격·기능을 발휘하기도
한다. 이 정체성은 그 속에 생명성을 함축한다. 삶에서 자기 존재의 본
질에 대한 강한 실존적 불안을 느낄 때가 있다. '나'라는 존재를 인식하
는 배경에는 가족, 좋거나 나쁜 환경, 주변사람들 등 여러 가지가 있다.
이 모든 것들 안에서 일어나는 사건들은 모두 나의 정체성에서 비롯한

다 할 수 있다. "샤워를 하고 난 후 콜리타 하나 물 수 있었으면 좋겠어요"에서처럼 화자의 강한 해소 욕구가 드러나지만 그것은 단지 생각일 뿐 실천에 옮길 수 없는 약간의 소심함으로 나타나기도 한다. 마지막 연의 "괜찮아요 당신 대신 내게는 방이 있으니까요"라는 의미는 실현될 수는 없으나 역으로 자기만이 꿈 꿀 수 있는 내면의 또 다른 방의 존재를 말해주고 있다.

3. 삶의 서정적 리얼리티 : 윤관영

윤관영의 시는 '생활이 곧 시가 된다'는 것을 입증한다. 터무니없는 데서 소재를 얻는 것이 아니다. 시의 소재는 시인의 상상력에서도 나오지만 생활 체험에서 오는 경우가 더 많은 것이 사실이다. 하나의 단순함 속에서 시적 자아의 감각과 상상력으로 시적 리얼리티를 구현해내는 일은 깊은 관찰력이 필요한 부분이다. 그때 시 안에서 발화된 이미지들은 시의 전면에 유포된다.

> 손님이 없어서
> 팝송을 뒤적거리다 보니
> 'I'가 무장 많다. 'my'를 동반한 'I'
> 문제는 여하간 내 문제
> 절경(絶景)에선 사는 게 문제다
> 노래는 'kiss 와 sexy'가 장식인 'love'가 주종,
> 거기엔 love의 'You'와 love의
> 풋내 'lady'와 운명인 'She'가 있다.
> 면(面)일망정 나는 사장

pop-song 몇 곡은 외고 있어야 한다
사람에 앞서는 'the'와 'The'
어쩌다 'A'와 'an'
유치한 'baby'와 'beautiful'
'if'는 애절하고 'don't'는 애끓는데
'only'라는데 상대는 'open'하지 않는다
'forever'는 뻔뻔하고 'let's'는 싱겁다
오지 않는 손님을 기다리며 나는
'someday와 somewhere'가
'why' 끌리는지 문제를 넘어
신비했다
'sometimes love'로 시작되는
'Evergreen'을 찾아 외기 시작했다

— 「ever Evergreen」 전문

　　윤관영의 시는 우선 쉽게 잘 읽힌다. 조곤조곤 얘기하듯 시를 써내려
가는 방식은 목 넘김이 좋은 음식을 입에 넣은 것처럼 매끄럽다. 이는
문장의 주술관계가 자연스러운 이유이기도 하다. 특히 어렵지 않은 시
어와 일상 속에서 느끼는 삶에 대한 진정성이 배접되어 거부감 없이 받
아들여진다. 이러한 관점에서 '생의 시'를 쓰는 윤관영 시인은 최소한
문명이나 사회보다는 인생의 문제, 존재의 문제를 탐구한다. 따라서 이
차적으로 시를 통해 어떤 이념을 전달하기보다는 미학성을 확장하고
철학적 공간에 도달하게 한다.
　　시인은 이 시의 제목이기도 한 'ever Evergreen'이란 팝송 가사 속에서
"풋내 'lady'와 운명인 'She'가 있"음을 발견한다. 이는 곧 그의 '삶이 시'
이고 '시적인 삶'을 그대로 보여준다. 또 "오지 않는 손님을 기다리며 나
는 'someday와 somewhere'가 'why' 끌리는지 문제를 넘어 신비했다"와

같은 표현은 단순한 말장난 같을 수 있지만 '어느 날', '어딘가로'라는 단어는 우리에게 늘 설렘이 있는 말이 아닌가. 이 시인은 그런 독자의 마음을 너무나 잘 읽고 있다.

「한 상 받다」란 시 역시 입에 착 감기는 듯한 맛을 느낀다. "밥은 얼어먹을 때 맛이 깊다 김은 밥을 쌀 때 바스러지는 맛에 맞나고 이름마저 칼칼한 깻잎은 밥을 싼 여문 모과 빛에 맞나고 콩장은 이에 찡기는 맛에"와 같은 묘사는 마치 소박하고 맛깔나게 차려진 시골밥상을 받은 듯 구수하다. 그야말로 씹을수록 구뜰하게 느껴지는 것이다. 그런 면에서 윤관영의 시는 인간적이고 대중과 함께 호흡할 수 있으며, 독자로 하여금 충분한 공감을 불러오게 하는 장점을 지니고 있다.

청련사에 갔었답니다
은행나무와 느티나무는 서로 거우듬했죠

낙엽에선 등뼈 부러지는 소리가
걸음새마다 났는데요

된바람 때면 들문들문,
썩어서야 내게서 소수나는 그대에게

여전히 푸른 연꽃으로
내 가슴에 안쫑 잡힌 그대, 라고

나는 왜, 바람도 파란 하늘에
한 차례 소리치지도 못하고
서리 맞은 고욤 같은 발길만 허정허정
푸른 눈물로 걸었는지요 그대여

— 「靑蓮寺에서」 전문

「靑蓮寺에서」는 푸른 연이 앉은 절터라는 의미로서의 '靑蓮'이다. "은행나무와 느티나무가 거우듬했고, 낙엽에선 등뼈 부러지는 소리가 걸음새마다 났"다는 시적 조탁은 시각, 청각의 묘사를 동시에 본다. "여전히 푸른 연꽃"처럼 시인의 마음을 잡아둔 그런 청련사의 모습 또한 선연하게 눈에 들어앉는다. 그러면서 "허정허정 푸른 눈물로 걸었는지요 그대여"라고 탄식한 시인은 자신에게 내재된 외연성과 내연성의 갈등을 시의 결말 부분에서 화해시킨다. 즉 청련사와 자신을 같은 위치에 놓고 허허로운 마음으로 돌아선다. 이 같은 서정성은 이념과는 거리가 먼 자연의 형상을 시적 대상으로 복원시킨다. 특히 윤관영의 서정성은 시인의 현실 체험이란 씨실과 간결하고 담백한 은유적 날실로 교직되어 있다.

5. 경계의 경계성

우리는 늘 삶과 죽음의 경계, 자아와 타자의 경계, 문학과 비문학의 경계에서 머뭇거린다. 그것이 물론 시에 있어서 예술성과 대중성의 경계는 정확히 구분 짓기 어려우나 그 경계에는 항상 움직임과 충돌이 존재한다. 시인과 독자와의 거리나 인식의 차이가 적지 않기 때문이다. 서정성의 문학이 인간정신의 탐구나 자아추구에 목적을 둔다면, 사실주의 문학은 현실을 반영하고 사회의 모순과 갈등을 지적하며 개선가능 방향성을 띄어야 한다고 할 것이다.

그러나 시에 있어서 예술성과 대중성의 문제는 작가의 가치관이나 세계 인식과 연관된다. 시를 단지 시로서만 볼 것인가, 작가론적인 부분을 염두에 둘 것인가 하는 문제는 비평 방법의 한 측면이기도 하나, 시를 위한 예술성인가, 독자를 위한 대중성인가 하는 문제는 현실적 잣대로 평가하기에는 논란의 여지가 있을 수밖에 없다. 그러한 의미에서 "시는 언어에서 출발하지 말고 '시적인 것'의 발견으로부터 출발해야한다"는 황지우 시인의 말은 설득력 있고 공감할 수 있는 말이다. 그것이 곧 시를 예술이면서 동시에 대중성을 띠게 하는 방법이며, 시의 주체적인 자리를 지켜나갈 수 있게 하는 것이라고 생각한다.

II.

호모 테이스트쿠스(Homo Tastecus)

문명과 야생의 경계

─ 송찬호 시집『고양이가 돌아오는 저녁』[1]

　그동안 문명 비판과 현실 비판, 자연에 대한 찬사, 동식물의 경이로움에 대한 시들을 꽤 접해온 것 같다. 대개 그 시들은 현상 자체만으로 비판 또는 감동을 전하거나 대단한 은유로 독자들 앞에 선다. 그러나 송찬호 시인은 "문명의 진정한 진화는 자연과 함께 어울려 살아갈 수 있을 때 이뤄질 수 있다"고 말한 바 있다. 즉 끝없이 진화하는 문명적 삶이 과연 인간에게 어떤 행복을 줄 수 있는가에 대한 문제제기를 한다. 따라서 이 시집의 시편들은 오랫동안 인간이 파괴해온 자연에 대한 반성과 함께 문명보다는 자연과의 소통이 진정한 출구가 되어야 한다는 메시지를 담고 있다.

　문학이 시대의 흐름에 따라 다르게 해석되듯이, 사람도 역시 시간의 흐름 속에서 유년의 순수와 많은 꿈들을 잃고 살아간다. 어쩌면 문명이 있기 이전의 야생이란 자연이었음을 생각해볼 때, 현재의 도시 문명이란 우리에게 늘 긴장된 불안과 예측불가능한 공포로 나타난다. 하지만 벗어날 수도 없는 것이 우리의 삶 아닌가. 그런 측면에서 그는 시의 소

---

1) 문학과 지성사, 2009.

재를 나무와 꽃, 동물과 동화에서 가져온다. 특히 우리 일상과 주변의 흔한 이야기들을 자극적인 요소들이 배제된 동화적 상상력으로 옛날 이야기나 신화를 들려주듯 독자들의 굳어진 감성을 회복시킨다.

대개는 시인과 시가 전혀 연결성이 없을 정도로 동떨어진 경우가 대부분이지만 송찬호라는 시인과 그의 시는 높은 일치율을 지녔다. 시인들마다 다양한 개성이나 특징을 지닌 이유도 있고 하나의 전략일 수도 있겠으나 많은 부분이 일치했을 때, 시인에 대한 공감도와 시에 대한 진정성은 배가될 수 있다. 물론 사람에 따라서는 반대적 의외성에 더 큰 매력을 느낄 수도 있다. 그렇게 그의 시편들은 가독성은 쉬운 듯 보이나 시 속에 담긴 깊은 의미는 마치 숨은 그림 속에 감추어진 보물을 찾는 일과 같다.

1. 동화적 상상력으로 문명과 교감하기 – 봄

마당가 분꽃들은 노랑 다홍 빨강 색색의 전기가 들어온다고 좋아하였다
울타리 오이 넝쿨은 5촉짜리 노란 오이꽃이나 많이 피웠으면 좋겠다고 했다.
닭장 밑 두꺼비는 찌르르르 푸른 전류가 흐르는 여치나 넙죽넙죽 받아먹었으면 좋겠다고 했다.
그리고 가난한 우리 식구들, 늦은 저녁 날벌레 달려드는 전구 아래 둘러앉아 양푼 가득 삶은 감자라도 배불리 먹었으면 좋겠다고 생각했다

그해 여름 드디어 장독대 옆 백일홍에도 전기가 들어왔다
이제 꽃이 바람에 꺾이거나 시들거나 하는 걱정은 겨우 덜게 되었다

굿은 날에도 꽃대궁에 스위치를 달아 백일홍을 껐다 켰다 할 수 있
게 되었다
　　　— 「옛날 옛적 우리 고향 마을에 처음 전기가 들어올 무렵」, 전문

　나이가 든 사람들 중에는 유년의 고향 마을에 처음 전기가 들어왔던
때의 환희를 기억할 것이다. 1977년 처음으로 컬러 TV가 시판되었을
때, 그 충격은 대단했다. 이전까지 다리가 달린 네모난 나무상자의 흑
백텔레비전은 상자와 다리가 사라졌고, 작고 예쁜 TV 화면 속 화려한
장면들은 환상 그 자체였다. 1900년대 민간 전기가 우리나라에 처음 들
어왔을 시절을 생각해보면 당대의 사람들이 충분히 '묘화妙火'라고 부
를 만한 것이었다. 이 시의 제목 '옛날 옛적 우리 고향 마을에 처음 전기
가 들어올 무렵,'에서처럼 말이다.
　인류의 발전에서 '전기'의 발명은 '불'의 발견만큼이나 신기하고 위대
하다. 이에 시인은 전기를 통해 가지각색 꽃들의 개화를 맘대로 조절하
게 되고, 어둠을 밝혀주는 기능만큼 세상을 아름답게 볼 수 있도록 해
준다는 의미를 발견한다. 또한 전기가 들어왔던 그때, 가난한 고향 마
을의 환한 세상을 노랑, 다홍, 빨강 색색의 꽃이 핀 모습과 같다고 했다.
과거에는 꽃이 아무리 화사하고 예쁘게 피었다 한들 밤에는 그 꽃들을
볼 수 없었다. 하지만 전기가 들어오고 난 후부터 밤에도 굿은 날에도
꽃들을 볼 수 있게 되었다는 것을 옛날 이야기하듯 소박하고 아름답게
표현하고 있다. 문명이란 전혀 다른 세계를 경험할 수 있게 한다는 점
에서 놀랍기도 하다. 그런 차원에서 시인은 언제 어디서고 우리 마음에
불을 켤 수 있는 스위치를 달 수 있게 해주는 존재가 아닐까.

노랗게 핀 개나리 단지 앞을 지나던
고물 장수의 벌어진 잎이 다물어질 줄 모른다
아니, 언제 이렇게 개나리 고물이 많이 폈다냐

봄꽃을 누가 가지 하나하나 세어서 파나
그냥 고철 무게로 달아 넘기면 그만인 것을

　　　　　　　　　　　　　　　　　　　　ㅡ「개나리」 전문

　이 시는 5연의 짧은 시다. 개나리가 봄의 전령이듯이 꽃이 피기 시작
하면 화사함을 느끼게 된다. 개나리꽃의 특성상 다른 꽃과 잘 어울려
피지 않기 때문에 개나리는 그야말로 자기들끼리 흐드러지게 가득 뭉
쳐서 피는 꽃이다. 시인은 환히 핀 노란 개나리와 고물 장수의 마음을
같은 무게로 저울에 단다. "봄꽃을 누가 가지 하나하나 세어서 파나/ 그
냥 고철 무게로 달아 넘기면 그만인 것을"이란 구절에서처럼 한 송이
한 송이 피는 장미나 백합이 아닌 덩어리로 핀 개나리 군락을 보며 뭉
쳐서 근으로 달아 넘기는 고물과 동일시하는 시인의 여여與與로운 감성
이 느껴진다.

2. 철학적 상상력으로 자연과 교감하기ㅡ 여름

고양이가 돌아오는 저녁,

입안의 비린내를 헹궈내고
달이 솟아오른 창가
그의 옆에 앉는다

이미 궁기는 감춰두었건만
손을 핥고
연신 등을 부벼대는
이 마음의 비린내를 어쩐다?

나는 처마 끝 달의 찬장을 열고
맑게 씻은
접시 하나 꺼낸다

오늘 저녁엔 내어줄 게
아무 것도 없구나
여기 이 희고 둥근 것이나 핥아보렴
                              —「고양이가 돌아오는 저녁」 전문

길고양이는 야생에 길들여져 있다. 그러나 인간들 곁에 머문다. 저녁 시간만 되면 한 사내를 찾아오는 길고양이 한 마리. 그 사내는 아무 것도 줄게 없는 안쓰러운 마음을 "처마 끝 달의 찬장을 열고/ 맑게 씻은/ 접시 하나 꺼낸다" 그리고는 "희고 둥근 것이나 핥아 보"라고 한다. 인간과 인간의 대화는 서로 간 말의 교환에 의해 이루어진다. 그것을 '소통'이라고 하지만 인간과 동물의 대화는 마음속에 있다. 인간이나 고양이나 여기선 똑같이 고독한 동물이다. 그러나 길고양이 한 마리와의 교감을 통해 화자(사내)는 새로운 소통방식을 생산해내고 있다.

여기서 영국 소설가 존 쿠퍼 포우어스가 한 말을 생각해본다. "영혼은 고독할 때만이 우주의 불가사의한 힘이 그 속을 흐를 수가 있다. 수백 년에 걸쳐 속삭이는 소리를 듣고, 우주가 진행되는 과정의 신비를 느끼는 데는 침묵이 필요하다"고 했다. 사람과 사람과의 대화는 빠져버리면 그 안에서 진정한 의미로써 자신은 찾을 수 없다. 즉 "우리가 겪고 있는 현대의 불행은 군중의식의 진흙탕에 빠져 우리 삶의 본질이 상실되어버린 데에서 유래한다. 고독은 인간생활의 모든 현상에 존엄성과 아름다움과 고귀한 의의를 부여한다."는 그의 말에 공감하지 않을 수 없다. 같은 맥락에서 송찬호 시인의 절대 매력은 고독한 동물과 교감하는 어린아이의 마음과 같은 솔직함에 있다.

도둑을 쫓다 양철 지붕 빈집에 이르렀다
언제 사람이 살다 간 것일까
지붕은 붉은 페인트가 반이나 벗겨진 채
흙벽은 무너지고 문짝은 떨어져 나가 있었다
옛날 사람들은 저런 집에서 어떻게 살았는지 몰라
비올 때면 양철 지붕 빗소리 요란하고
옹색한 살림에 아이들은 많아 바람 잘 날 없었을테니

그래도 말이다 오늘은 그 시끄러운 소리 한번 들어보게
소나기 한줄금 시원하게 왔으면 좋겠다
소나기 오면 그 옛 소리로 왔으면 좋겠다

어이 도둑놈아, 여기서 담배 한 대씩 태우고 가자
그러고 보니 우리도 참 시끄럽게 살았다 그렇지?

까맣게 그을음 올라앉은 정짓간 찬장
거기 쓸 만한 서까래 몇 골라내면
고요히 적막 한 채 지을 수 있겠다

— 「소나기」 전문

개발이든, 도시로의 이주든 사람이 살다 떠난 빈집은 추억이 묻힌 폐허다. 화자는 '그루터기'에서 어느 집의 과거를 떠올린다. 옹색하지만 오글거리며 살았던 가족의 모습과 까맣게 그을린 정짓간 천장 서까래 몇 골라내면 적막 한 채 지을 수 있을 것 같아 보이는 양철 지붕 빈집에서 시인은 문명 이전에 자연과 하나였던 그들을 떠올린다. 양철 지붕 위로 소나기 떨어지면, 후두둑 떨어지는 빗소리와 함께 시끄럽게도 살았던 가족을.

문득 정영주의 「아궁이 속 빗소리」란 시와 윤의섭의 시 「방주」가 떠오른다. 비와 관련된 많은 시들이 있지만 유독 폐가가 된 빈집 양철 지붕 위로 떨어지는 빗소리는 살아보기 위해 떠난 사람들의 눈물 같다. 시인은 분명 빈집에 앉아 무너져 내린 흙벽과 떠난 그들을 생각하며 소나기를 기다렸을 것이다. 빗소리는 시인에겐 특별한 소리고 감성을 불러일으키는 매개다. 도둑을 쫓다 우연히 들어간 집에서 억지로 짜낸 시가 아니라 자연스레 떠올린 시인의 감성이 부러울 뿐이다.

3. 천진함으로 동물과 교감하기 – 가을

최근 인문학의 위기라고 말하지만 인문학과 힐링이 대세로 부각되고 있다. 아이러니하게도 디지털이 주도하는 현실세계에서 자연주의와 인본주의가 모태가 되고 있다는 것은 모든 게 '빠름'이라는 경쟁구도에서 많은 사람들이 환멸을 느끼기 시작했다는 것을 의미한다. 즉 인간이 살아가는 삶의 진리적 가치와 내면적 자아의 가치 척도가 자연에 있다는 것이 동·서양의 철학자들이 부르짖는 일관된 하나의 사상적 논리가 된다는 의미다. 자연주의를 주창한 미국 작가 헨리 데이비드 소로의 『월든』에서도 보면 자연과 대지의 힘은 생태학 및 인간성 회복으로까지 이어진다. 그것은 바로 송찬호 시인이 돌아가고자 하는 세계로써 삶의 가치를 문명보다는 자연에 두고 있음과 일치하는 부분이다.

딱! 콩꼬투리에서 튀어 나간 콩알이 가슴을 스치자, 깜짝 놀란 장끼가 건너편 숲으로 날아가 껑, 껑, 우는 서러운 가을이었다

딱! 콩꼬투리에서 튀어 나간 콩알이 엉덩이를 때리자, 초경이 비친 계집애처럼 화들짝 놀란 노루가 찔끔 피 한 방울 흘리며 맞은편 골짜기로 정신없이 달아나는 가을이었다

멧돼지 무리는 어제 그제 달밤에 뒹굴던 삼밭이 생각나, 외딴 콩밭쯤은 거들떠보지도 않고 지나치는 산비알 가을이었다
                                                    —「가을」부분

저기 등짐 지고 가는 비루 먹은 노새 한 마리 눈은 희뜩. 코는 발씸, 방울은 찔렁, 그래도 오늘은 일거리가 좀 있나 보다

— (중략) —

잔디밭 그늘에 지화자 여럿 어울려 춤추며 노랠 부른다 가만 들어보니, 이 국립 단풍원(丹楓園)에 딴스홀을 허하라!* 다시 한 때의 행락객들이 노랑 지전 뿌리며 은행나무 숲길로 들어서는데, 참, 세상 드럽게 곱다 나도 이 귓속에 술 한 말 들이붓는다? 눈은 희뜩, 코는 발씸, 얼굴은 불콰……, 어룽어룽 저기 단풍 한 점 등에 지고 가는 노새 한 마리

* 김진송의 책 『서울에 딴스홀을 許하라』의 변용.
                                                    —「단풍 속으로」부분

시에 있어서 음악성과 회화성은 시를 더욱 시답게 한다. 또한 의성어와 의태어는 시에 생동감을 준다. 그렇게 이 시들은 가을을 맞은 대지의 모습을 그대로 지면에 옮겨놓고 있다. 송찬호 시인의 시가 자연 속에서 얻은 꾸미지 않은 자연스러움이라는 것은 누가 봐도 쉽게 알 수 있기 때문이다.

송영오의 동시(「가을산」)에 이런 구절이 있다. "가을산은 아기가 물감을 가지고/ 장난을 한 것 같아요./ 물감 가지고 노닐다/ 마음대로 뿌려놓은 것 같아요.// 알록달록 단풍잎!/ 울긋불긋 단풍잎!/ 예쁜 아가 손 같아요"라는. 동요 역시 가을 단풍을 노래한 곡들이 많이 있는 걸 보면 가을은 사람에게 여유로움과 함께 조금은 풀어져도 용서가 되는 그런 계절이 아닌가. 수많은 시인들이 또는 작가들이 계절마다 자연의 아름다움에 대해 설파했던 것처럼 가을은 디지털보다는 아날로그적 세계가 좀 더 어울릴 것만 같다.

1990년대 후반 다큐멘터리 형식의 곤충 영화 《마이크로 코스모스》가 있다. 자연의 순리를 거스르는 인간들의 오만함에 경종을 울리는 메시지가 있는 영화로 손톱만한 벌레나 곤충들의 신비한 세계를 보여주는 영화로 인간은 결국 자연과 함께 살아가는 존재임을 깨닫게 해준다. 송찬호 시인의 시편들을 통해 느낀 점이 바로 그런 것들과 유사성을 가진다. 그의 시(「토란잎」)에 등장하는 '달팽이', '청개구리', '소금쟁이' 등 작고 여린 동물들을 통해 유년의 기억에 다들 한번쯤 있을 법한 아름다운 풍경을 만난다.

4. 직감으로 세상과 교감하기 – 겨울

시인에게 사계절은 말 그대로 인간의 네 가지 감성을 그대로 드러낼 수 있는 하나의 커다란 세계가 된다. 봄은 사람에게 조곤조곤 얘기하듯 다가오고, 여름은 보다 적극적으로 움직이며, 가을은 순응의 섭리를 자연스레 보여준다. 겨울 역시 모든 자연이 몸을 움츠리는 것 같지만 속으로 서로의 마음을 나누게 되는 애틋한 시간인 것이다.

우리는 겨울의 여왕을 기다리고 있어요 여왕을 맞기 위해 우리는 언덕의 울타리를 높여 눈사태를 막아야 해요

 – (중략) –

겨울의 여왕은 멀리 북극 열차를 타고 오지요 곧 수만 볼트 고압의 추위가 레일을 타고 빠르게 달려올 거예요 엄청난 폭풍이 몰려와 배를 산꼭대기로 밀어 올릴 거예요 그래도 우린 견뎌야 해요 끝없이 밤을 행군하는 군인들이 일그러진 얼굴을 보아요 그들의 차가운 총검이 녹아 부러지면 어찌 되겠어요 더욱 혹한이 와야 해요 연못 속 물고기도 자석을 꼬옥 물고 얼음장 아래 단단히 붙어 있어야 해요

 – (중략) –

겨울의 여왕님, 우리는 당신에게 우리 아이들을 바쳤답니다 (이 겨울 가장 추운 나라에 사는 순록의 뿔처럼 아이들 키를 한 뼘만 키워주세요 지금쯤 아이들은 대륙을 이동하는 쇠기러기의 바구니를 얻어 타고 북극을 날겠군요) 투룬바 호수의 푸른 눈동자와 오로라 공주도 보겠군요 그런데 어쩌나, 우리는 백설의 구두가 녹을까 봐 따뜻한 난로 곁으로

당신을 부르지 못하겠군요…… 아무튼, 겨울이 깊었습니다 사랑해요,
겨울의 여왕님!

―「겨울의 여왕」 부분

시인에게 겨울은 어떤 의미일까. 이 시는 동화적 상상력이 풍부한 송
찬호 시인의 감각적인 시로 유난히 자연을 매개로 무한한 상상력을 발
휘하는 그는 겨울을 여왕으로 의인화하여 기다린다. 여왕을 맞기 위해
준비하는 단계인 1연에서부터 겨울이 진행되는 2연을 지나, 3연에서는
겨울바람의 매서움을 통해 계절감을 표현하고, 드디어 4연은 겨울에
대한 동화적 상상력이 가장 빛나는 부분으로 겨울의 본질인 완전한 겨
울왕국이 되어버린다.

특히 "이 겨울/ 가장 추운 나라에 사는 순록의 뿔처럼 아이들 키를 한
뼘만 키워주세요/ 지금쯤 아이들은 대륙을 이동하는 쇠기러기의 바구
니를 얻어 타고 북/ 극을 날겠군요" 라며 겨울 세계와 교감한다. 이 시
에서 겨울의 도래는 북극 열차의 이미지로 치환된다. 영화 〈설국열차〉
에서 뿜어져 나오는 무시무시한 에너지와 같은 강력한 속도로 와버린
겨울은 모든 생장이 정지되는 계절답게 "아무튼, 겨울이 깊었습니다 사
랑해요,/ 겨울의 여왕님!"으로 겨울을 이미지화한다. 동화 속 겨울왕국
의 주인공들이 순록이 끄는 썰매를 타고 설원을 달리듯, 알래스카 투룬
바 호수의 푸른 눈동자와 오로라 공주를 보고 있는 것 같은 상상을 불
러온다.

지리산 뱀사골에 가면 제승대 옆 등산로에서 간이휴게소를 운영하
는 신혼의 젊은 반달곰 부부가 있다 휴게소는 도토리묵과 부침개와 간
단한 차와 음료를 파는데, 차에는 솔내음차. 바위꽃차, 산각시나비팔

랑임차, 뭉게구름피어오름차 등이 있다 그중 등산객들이 즐겨 찾는 것
은 맑은바람차이다

― (중략) ―

그 험한 산비탈 오르내리며 요즘 반달곰 씨는 등산안내까지 겸하고
있다 오늘은 뭐 그리 신이 나는지 새벽부터 부산하다 우당탕 퉁탕
……, 어이쿠 길 비켜라, 저기 바위택시 굴러 온다

―「반달곰이 사는 법」부분

  마치 어른 동화 같기도 한 이 시는 동시적 사유체계에 기반한다. 문
명 이전에 인간은 야생과 마찬가지로 자연의 일부였듯이, 시인이 말하
고자 하는 건 과연 인간의 삶 속에서 얼마나 많은 자연과 동물이 서로
교감하고 살 수 있는가에 대한 원론적인 질문을 독자에게 던진다. 문명
이 발달하고 인간의 능력이 아무리 뛰어나다해도 도저히 맞설 수 없는
존재가 자연이기 때문이다. 그만큼 겸손하지 않으면 회복할 수 없는 것
또한 자연이다. 그러나 자연의 복원력은 망가뜨리지만 않으면 우리가
생각한 것보다 훨씬 대단하다. 그렇기에 시인은 이렇게 살벌하고 복잡
한 세상에서 작은 것들을 지켜내는 것이 가장 중요한 것임을 자각하게
만든다.
  도시에서 태어나 도시에서 자란 사람들도 많지만 산골에서 태어나
문명이 뭔지도 모른 채, 그곳이 전부라고 믿고 산 사람에게 도시란 낯
설고 두려운 공포의 공간이다. 그만큼 사람이든 동물이든 순리를 거스
르며 살기란 어려울 뿐 아니라 인간과 자연이 공존하기 위해선 그대로
놔두는 것이 최선이란 걸 시인은 알고 있다. 송찬호 시인의 자연주의가
추구하는 방향은 아마도 바로 그 지점에 있다고 믿는다.

진정한 활과 리라의 시 정신

- 유종인 시의 자유를 닮은 시적 촉수

1. 자연으로 향한 시적 촉수

우리는 늘 자유를 갈구하면서도 그 구속에서 벗어나는 것 또한 두려워한다. 그렇게 인간은 안팎이 다르게 살아갈 수밖에 없다. 일종의 '선과 악', '음과 양', '희와 비'의 변증법적 세계라 할 수 있다. 시인이라면 누구나 인간의 복잡하고 다양한 삶의 모습과 촘촘한 감정들을 어떤 이미지로 얽을까에 대해 생각하지 않을 수 없다. 시인은 자기만의 시적 언술로 세상 모든 사물과 자연을 특별한 오감으로 받아들인다. 어떤 이는 사물을 보고 느낀 그대로, 또 어떤 이는 한껏 지知의 도식을 쏟아 부어 시적 화자로서의 출현을 맘껏 누린다. 그렇게 새로운 사유의 개념을 만들어 내는 것이다.

자연을 닮은 시인 유종인. 그의 신작시는 시 속에 자연화된 삶의 모습, 인간의 모습을 여지없이 드러낸다. 결국 시의 언어란 자타 구원의 언어요, 진리적 구도의 시학이며, 영원회귀의 세계이다. 그가 발견한 세계 속에는 우리의 눈에 익숙한 것들이 등장한다. 하늘, 돌, 난, 과일,

파도, 바람 등 대개는 인위적인 것들이 아닌 자연 그대로의 것들이다. 필자는 시인을 만난 적이 없다. 그러나 그의 시편들은 오래전 어디에선가 본 듯한 기시감과 함께 익숙한 풍경으로 다가온다. 이는 치장된 감각이 아닌 오랜 시간동안 그의 세계를 지배해온 깊은 시적 발성의 분광일 것이다. 이러한 느낌들이 비단 필자의 생각만은 아닐 것이다. 이처럼 조금은 익숙하고 때론 생소하게 시를 이끌어가는 힘이 강한 그의 시 세계를 접하면서 '정신의 수전(手顫)'을 체험한다.

시적으로 특이할 만한 것은 그의 시에는 자연적 사물에 인간의 내면을 은유적으로 이입하는 것을 특징으로 삼는다는 점이다. 특히 시에 음률이 살아있어 격조가 있고, 위선적이지 않은 자연스러움을 포함한다. 이는 그의 시가 시적, 비시적 사물을 오가며 시화詩化를 시도한 때문이다. 여타 시들과 조금은 다른, 보다 선명한 유종인의 신작시 5편을 만나본다.

2. 시적 사물과 비시적 사물의 시화(詩化)

> 오금을 펼 운(韻)을 띄우시게
> 오지랖은
> 常夏의 영혼에서만 왔단 말 거두게나
> 눈부시다 드맑다 훤하다
> 이 모두에 손때를 묻혀보는 일
> 내 생활이라면 좀 어떻겠나
> 칸칸이 접히고 좁히고 포개 얹었다
> 삽시간에 조갈 들린 江湖를 펼쳐,
> 근심이 잠든 얼굴에

명지바람을 들이게나

켜켜이 시간이 접힌 듯
옛일이 오롯해질 그 순간
千秋에 접혀있는
작은 폭포와 거룻배와 草家와 물동이 인 여인 곁의
삽살개와 늙은 어부 낚싯대에 물린 샛강과
이 모두를 슬몃 끌어안다 놓친 듯 다시 안는 산 둘레와
거기 미처 들이지 못한
鼎革의 소쩍새소리도 털어 나오는 활개,
살아있는 옛날인 듯
옛날이라도 바람을 숨긴
生色이
맞불어오는 여기 옛날인 듯

이건 홀로 부쳐도
萬象의 당신이 깨어날
겨울날 素服을 들추는 손길처럼
겨울날 素服을 어루는 음심(淫心)처럼
나여, 손 떨리는 나여

이 정신의 수전(手顫)은
당신이 주셨는가

―「겨울 扇子 ―자화상」 전문

  시인에게 자연은 어떤 형태로 인식될까에 대한 문제를 염두에 두고
있던 터라면 유종인의 신작시를 접하는 순간 충분히 그의 독특한 화법
을 감지할 수 있다. 그의 시는 복잡한 현대문명 속에서 뛰어난 언어의
묘미를 통해 인간의 내면세계를 들여다본다. 특히 시가 결코 짧지 않은

이유는 복잡한 현대문명이나 사상을 드러내는데 짧은 형식으로는 시적인 힘을 맘껏 발휘할 수 없기 때문일 거라 생각한다. 이는 시인 자신의 정서 표출과 역량을 보여주는 것이다.

특히 언뜻 시적 배열이 자유로운 듯 보이나 그의 시는 정확히 계산된 운을 지닌다. 그것은 시 저변에 기초한 시조의 힘의 발현이라고 본다. 시 1연에서 "오금을 펼 운(韻)을 띄우시게/ 오지랖은/ 常夏의 영혼에서만 왔단 말 거두게나"와 마지막 연의 "이 정신의 수전(手顫)은/ 당신이 주셨는가"를 보면 시작과 끝의 어법이 매우 닮아있다. 2연~4연까지의 운율 역시 결코 예외는 아니다. 이러한 점들은 정형시나 사설시조에서 볼 수 있는 형식과도 유사하다. 또한 그의 시편은 자연 속에서 발견한 영원과 자유, 그리고 인간의 모습들을 통해 문명에 찌들어가는 현대인들에게 무릇 여유로움에 대한 미학적 화두를 던진다.

- (상략) -

나는 살구의 有感을 먹는다
엊그제가 발인인 당신은
혀가 굳어 이 살구를 맛볼 수 없고
짐짓 天地間의 모오든 것들이
당신을 맛볼 차례니,
당신의 유감은 캄캄하게 여러 맛이다
묵묵하겠다

살구 두 개가
비리고 시고 달콤한 속속들이 유감을
내게 옮기는 사이, 달은
어느 밤의 회식에서 돌아와 슬쩍 구름 미닫이를 당긴다

有感이 滿面이다
이미 달을 맛본 당신이,
내 사랑의 緩曲을 훤히
한끝 유감이, 휜다

-「살구 두 개가 있는 밤」 부분

시인은 자신이 가지고 있는 정서를 통해 독특한 시의 이미지를 형상화하고, 시 속에 담긴 엄청난 의미조차 한 단어로 표출하기도 한다. 그래서 산자가 맛볼 수 있는 살구 두 개의 "비리고 시고 달콤한 속속들이 유감"이나 죽음마저도 객관화시켜서 더 이상 복잡하지 않은 담담함으로 묘사가 가능할 수 있다. 시적 화자는 '살구의 유감'을 맛보고, 죽은 자는 '달'을 맛본 후에야 비로소 '한끝 휜 유감'의 주체인 '사랑의 緩曲'을 깨달을 수 있었으리라.

유협의『文心雕龍』의 성률聲律 편과 비흥 편1)을 보면 유종인 시의 특징을 확실하게 이해할 수 있다. 성률이란 청각적인 미감을 고려한 운율(리듬)의 조화를 말한다. 비흥 편에서는 "비(比)란 격분의 감정을 품은 채로 잘못을 지적하는 것이고, 흥(興)이란 완곡한 비유를 사용하여 그것에다 숨겨진 의도를 의탁하는 것이다."라고 기술하고 있다. 이는 직유와 은유에 관한 비유법을 말하는데, 비比의 경우는 그 성격이 매우 분명한 데 비해서 흥興의 경우는 상대적으로 그 성격이 모호하다는 것이다. 따라서 시「살구 두 개가 있는 밤」은 한행마다 절실한 메타포와 함께 절제된 미가 느껴진다. 그만큼 이 시를 이해하기위해선 초월적 의식으로의 접근이 필요하다.

---

1) 유협, 최동호 역,『문심조룡』, 민음사, 1994, 33장, 36장 참조.

무엇에 베였는지
약지손가락 끝에 피가 배어나왔다가
아물어갔다

피가 멈추고 벌어진 살이 다물어지니,
오래 입이 무거워지는 것이 기특해도
發說은
나의 몫이 아니라서
스미듯 바라만 본다

그렇게 다물어진
오래 전, 아마 오래된 듯 모르게
다물어진
돌덩이 하나를 나는 엊그제 밤에 데리고 왔다
풍란과 石斛* 몇 촉을 붙일 石附作이 요량이지만,
며칠 두고 보니
몇 천 년 두고 때깔 붉그레한 게
단순 취기만은 아니다
온몸으로
피가 고민하듯 아물어간 게
만년 굳히고 굳힌
피의 말이 있었겠다

굳이 피를 봤느냐, 말을 얻었느냐
묻지 않았으니
요령부득이 울퉁불퉁, 즐겁다

―「石物 ―피」 전문

이 시에서 문득 분재를 떠올렸다. 안으로 구겨 넣고 말아 쥔 손, 웅크리고 뒤엉킨 몸들은 자유를 향한 몸부림일 텐데. 그래서 "온몸으로/ 피가 고민하듯 아물어간 게/ 만년 굳히고 굳힌/ 피의 말이 있었겠다"라고 한 시인의 묘사는 너무나도 명확하다. 그러나 돌덩이 하나에 석부작이 된 한 포기 '풍란'과 '석곡'이든, 절벽에 간신히 뿌리를 박은 '풍란'과 '석곡'이든 간에 "만년 굳히고 굳힌 피의 말을 얻"는 것이다. 즉 언젠가는 화자의 베어진 손가락이 아물어가듯 작은 한포기의 난과 돌이 하나가 된다는 것과 그 과정을 지켜본다는 것은 묻지 않아도 요령 부득이 그 자체로 충분히 아름답고 즐거울 수 있으리.

절벽 끝에서도 들풀은 달린다
끝까지
바람을 배웅하듯이
저만치, 바다는 파도의 갈기로 수컷이 되었다가
섬들을 낳은
수평선으로 암컷이 되었다가

그걸 바라보는 나는
파도 등쌀에 못 살겠다 헛말을 한다
파도의 등쌀, 그걸 가슴에 들여 보니
사랑이
끊기지 않는
마음의 등쌀이려니 한다

그래도 남는 파도의 등쌀은
둥글개첩처럼
둥글개첩처럼

한켠 겨운 마음 절벽이 가렵고도 가파른 등을 내주며
밤이, 새도록 데리고 논다

날 밝으면
절벽 가까이 가라말 하나 찾아와
파도에게 배운 헛말로
파도에게 투레질을 한다
나도 네 발 달린
파도 한 마장이라며

                                  ―「파도라는 거」 전문

　로마의 서정 시인이며 풍자시인인 호라티우스는 『시의 기술』에서 "시인과 화가는 마음 내키는 대로 거의 무슨 짓이나 감행할 권리를 늘 누린다." 또한 "시가 아름다움을 가지는 것만으로는 부족하다. 청중을 사로잡으려면 매력 또한 있어야 한다. 웃는 얼굴이 웃는 얼굴에 마주하듯 우는 자에게 동정이 주어진다. 당신이 나를 울게 하려면 당신이 먼저 슬픔을 느껴야 한다."고 말한 바 있다.

　시 「파도라는 거」에서 시인은 마치 자유를 갈구하는 자들에게 파도의 밀물과 썰물을 통해 숨통을 트이게 하듯 보인다. 1연에서부터 2연, 3연으로 점층법을 사용하여 시를 전개해가다 3연에서 "한켠 겨운 마음 절벽이 가렵고도 가파른 등을 내주며/ 밤이, 새도록 데리고 논다"라고 숨 돌린 뒤, 마지막 4연에 와 "절벽 가까이 가라말 하나 찾아와/ 파도에게 투레질을 한다/ 나도 네 발 달린/ 파도 한 마장이라며"끝을 맺는다.

　파도는 한 방향으로만 흘러가는 것이 아니고 제자리에서 위아래로 물결치는 현상이다. 흔히 인생을 파도에 비유하기도 하지만 우리 삶이라는 것이 마음대로만 되지 않듯이 피할 수 없는 힘에 쓸려갔다 다시 밀려오는 '파도'가 가리키는 의미는 그래서 단순하지 않다. 그것은 늘 반복되는 사랑의 아픔 또는 일상의 고통이기도 하다. 이는 마지막 연의 털빛이 검은 한 마리 '가라말'로 대변되는 화자 자신이거나 우리들일 수도 있다. 그 파도를 보며 배운 헛말로 '투르르' 투레질을 하고는 "나도 네 발 달린" 즉 인간으로서 "파도 한 마장"이라고 외친다.

개울물에 벼루를 씻다*, 란 말 들으니
한겨울 흙집 바람벽에 흔들리는
마른 국화꽃 그림자나
두어 뼘 얻고 싶네

스님은 늦가을 개울물에 벼루를 씻었다는데
나는 새벽 욕실에서 내 양물을 씻은 적 있네

어제는 우연히 사람의 젖 종류를 살피다,
벼루와 단짝인 연적(硯滴)을 닮았다는
연적젖을 알게 됐으니
그걸 애틋한 동물처럼 그려 보았네

연적을 젖 모양에 비유하다니,
나는 차라리 늙은 창녀의 납작하게 늘어진 젖가슴을
벼루젖이라고 부르려다 그만 두네

하늘이 가난한 성욕에게 허락한 벼루 같은 창녀의 젖,
수틀린 외딴 손들이 먹돌처럼
거길 어르는 것도 치성이라서
나는 아직 살 냄새가 묵향보다 좋으롭고

고개 숙인 그대 살품에 파고들던 가을볕을 시샘했네

나는 한겨울을 비켜선 듯 웃어줄
시든 수레국화 무리 곁에
허수룩한 고향을 반 평쯤 데려다 눕히고
한 줌 가벼이 울고 싶네

　　　　　　　　　　　　─「오늘의 문장─젖」 전문

　시인은 「오늘의 문장─젖」에서 '젖'을 시적 모티프로 가져온다. 시 1
연의 첫 행에 '개울물에 벼루를 씻다'란 법정 스님의 말씀을 둔 이유는
시인의 자의식 적 측면을 생각해볼 수 있다. 이는 시인의 감성이 자신
의 내면세계로 파고들어 인성의 심층 묘사나 사상성을 다루기 위해 강
한 메타포적 도구로 사용하고 있는 것이다.

　시적 화자는 우연히 사람의 젖 종류를 살피다 "벼루와 단짝인 연적
을 닮았다는/ 연적젖을 알게 된"다. 그것을 보며 "납작하게 늘어진 창녀
의 젖가슴"을 떠올린다는 것은 시적 사물이거나 비시적 사물에 대한 시
인의 시화詩化로 볼 수 있다. 또한 "나는 아직 살 냄새가 묵향보다 중요
롭고/ 고개 숙인 그대 살품에 파고들던 가을볕을 시샘했네"라고, 인간
의 본능적인 모습을 곧바로 드러낸다. 삶이란 때론 물의 흐름을 따라가
듯 순리에 맡겨질 때가 있다. 그것이 바로 '수류거隨流去'아닌가. 시인의
이러한 심성이 마지막 연의 "시든 수레국화 무리 곁에/ 허수룩한 고향
을 반 평쯤 데려다 눕히고/ 한 줌 가벼이 울고 싶네"로 드러난다. 이렇
게 화자는 시적 형상화를 통해 충분한 카타르시스를 전달하고 있다.

3. 새로운 시적 석부작(石府作)

대부분의 시인들이 자신의 시적 방법론에 대한 고수냐 진화냐를 두고 많은 고민을 한다. 독자에게 깊은 '성찰적 언어의 묘妙'를 줄 것인가, 아니면 '말의 유희'를 즐기게 할 것인가 하는 문제는 늘 화두가 된다. 호라티우스의 "당신이 나를 울게 하려면 당신이 먼저 슬픔을 느껴야 한다"는 말은 그래서 더욱 설득력을 가질 수밖에 없다. 결국 시인 스스로가 느낄 수 없는 시가 독자를 감동시킬 수 없듯이, 좋은 시란 사람을 변화시킬 수 있는 힘의 가능성 여부에 좌우된다.

그렇게 볼 때, 시란 유종인의 시 「石物―피」를 통해서도 알 수 있듯이 난을 붙이기 위한 돌, 즉 '石附作'으로 쓸 요량인 돌 같은 존재가 필요하다. 이는 시인에게만 국한된 말은 아니다. 우리가 살아가면서 늘상 부닥치는 인간관계는 '난'과 '돌'처럼 서로 공생관계가 아닌가. 따라서 우리 삶의 '석부작'은 너무나도 종요로운 존재인 것이다.

유종인은 그런 의미에서 새로운 시적 '석부작'을 꿈꾸고 실행하는 시인이다. 시적이거나 비시적이거나를 포함하여 시적 공감대를 형성하는―시인, '영혼의 자유'라는 현판을 걸고 신선한 상상력을 보여주기를 기대한다.

묘사와 진술, 리듬의 미학

― 김두안 시의 진정성과 생명력

1. 시를 예술이게 하는 것

'시詩를 예술이게 하는 것'은 묘사와 진술의 힘, 말의 회화성과 음악성에 있다. 말의 회화성은 묘사와 진술을 통한 이미지고, 음악성은 말의 리듬을 의미한다. 따라서 시가 학문이 아니라 예술적 산물임은 부인할 수 없는 사실이다. 또한 시는 의식의 세계이므로 언어로써 어떤 형상을 그려내야만 한다. 말에 관한한 타의 추종을 불허했던 네루다P. Neruda는 1929년 그의 친구에게 보낸 편지 중에서 시인이란 '인생을 꿰뚫어 보고 그것을 예언적으로' 만들 '권한을 위임받은' 존재라는 것, "시인은 미신이어야 하고 신비로운 존재여야 하며……시는 그 안에 우주적 실체와 정념과 사물을 담아내야 한다"[1]고 했다.

시인이란 언어를 통해 세상을 보고 그 세상 안에 믿음과 신비가 공존하게 하며, 살았거나 죽은 모든 것들에게 혼을 불어 넣어야하는 것이다. 문학에서 언어란 사전적 의미에 충돌하는 의미, 합리성을 구하는

---

1) 애덤 팬스타인, 김현균 외 공역, 『빠블로 네루다』, 생각의 나무, 2005, 636쪽.

실생활에서 멀리하려고 하는 마술적·미신적 의미 등이 어울려서 단한번 그 글 속에서만 통하는 의미를 형성하는 것이다. 이것이 문학적 언어의 큰 특징이다. 그러므로 시는 '말의 함축적 의미의 사용'을 수용할 수밖에 없고 시적언어는 일상 언어와 분명 차이가 있어야 한다. 따라서 시에 사용되는 비유와 상징, 이미지들을 자기의 체액과 의식으로 버무려 다양한 시각을 통해 보다 넓은 영역으로 확장시켜 나가는 것이 시인의 의무일 것이다.

2. 길이의 깊이와 길의 깊이

김두안은 지나친 과장이나 수식 없이 주제에 맞는 어휘만으로 시를 이끌어가는 탁월한 능력을 지녔다. 특히 시적 전개가 매우 탄력 있고, 리듬감이 있어 시를 읽다보면 그 상황과 장면이 선하게 그려진다. 그의 신작시 다섯 편은 「19.5㎝」, 「봉성리 쪽으로 가고 있다」, 「은밀한 때」, 「수족관 속 전어들」, 「그녀의 바다」이다. 이 시들의 공통점은 길이와 길에 나타난 철학적 삶에 대한 질문을 풍경처럼 보여주고 있다는 점이다. 또한 생과 사, 슬픔과 기쁨, 어둠과 밝음, 무거움과 가벼움의 묘한 대비가 시를 관통한다.

> 나는 아직 죽었나요 / 어머니 방금 제 심장 깊이 박힌 칼의 길이를 재고 왔어요
> 19.5㎝ 짧잖아요 / 슬픔의 길이잖아요 / 길의 길이잖아요 / 눈물의 길이잖아요
> 당신이 부엌에 걸어둔 아버지의 아가미 길이잖아요 / 독한 술병의 길이잖아요

그녀가 조금만 더 깊이 나를 원하던 길이잖아요/ 내 멍든 성기의 길
이잖아요

어머니 그 짧은 길 지금도 걸어오고 계시나요/ 슬퍼해 주세요

제발 기쁘게 슬퍼해 주세요/ 저도 이제 그 의미심장 깊이 새겼잖아요

나는 아직 산자와 죽은 자 사이에 있나요/ 어둠이 축축히 스며들어
와요

눈이 지워지고 성기가 지워지고 있어요/ 어머니 스펀지 같은 입술
떨고 있나요

눈을 감아야 해요/ 어둠도 감아야 해요/ 몇 번을 감아야 눈동자를 지
울 수 있나요

나를 지울 수 있나요/ 아직도 병원 불빛이 보여요

ー「19.5㎝」전문

필자는 이 시의 제목인 '19.5㎝'를 실제로 재보았다. 사전적 의미로
길이란 물체의 한 끝에서 다른 끝까지의 공간적 거리를 말하지만, 시를
과학적으로 이해한다기보다 '19.5㎝'라는 길이의 느낌을 시적으로 느
껴보기 위해서였다. 과연 시인은 이 길이의 다양한 의미를 어떻게 풀어
가고 있을까. 시인은 시의 첫 머리에 "나는 아직 죽었나요?"라고 묻는
다. 이는 아직 내가 죽지 않고 살아있고, 살아야만 하며 산자와 죽은 자
사이에서 끝없이 고뇌하는 인간의 모습을 의미한다.

여기서 '19.5㎝'는 화자가 하고자 하는 말의 길이이자 깊이로도 이해
할 수 있지만 신체 일부의 길이일 수도 있다. 2행의 "심장 깊이 박힌 칼
의 길이"가 주는 '19.5㎝' 역시 짧을 수도 때에 따라선 엄청난 깊이의
길이일 수도 있는 것이다. 특히 '～나요', '～잖아요' 와 같은 의문형 어
미는 화자가 알고 있는 사실을 다시 확인하는 의미이다. 또한 우리가
살아가며 받는 상처의 길이 내지는 생각의 깊이에 대한 질문이라고 본

다. 때론 삶과 죽음의 실존적 길이일 수도 있는 '19.5㎝'는 시인이 만들어낸 상징적 의미로써의 길이로 이해된다. 생각의 길이가 바로 '삶의 길'인 것처럼 '길이'와 '길'의 중의적 의미가 돋보이는 시이다.

배낭을 뺐고 싶다/ 발목을 잡고 싶다

얼굴이/ 수염과 머리카락 속에 파묻힌 사내

자동차 바퀴가 제 그림자를 짓이겨도/ 확 땡볕을 끼었어도

말 한마디 못하고

칡꽃냄새 지독한/ 강둑/ 가드레일 따라 봉성리 쪽으로 가고 있다

아스팔트 바닥을 더듬는 칡순들/ 솜털이 소름끼치게 돋아난 칡순들
작살난 손목을 받쳐 들고 비명을 지르는 칡순들

휘어져 돌아와 흔들리고 있다/ 몸을 비틀어 꼬고 하늘로 솟아오르
고 있다

말라 비틀어진 칡순을 밟고/ 사내가 / 길보다 느리게 사라지고 있다
강물이/ 길보다 느리게 흘러가고 있다
                                   —「봉성리 쪽으로 가고 있다」전문

이 시에서는 적극적이거나 능동적인 모습은 배제되고, 대상에 대한 미세한 관찰과 화자와의 동일시에 대한 시선이 스며있다. 시 첫 행에 나타난 배낭을 메고 길을 가는 한 사내의 모습에서 인간의 고독이 읽혀진다. 그것은 "작살난 손목을 받쳐 들고 비명을 지르는 칡순들"과 "칡

꽃냄새 지독한 강둑"을 따라 봉성리 쪽을 향해 가는 한 사내의 모습이 같기 때문이다. 이는 자가용 안에서 편안한 길을 달리는 사람들과는 반대로 거친 삶의 길을 가는 한 사내와 아스팔트 바닥을 기는 칡순의 강한 생명력에서 진하게 흐르는 세계를 사유하게 한다.

'칡순'은 스스로 자신을 보호할 만큼 강한 나무가 아니다. "솜털이 소름끼치게 돋아난" 어린 풀에 불과하지만 그 질긴 생명력은 거대한 나무보다 강할지도 모른다. 화자는 길을 가는 '한 사내'와 저항할 힘이 없는 '칡순'을 동일 선상에 놓고 의연하게 각자의 길을 가게하고 있다. 그러나 사람은 누구나 가고자 했던 길을 수정하거나 못갈 수도 때론 돌아갈 수도 있다. 여기서 '길'은 어떤 목적지를 향하고 있듯이 '봉성리'는 하나의 상징적 의미에서 사내나 칡순이 가야할 길이 되는 것이다.

특히 이 시는 시각과 후각, 청각적 이미지를 가지고 있다. 구체적인 상황의 모든 이미지들이 주제를 향해 모여 그 분위기를 연출하고 있는 것이다. 김기림의 시 「길」에서 "나의 소년시절은 은빛바다가 엿보이는 그 긴 언덕길을 어머니의 상여와 함께 꼬부라져 돌아갔다"라는 구절이 있다. 시인에게 길이란 매우 중요하게 작용하는 시적 제재가 되고 있으며, 많은 의미와 방향을 제시한다. 이 시에서의 '길'은 '강'과 연결되어 한 사내의 마음속에서 강물보다 느리게 흐르고 있으며 서정적이고 명상적으로 확장된 세계를 보여주고 있다.

> 춥고 고요한 밤이다/ 농수로 둑에 갈대 한무리 서 있다
> 볼때기를 악물고 일제히 동쪽을 향해 서 있다
> 달빛이 불어오고 있다/ 논둑으로 은밀히 번져오고 있다
>
> ― (중략) ―

달에게 함부로 지껄이듯 하— 하— 씨앗을 품어대고 있다
씨앗들 달빛을 타고 날아오르고 있다
쩍쩍/ 농수로 얼음길이 환하게 열리고 있다
별이 드문 드문 떠가는/ 들녘에서 둥근 기도 소리가 들린다
　　　　　　　　　　　　　　　　　—「은밀한 때」부분

　자연에서 만나는 '은밀한 때'란 언제를 말함인가. "달빛이 은밀히 논 둑으로, 갈대의 흰 등으로 불어와 하— 하— 씨앗을 품어대고 있"는 장면, 더 이상의 은밀한 때를 만날 수 없을 것 같다. 이런 표현들에서 제목이 주는 느낌과 시적 감흥이 맞아떨어지고 있으며 오묘한 자연의 법칙을 시인의 눈으로 읽어내고 있음을 알 수 있다. 이 시에서의 '길'은 앞의 두 시의 길과는 다르지만 쩍쩍 소리를 내며 환하게 열리는 "농수로 얼음길"을 묘사하고 있다. 특히 "씨앗들 달빛을 타고 날아오르는"과 같은 표현은 김두안시의 회화적 이미지가 온전히 성숙해 있음을 보여준다. 단순히 작은 한 장면을 통해 그 길을 포착할 수 있는 시인의 눈이 순수함으로 느껴진다. 몇 편의 시가 한 시인을 전부 말해주진 않지만 세 편의 시만으로도 독자가 그 시인을 알아버리기도 한다. 그 연장선에서 보면, 「19.5㎝」에 나타난 길이가 주는 깊이와 「봉성리 쪽으로 가고 있다」, 「은밀한 때」에 나타난 길의 깊이는 김두안 시인의 철학적 사고와 성찰이 단순한 시적 묘사나 명상에 않음을 알 수 있다.

3. 바닥의 깊이와 바다의 깊이

　수족관 속 전어들 드릴처럼/ 바닥을 뚫고 있다
　아가미 속에 몸통을 박아 넣고 있다/ 뼛속 부드러움까지/ 꼬리까지

탈탈 털어 넣고 있다

　　모서리가 가장 깊은 곳이다/ 산소 공급기가 유일한 통로다

　　네모난 유리벽/ 안에/ 네모난 바닷물

　　비늘 파편들 무수히 떠 있다/ 햇볕은 반사하고 있다
　　가을이 금 간 틈으로 눈부신 길이 보인다

　　등산복 차림의 남자와 / 여자 몇/ 눈을 찡그리고 쳐다보고 있다

　　주둥이에 피멍이 든 전어들/ 아가미에 고요가 가득 찬 전어들

　　서서히 가라앉고 있다/ 꼬리부터 옆으로 눕고 있다

　　희번득/ 다시 한번 바닥이 진동하고 있다
　　　　　　　　　　　　　　　　　　　　－「수족관 속 전어들」 전문

　　이 시의 죽음의 이미지는 어디에서 온 것일까. 자세히 보면 1연과 2
연에서 전어의 처절함이 드러나고 있지만 3연의 "네모난 유리벽/ 안에/
네모난 바닷물"을 보면 그럴 수밖에 없다는 것을 알 수 있다. 여기서 시
의 핵심을 하나로 정리할 수 없는 이유가 있다. 첫째 화자는 네모난 유
리벽 속에 갇혀서 시간이 흐르면 인간의 식용으로 희생되는 생명체에
대한 연민의 마음을 표현했을 수도 있고, 둘째는 벗어날 수 없는 갇힌
틀 속에서 죽어가는 현대인의 유폐된 삶과도 같은 의미로 연결 지어 볼
수 있기 때문이다. 특히 4연에서 '물에 뜬 비늘 파편'과 '눈부신 길'이 주
는 의미나 7연과 8연에서 "서서히 가라앉"고 있는 전어가 "희번득/ 다

시 한번 바닥을 진동"하는 장면에 대한 묘사는 시간의 편차를 두고 네모난 수족관 속에서 발버둥 치다 서서히 죽어가는 고요한 죽음의 깊이가 느껴진다.

앞서 말한 바 있듯이 시는 사상도 철학도 아니고, 도덕과 윤리는 더욱 아니다. 시는 그 이전에 예술이고 감성이다. 그러나 시인의 눈에 포착된 죽어가는 전어에 대한 묘사와 진술에는 분명 철학적 개연성을 내포하고 있다. 어쩌면 자기 자신과의 고통과 결합되어 있는 건지도 모른다. 시인의 시 쓰기 행위 속에는 바닥이 보이지 않는 고통이 잠재해 있는 것처럼 이 시 역시 죽어가는 전어의 고통을 대변하는 성찰적 인식에서 시인의 언어를 엿볼 수 있다.

> 또 봄/ 섬에서 그녀가 왔다/ 바다를 한 보따리 이고 와 이빨로 매듭을 풀고 있다
>
> 가시를 자르고 비늘을 벗겨 내고 있다/ 배를 가르고 등뼈를 토막 내고 있다
>
> 칼날 뛰어가는 소리/ 장판에 벽지에 튀어 박히고 있다
>
> ─ (중략) ─
>
> 나는 객지 생활이 워떤지 몰라도/ 이 굴 껍데기만 같이
> 어디든 꽉 붙어살면 된다고 생각헌다
>
> 그녀는 뻘 같은 소리를 게워내고/ 창가에 갯바위처럼 앉아있다
> 파란 물 뚝뚝 떨어지는 보자기를 물끄러미 바라보고 있다

보자기 한 자락 참 깊고 넓다

                                        ―「그녀의 바다」 부분

    김두안의 이 시는 아포리즘을 상기시킨다. 시가 짧지 않음에도 매우 간결하고 강하게 느껴지는 건 지나친 수식이나 형용사를 배제한 탓도 있지만 그의 시에 잠언처럼 깨달음 같은 것이 내포되어 있기 때문이다. 슬픔을 간직한 사람의 시에선 슬픔이 묻어나듯 그의 시가 거의 사람냄새, 풀냄새, 바다냄새가 진하게 묻어나는 건 이 때문이다.

    '봄, 섬에서 온 그녀가 이고 온 보따리 속'에서 튀어나온 것은 파란 바다다. 역동적인 생명력을 느끼게 하는 언어구사도 그러하지만 2~3행으로 이어진 9연의 이 시는 진술과 묘사로 일관하고 있다. 특히 3연의 "칼날 뛰어가는 소리/ 장판에 벽지에 튀어 박히고 있다"란 묘사는 강한 현장감을 주는 표현이다. 이 시가 다소 거칠게 읽혀질 수도 있지만 그런 우려는 7~9연에서 말끔하게 해소된다.

    이어 8연 3행의 "파란 물 뚝뚝 떨어지는"에서 '파란 물'이 주는 신선함은 9연에서 반전을 보인다. 특히 마지막 연의 "보자기 한 자락 참 깊고 넓다"란 한 줄의 시구는 섬에서 펄떡이는 바다를 이고 온 한 여인의 삶을 단번에 아우르고도 남음이 있다. 이 시에서 화자는 '굴 껍데기같이 어디든 꽉 붙어살아야만'하는 객지생활의 곤궁함을 품고 있지만 그럼에도 악착같이 움켜쥐고 가는 삶의 의지를 그대로 전해준다. 깊고 넓은 바다의 깊이를 말해주듯이 투박함 속에 담긴 깊은 진정성이 김두안 시의 장점이다.

4. 생명을 은유하는 시인

　김두안의 시적 본질은 생명력이다. 그는 자신의 상상력과 감성으로 인간의 고독한 길속에 내재한 생명이 깃든 희망을 노래하고 있다. 고흐의 회화적 세계를 '생명이 깃든 색채'라고 한다. 고통은 예술가의 혼을 불러내어 작품으로써 승화시킨다. 그가 시인으로서 추구하는 길은 어떤 길인가. 화가가 자신만의 화법과 색채로 다양한 세계를 그리듯, 김두안은 그만의 독특한 글쓰기 방식으로 자신의 길을 가고 있다. 그의 시편들 대부분은 인간의 삶에 대한 진지한 성찰과 깨달음이 있다. 그의 시에 나타난 길이의 깊이, 길의 깊이는 생각의 길이이고 삶의 길인 것이다.

　일반적으로 좋은 시란 개인의 체험이나 상처를 분노나 반성에서 그치지 않고 거기에 보편적 개연성과 인간에 대한 진실성을 담은 시라고 한다면 틀린 말은 아닐 듯싶다. 영국의 시인 워즈워드는 "최상의 단어를 최상의 순서로 늘어놓은 것이 시다"라고 했다. 고정관념의 틀과 관습화된 비유에서 벗어나 기표중심의 언어로 시를 풀어내는 것이 독자를 움직일 수 있는 큰 힘이 아닐까. 그렇게 김두안은 세계에 대한 대상을 깊이 있게 이해하고 시를 통해서만 말할 수 있는 길을 선택한 것이다. 자신의 세계를 과장하거나 감추기보다 자연스럽고 담백하게 이끌어가는 그의 시적 확장이 기대된다.

시인, 아폴론의 후예들

— 따로 또 같이 빛나는 시인들;
장석주, 문태준, 이대흠, 손택수, 정원숙의 시

1. 시인의 직관적 통찰력과 성찰적 사유

시인에게 있어 창작을 위해 필요한 미적 체험과 직관적 통찰력은 무엇보다 중요한 요소일 것이다. 작가가 작품을 구상하기에 앞서 상상력이 작동되면 모든 가능한 전망들이 열리게 된다. 이때 아직 형성되지 않은 문학적 사색 가운데 어떤 이미지들에 대한 성찰적 사유는 구체적인 표현 방법인 메타포의 창출로 이어지게 된다. 칸트의 말대로라면 인식이란 감성과 지성의 합일이며, 이것의 깊이 없이는 참되게 직관하고 사유할 수 없다는 것이다. 즉, 직관은 사유를 거쳐야만 하고, 어떤 하나의 현상에 대해 철학적으로 이해할 수 있는 것이 아닌가.

실제로 문학적 구상을 연마하는데 있어서는 천부적인 재능이 우선될 수 있겠으나, 일반적으로 작가마다 제각기 창작의 재능이 다르고, 글을 쓰는 속도나 글의 힘도 다르다. 그것은 시나 소설 외에 다른 장르에도 마찬가지로 적용된다. 그중에서도 시는 사람으로 하여금 특별한 감흥과 느낌, 세상에 대한 반성과 성찰을 요구한다. 그런 측면에서 다섯 시인들이 바라본 세상에 대한 성찰적 사유, 자연에 대한 통찰로 쓰여진 시들을 만나본다.

2. 서정시의 회화성과 상징적 은유

그믐밤이다, 소쩍새가 운다.
사람이건 축생이건 산 것들은
사는 동안 울 일을 만나 저렇게 자주 운다.
낮엔 喪家를 다녀왔는데
산 자들이 내는 울음소리가 풍년이었다.
무뚝뚝한 것들은 절대 울지 않는다.
앞이 막혀 나갈 데가 없는 자리에서
'죽음!'이라고 나직이 발음해 본다.

─ (중략) ─

다시 혼잣말로 '죽음!'해본다.
바닥이라고 생각한 그것은
바닥이 아니었다.

　　　　　　　　　　　　─「달의 뒤편」부분

심해 속 어두운 고래 눈,
시장바닥 외진 골목 끝 식당 문짝의 간유리,
그 여자 분홍 발뒤꿈치

─ (중략) ─

서른 전 모란 작약,
저 슬픈 족속의 긴 꿈속을 걸어간다.
　　　　　　　　　　　　　　　ー「서른 전 모란 작약」부분

가을이 오면
어제 굶은 자를 하루 더 굶게 하고
오래된 연인들을 헤어지게 하고
슬픈 자에겐 더 슬픔을 얹어 주소서.
부자에게선 재물을 빼앗고
학자에게서는 치매를 내리소서.
재물 없이도 행복할 수 있음을 알게 하고
닳도록 써먹은 뇌를 쉬게 하소서.
육상 선수의 정강이뼈를 부러뜨려
그 뼈와 근육에 긴 휴식을 내리소서.

ー (중략) ー

그리하여 시집을 찍느라
열대우림이 사라지는 일이 없게 하소서.
다만 고요 속에서 시들고 마르고 바스러지는
저 무수한 멸망과 죽음들이
이 가을에 얼마나 큰 축복이고 행운인지를
부디 깨닫게 하소서.
　　　　　　　　　　　　　　　　　ー「가을의 시」부분

　장석주의 시는 평범하게 보이는 우리의 생이 얼마나 아픈 것인가를 명료하게 전달해준다. 그의 시적 언어는 매우 힘이 있고 감각적이나 지나치게 한 곳으로 맥없이 흐르지 않는다. 그러면서도 막막하고 모호한 생명의 본질을 그만의 독특한 표현법으로 보여주고 있다. 시의 구절마다 확실한 구두점과 명사와 부사구의 결합에서도 그는 과도하게 관념으로 흐르는 것을 지양하고 있다.

시 「달의 뒤편」의 7~8행에서 '앞이 막혀 나갈 데가 없는 자리에서/ 죽음! 이라고 나직이 발음해 본다'와 마지막 행의 "바닥이라고 생각한 그것은/ 바닥이 아니었다"는 말은 존재에 대한 초월성을 의미한다. 결국 생의 마감인 '죽음'조차 바닥 같은 절망이 아니고 인간의 삶의 본질이라는 것이다. 동양적인 사고와 정서적 미감으로 정신적 기후를 따뜻하게 조성하는 함축성 있는 시어 처리는 그의 폭넓은 시적 영역을 다시금 확인시켜준다. 화자는 소쩍새 우는 그믐밤 조문 후, 문득 '죽음'이란 단어를 떠올린다. '저녁 산책길에 만난 똬리 튼 뱀', '저수지에서의 돌팔매질', '꽃대 올라온 작약' 이런 시어들을 통해 인간이 살아가는 동안은 주어진 길을 가는 것이 숙명임을 인지한다. '죽음'을 생각한 순간 그것은 자신에게 지나간 것과 오는 것 사이에서의 절대적인 실존이 된다. 이 시에서의 '죽음'이란 내세나 영원의 세계가 아닌 미래로 잇닿은 현재라는 시각에서의 질서로 이해되며, 시종 긴장을 이끌어가다 마지막 연에서 확실한 상징의 확장성을 보여주고 있다.

「서른 전 모란 작약」은 매우 상징적인 묘사들로 인해 해독이 쉽진 않지만 장석주 특유의 관념적이면서도 초월적 감각이 돋보이는 시다. 이 작품에 내포된 상황은 심오한 사상성보다는 우리들의 일상사에 대해 단순한 시 감상으로 끝나지 않고 기도문 같은 구도자의 시선을 가진다. 시 속에 내재된 의식세계나 전개된 상황, 화자가 느끼는 감정이 그대로 독자에게 전달되는 과정에서 그 줄거리의 선명함과 결합한 채, 기억 속에 간직된다는 것은 장석주의 특별한 시적 미의식에서 오는 것이다.

특히 「가을의 시」에서는 반어법을 통해서 이 가을이 얼마나 축복이고 아름다움인지를 깨닫게 해준다. 실상 사랑하는 연인이 끝없이 계속 사랑만 할 수는 없는 일이고, 평생 재물을 모으느라 지친 부자들 역시 물질적 욕심이 얼마나 부질없는 일이라는 것을 깨닫게 된다. 오랜 시간을 학자가 휴식 없이 연구에만 몰두하고, 운동선수가 끊임없이 운동만 해야 한다면 그 또한 얼마나 큰 불행일까. "고요 속에서 시들고 마르고 바스러지는/ 저 무수한 멸망과 죽음들이" 그래서 이 가을은 너무나 큰 축복이고 행운인지를 깨닫게 해준다.

그렇게 장석주의 시는 리듬과 회화성을 가진다. 그의 시는 확연하게 눈에 보이면서 잘 발달된 은유나 상징은 관습적이 아닌 창조적인 것이라고 할 수 있다. 또한 시 전체를 자연스럽게 흐르는 의식의 흐름을 거스를 수 없게 만들고 있는 것은 그의 시가 갖는 서정성과 진정성이라고 할 수 있다. 옥타비오 파스는 『활과 리라』에서 "시는 이 세계를 드러내면서 다른 세계를 창조한다. 시는 선택받은 자들의 빵이자 저주받은 양식이다."라고 말했다. 이러한 장석주의 시와는 빛깔이 다른 느림의 미학을 느낄 수 있는 문태준의 시를 보자.

> 눈과 입이 한쪽으로 틀어졌다
> 목은 뻣뻣했다
> 기슭의 흙처럼 가슴살이 흘러내렸다
>
> 언 빨래 같은 그의 몸을 보고 있었다
> 마흔을 훌쩍 넘었을 사내가
> 그의 발바닥을 주무르고
> 종아리를 주무르고
> 팔을 주무르고 있었다

한참 주무르고 주무르다
온탕 한 바가지를 떠
그의 목덜미에 어깨에 등에 부어주었다
온탕을 부어주고
그를 가만히 기다렸다,
그의 알몸이 온탕 한 벌을 입을 때까지

밥술을 떠 그의 입에 넣어주고 기다리던 때처럼
  　　　　　　　　　　　　　　　 —「온탕에서」 전문

이별이 오면 누구든 나에게 바지락 씻는 소리를 후련하게 들려주었
으면
  바짓단을 걷어 올리고 엉덩이를 들썩들썩하면서
  바지락과 바지락을 맞비벼 치대듯이 우악스럽게 바지락 씻는 소리
를 들려주었으면
  그러면 나는 눈을 질끈 감고 입을 틀어막고 구석구석 안 아픈 데가
없겠지
  가장 아픈 데가 깔깔하고 깔깔한 그 바지락 씻는 소리를 마지막까
지 듣겠지
  오늘은 누가 나에게 이별이 되고 나는 또 개흙눈이 되어서
  　　　　　　　　　　　　　　　 —「이별이 오면」 전문

　문태준의 시는 익숙하고 오래된 묘사 같지만 전혀 진부하지 않다. 굳
이 어려운 시어를 택하기보다 쉬운 언어 속에 내재된 상징적 이미지들
을 그림처럼 보여주고 있다. 「온탕에서」란 시는 중풍으로 목과 팔다리
가 뻣뻣하게 굳어져 마비가 된 듯한 아버지의 몸을 주무르고 물을 부어
주는 중년의 아들 모습을 떠올린다. 1연에서 화자는 철저한 관찰자의
입장에서 아름답고도 슬픈 장면을 담담히 묘사한다. 2연에서는 '언 빨

래 같은 그의 모습을 보고 있'는 시인 자신을 드러낸다. 마지막 연에서도 시인은 아버지와의 식사장면을 떠올리며 과거를 회상한다. 이 시는 부자 즉, 가족관계와 연결 지어지는 근원성을 내포하고 있다.

여기서 다시 시로 돌아가서 언 빨래에 온탕을 한 바가지 부어주면 빨래는 허연 김을 내며 풀리겠지만, 그의 몸은 녹지 않는다. 우리는 그 사실을 너무나 잘 알고 있다. 온탕을 부어주고 그의 몸이 온기를 받아들일 때까지 우리가 할 수 있는 것은 없다. 밥술을 떠 입에 넣어준 뒤에 우리가 할 수 있는 것은 아무것도 없다. 오직 가만히 기다리는 것, 그것 밖에는 없다. 하지만 그는 우리가 떠 넣어 준 밥을 씹어 삼킬 수는 있다. 시간이 좀 걸리겠지만 말이다. 그 기다리는 시간, 우리는 맨 얼굴로 삶의 진실과 마주하게 된다. 정말 어쩔 수 없기에 슬프고 그래서 가끔씩은 아름답기까지 한 순간인 것이다.

문태준의 서정시가 어떤 회귀의 움직임 같은 것으로 느껴지는 것은 서정적 공간에서 언뜻 언뜻 보이는 이탈과 같은 장면이 시 속에 녹아있기 때문이다. 이 시의 마지막 연의 '밥술을 떠 그의 입에 넣어주고 기다리던 때처럼'이 주는 그 진한 의미는 화려한 수사적 표현과 기교 없이도 깊이 있는 표현이 가능할 수 있음을 보여주는 부분이다.

「온탕에서」란 시가 시각적이라면 「이별이 오면」은 청각적인 시라고 할 수 있다. 늘 어떤 것과도 이별을 하며 살아가야 하는 측은한 우리의 삶을 깔깔한 바지락 씻는 소리에 빗댄다. 언제라도 이별이 왔을 때 바지락을 맞비벼 치대는 우악스런 소리조차 힘 있게 들을 수 있다는 묘사는 문태준의 시가 전달보다는 표현을 보여주는 전통에 그 뿌리를 두고 있음을 알 수 있다. 그의 다른 시편들에서도 잘 나타나 있는 것처럼 보이는 것과 들리는 것을 그대로 여과 없이 수용하는 시인의 순수성 내지는 그렇게 보려하는 시선이 잘 결합된 효과이다. 그런 점에서 문태준은 소월과 백석을 많이 닮아있다는 생각을 한다.

이대흠의 시는 거침없고 투박하지만 물 흐르듯 자연스럽고 편안하다. 반면에 냉철한 언어감각으로 강렬한 시상을 전개하고 있다. 그동안의 전작들이 실험적 서사시였다면 두 시가 담긴 이번 시집(『귀가 서럽다』, 창비)은 개인의 미시적 경험과 그에 따르는 소박한 서정성이 주를 이룬다. 그러나 그의 시는 파편화된 인간을 첨예하게 해부하는 '개인적' 서정과 궤를 달리한다. 그의 경험에서 오는 진정성과 서정성은 보편적 현실에 기반하고 있기 때문이다. 즉, 인간의 삶에 대한 희망과 일상의 따스함을 발견하는 것은 이대흠 시의 여전한 출발점이자 목표점이기도 하다.

> 소리에 갇혀 아무 소리도 듣지 못하는
> 물 속 돌멩이 같은 삶도 있는 것이다
>
> 그 돌멩이의 부드러운 그늘 같은 울음도 있는 것이다
> ―「롱에게」 전문

> 보리숭어라는 거 복송꽃 필 때라
> 살에서는 복송내 난다고 복송내 귀 뒤로 흐르는 바람소리만 들려도 찰랑 몸물이 돌 때라 물만 먹어도 단물이 들어서 몸속 무늬가 찰지게/ 박혀 이게 살랑 꽃으로 피는 거제 인자 막 물오르는 시악시 몸이라 탱글탱글하니//
> 꼭 그맘때 이녁 그림자만 스쳐도 몸꽃이 확확 피던
> 똑 그 나이 때 모양 나도 몰랐던 도화살이 자르르 번져서는 이마에도 볼에도 속살에도 연분홍 꽃잎이 또록또록 돋아서는 보름으로 가//
> 는 달마저도 꽃물 들어 달아오르는 봄밤인 거라 섬진강 더듬어오르는

숭어떼의 지느러미가 더욱 파닥거려서 오를수록 오를수록 개울/은 좁
아지고 파닥거리는 숭어떼//

　　파닥파닥 복송꽃 피고 타랑타랑 복송꽃 지고

　　마음이 똑 옻 오른 것맹이로 근지러워서 이녁 생각만 하여도 스리

슬쩍 내 안에서 알이 슬때라

　　　　　　　　　　　　　　　－「도화의 말을 적다」 전문

　이 두 편의 시는 풍이 다르게 느껴진다. 앞의 시 「롱에게」가 즉물적
인 감각의 시라면, 뒤의 시 「도화의 말을 적다」는 남도 사투리가 걸쭉한
생동감과 강렬한 서정으로 힘이 넘친다. 이 시의 화자는 '도화' 즉 복숭
아꽃이다. 제목이 주는 느낌이 감각적이듯 시 속에도 의태어나 의성어
(파닥 파닥 복숭아꽃 피고 파닥 파닥 살구꽃 피고, 찰랑 몸물이 돌 때라),
남도 사투리(옻 오른 것 매이로)와 같은 표현들이 어우러져 박성우의 말
처럼 "시인의 손끝에서 파닥 파닥 발기하는 꽃들"이란 표현 그대로다.
　이대흠의 시 자체에서 뿜어져 나오는 이미지들은 언뜻 날 것 같은 이
미지이나 인간과 자연을 바라보는 시선은 구체적인 연민과 애정에서
비롯된다. 독자의 입장에서 볼 때 좋은 시 나쁜 시를 구분하기 전에 좋
은 시란 독자에게 마이너스 계정을 플러스 계정으로 바꾸어주는 역할
의 시라고 생각한다. 그렇게 볼 때 이대흠의 시는 분명 휴머니티가 살
아있는 시다. 무엇보다 사투리가 지닌 애잔한 정서를 극대화하는 상황
을 절묘하게 포착한 데서 가능해진 결과이다.
　호라티우스의 『시의 기술』을 보면 "시가 아름다움을 가지는 것만으
로는 부족하다. 청중을 사로잡으려면 매력 또한 있어야 한다. 웃는 얼
굴이 웃는 얼굴에 마주하듯 우는 이에게 동정이 주어진다. 당신이 나를
울게 하려면 당신이 먼저 슬픔을 느껴야 한다."고 했다. 그렇듯 시인은

독자나 청중을 감동시키기 위해서는 1차 독자인 자신이 먼저 감동하고 웃고 울고 느껴야 한다는 것이다. 시인은 경험이 있는 모방 기술자로서 모델을 구하기 위해 인간의 생활과 성격을 주시해야 한다. 그들로부터 인생을 진실 되게 반영하는 언어를 얻어내는 것이 좋은 글쓰기의 기초가 된다는 의미이다.

　다음은 손택수의 시 「사과의 新房」과 「내 단골 밥집의 출입문은 낮다」 두 시를 보겠다.

　　　　사과가 너무 빨리 익으면
　　　　달고 진한 맛이 잘 나지 않는 법이다
　　　　조급하게 따가운 볕 그대로 받았다간
　　　　겉과 속이 따로 놀기 십상
　　　　그러니 사내나 볕이나 적당히
　　　　퉁겨낼 줄 알아야 한다

　　　　─ (중략) ─

　　　　챙모자 쓴 아낙들이
　　　　종이봉투에 한참 사과알을 싸고 있다
　　　　신방에 창호문 새로 바르고,
　　　　머지않아 분단장할 딸년들
　　　　연애 훈수라도 하듯이
　　　　　　　　　　　　　　─「사과의 新房」 부분

　　　　그 밥집엘 가려면 머리를 숙여야 한다
　　　　밥에게 정중히 허리를 구부릴 줄 알아야 한다

　　　　뻣뻣하게 고개를 쳐들고 들어갔다간 아이쿠나

머리에 꿀밤부터 먹이기 십상

그동안 돈도 좀 벌었을텐데
출입문 좀 고치지 그래요,
볼멘소리를 해도 그저 말없이
밥만 짓는 집
고봉으로 퍼담은 밥 앞에서 넙죽
인사부터 시키고 보는 집
　　　　　　　　　－「내 단골 밥집의 출입문은 낮다」 전문

　손택수의 시에는 사람의 욕심이나 억지로 짜낸 꾸밈이 없으며, 토속적인 느낌이 주는 평안함에 가깝다. 특히 그의 시적 언어는 관념, 이데올로기, 사유 등 머리의 언어라기보다는 일상적 체험, 사람의 내면에서 오는 습성과 연결된다. 요즘은 뭔가 복잡하게 얽어매야 근사한 시로 여기는 풍조가 있어 비평을 하는 사람들에게 큰 숙제를 안기곤 한다. 그러나 손택수의 시는 그런 불필요한 계산이 필요치 않는 명징함 속에 허를 치는 재치가 넘친다. 특히 이 두 시는 더욱 그러하다.

　우선「사과의 新房」이란 시를 보면 태양볕 아래 적당한 시간을 견뎌야만 달고 진한 사과의 맛을 쟁일 수 있음에 대하여 "사내나 볕이나 적당히 퉁겨낼 줄 알아야 한다"라고 받아친 구수한 비유는 외려 감각적이다. 특히 사과알을 싸는 종이봉투를 창호문 새로 바른 '新房'과 접목시킨 센스는 유머러스한 메타포가 아닐 수 없다. 손택수 시의 매력은 이렇게 사람에 대한 사랑과 함께 기다림의 미학이 돋보이기 때문일 것이다.

　시「내 단골 밥집의 출입문은 낮다」에서는 보잘 것 없어 보이는 고단한 삶의 기억들을 조용히 감싸 안는다. 시인의 서정적 시선은 도시의 빠른 속도에 언뜻 뒤처져 보일 수도 있지만, 서민의 삶의 모습을 그대로 전달하는 사물에 대한 관찰이 매우 정직하게 유지되고 있다. 도시의 빌딩 숲 사이 멋진 음식점의 높은 출입문의 위악스러움이 아닌 인간이 먹고사는 문제에서 가장 큰 화두가 되는 '밥'이란 존재에 대해 겸손해야한다는 의미를 내포하고 있다. 그렇게 그의 시는 과거의 사건을 서술하는 것이 아니고 개인적인 정서가 중심이 되는 현재적인 표현을 사용한다. 특별한 긴장감이나 지나친 강렬함보다는 손택수 만의 느린 어법을 통해 앞서만 가려는 현대인의 욕망을 거부하고 낮게 살아가는 사람들에 대한 연민으로 그 시선을 확장시키고 있다.

끝으로 다른 여러 시들 속에서 또 다른 특징을 갖는 정원숙의 「크레바스」와 「바람의 서(書)」를 보겠다. 이 시는 정원숙의 첫 시집 『바람의 서』에 실린 시로 시어들이 아프다. '핏기 잃은 바람'이라거나 '무릎 깨진 바람', '밀입국자처럼 떠도는 바람' 등 시어 자체가 갖는 빛깔이 무겁고 어둡다.

시인에게 있어서 죽음은 곧 삶이며 삶이 곧 죽음이다. 따라서 시인이 바라보는 세상은 '공 空' 즉, 텅 빔이다. 시인은 그 텅 빔 속에 자신을 밀어넣으며 조용히 자신의 뿌리를 더듬는다. 그는 현대문명과 우울한 도시의 어두움 속에서 번져 나오는 절망과 고통, 다른 삶에의 희망과 좌절을 환상적으로 표현한다.

1. 환상 혹은 추억

내게 환상을 일으키는 것은 섬, 집시, 침묵, 찰나

선 자월紫月 섬, 나는 이곳에서 하나의 자연이 되네 바위가 되고 폭풍우가 되고 태양이 되네

집시, 집시, 하고 불러보네 느릅나무 숲길을 하염없이 거닐고 짐승

들과 덤불숲에서 뛰놀다 함부로 잠이 드네 잠에서 깨어나 밤의 별자리에
내 꿈의 긴 항해일기를 쓰네

— (중략) —

4. 다시 벼랑에서

적막한 벼랑 위를 다시 오르네

사위는 자줏빛으로 잠겨있고 나는 벌거벗은 채 바위 위에 몸을 너
네 어스름 달빛에 몸을 말리네 알몸의 나는 묵묵히 여명을 받으며 온
몸을 떠네
— (중략) —

홀로그램처럼 펼쳐지는 삶의 편린들 내 꿈의 항해일기를 더듬거리네

나, 돌아갈 수 있을까

— 「크레바스」 부분

허밍을 날리듯 온 몸의 감각과 구멍을 여네
독하고 슬픈 바람의 말이 귓가를 배회하네
타클라마칸에서 핏기 잃은 바람
티벳 고원에서 무릎 깨진 바람
아프리카에서 숙성된 바람

— (중략) —

저녁, 눈보라에게

대모代母 갈매나무 같은 시라는 나의 대모
왜 그땐 알아채지 못했을까요
천정의 고드름으로 곤추서던 굴욕과 한시도 잠재울 수 없던 분노
이명처럼 우리던 속죄의 외침을 끊임없이 달의 껍질을 벗기던 월피
月皮

— (중략) —

천년의 밀입국자처럼 떠도는 바람 바람이여

너는 나를 관통하고 있었구나

— 「바람의 서(書)」 부분

정원숙의 시는 어둡고 아프지만 독특한 실험을 통한 환상성을 지니며, 거침없는 표현과 언어감각이 단연 돋보인다. 시의 다양성은 삶에 대한 새로움을 발견하고 미적 체험과 동시에 넓게는 사상성까지도 인식할 수 있게 한다는 점에서 그녀의 시는 이성과 본능의 충돌, 그리고 전복까지도 생각할 수 있게 만든다.

1990년대 이후 우리 시문학사에서 환상성이 주요한 화두로 자리 잡은 것만은 확실하다. 이 시에서도 독자에게 보이는 시적 현실은 어떤 환상적 리얼리티를 확보하고 있다. 그러나 이 시를 환상시[1]라고 단정하기에 다소 무리가 따르는 것은 환상시가 현실과 비현실/ 확정성과 불확정성 등으로 대립되는 경계에 놓여있는 현실을 토대로 하기 때문이

---

1) 1990년대 환상시의 경우 1980년대의 해체시와 같은 정치적 상상력은 급격히 사그라들었고 탈 역사적이다. 1990년대 환상시에서는 1980년대와 같은 저항해야 할 분명한 대상이 존재하지 않으며, 따라서 재구축해야 할 미래에 대한 전망의 꿈도 부재하다. 이승하 외, 『한국현대시문학사』, 2005, 411쪽 재인용.

다. 특히 환상시는 첨단의 다양한 시청각 매체의 영향을 받은 바 크나 정원숙 시에 있어서의 환상성은 로즈메리 잭슨의 '환상성'[2]에 가깝다고 할 수 있는데, 『크레바스』에서 중요한 건 '바람'의 존재다. 동일어구의 반복과 나열, 기호의 촉지성을 최대한 살린 의도나 시행의 종결어미가 '~네'로 끝나는 것도 시인이 계획한 하나의 장치로 작용한다. 이는 마치 어떠한 이야기들을 세세히 설명하기보다 세상의 은둔자 내지는 산책자의 입장에서 바라본 관조적 시각으로 이해된다.

시 『바람의 서(書)』는 가난한 도시 서민이 살아가는 삶이 얼마나 고달픈 것인가를 '바람'을 통해서 알려준다. 실체를 드러내지 않는 '바람' 앞에서 죄의식이나 질병, 가난조차 세상적인 그 어느 것도 무가치한 것임을 자연의 이법을 통하여 우리에게 은유적으로 교시해준다. 새벽 수색 '비탈의 서書', 정오 잠실 '사구砂丘의 서書', 저녁 월피 '눈보라의 서書'라는 시간성을 두고 전개시키고 있는데 시적 화자는 나와 어머니, 아버지가 살아가는 삶의 모습으로 변화되어 나타나며 결국 나의 대모는 갈매나무 같은 시라는 것을 깨닫는다. 즉 '바람'이 시인에게 의미하는 것은 그것이 천년의 밀입국자처럼 자신을 관통하는 두려운 존재라는 것이다.

이 시의 전반부는 다소 관념적으로 흐르나 뒤로 이어지는 각 연의 내

---

2) 환상이란 일차적으로 현실이 아닌 것을 뜻한다. 그 의미가 긍정적으로 쓰이든 부정적으로 쓰이든 현실의 바깥에 있는 상상력이 구성한 허구의 세계를 지칭한다. 현실 속에 존재하는 인간이 현실의 한계를 뛰어넘기 위한 욕망을 갈구하게 될 때, 문화적 속박으로부터 야기된 결핍을 보상하려는 특징을 가지고 있으며, 인간의 욕망의 문제를 형상화하는 문학을 통해서 부재와 상실로 경험되는 것을 다시금 추구하려는 경향을 말한다. 특히 환상시는 지배적 가치체계 바깥에 놓여있는 것들을 개방해 놓음으로써 자신을 제약하고 구속하는 세계의 틀을 넘어서려는 자유롭고 확대된 상상력을 보여준다. 로즈메리잭슨, 서강여성문학연구회 역, **『환상성-전복의 문학』**, 문학동네, 2001 참조.

용들을 안내하는 향도 역할을 하고 있다. 그만큼 정원숙의 시는 언뜻 복잡성을 보이지만 잘 짜인 그물처럼 계획되어 있으며, 전형적인 현대시의 다양성을 지닌다. 상징은 문학작품 속에서 작가의 의도와는 다르게 독자에 의해 다양한 의미로 해석될 수 있기 때문에 애매하고 모호하지만 현상을 넘어서 본질의 모습으로 나타난다. 더 나아가 모든 시적인 감성이나 상상력은 다의성과 암시성을 내포하게 된다.

3. 다양성과 보편성 사이에서

현대시는 다양한 기법으로 정치나 사회적 문제를 해학과 풍자로 비판하거나 새로움을 추구하는 현대인의 삶을 묘사한다. 대개가 복잡하고 다의적이며 이미지를 중시하고 아이러니를 표현하는 시들이다. 현대시가 난해하다는 것도 이러한 이유에서일 것이다. 그만큼 시인은 일반사람들의 시각과 달라야 한다는 것이고, 현대와 같이 다매체 시대에서 시인은 인간 내면의 세계와 사회에 대한 통찰력을 필요로 한다.

시인은 비판과 창조, 다양성과 보편성 사이를 늘 왕복하며 또 다른 세계를 추구하는 사람들임에 틀림이 없다. 인간이 당대의 사람들과 연대하거나 교감하며 살아갈 수밖에 없는 현대 사회에서 문학은 개인 밖의 것, 즉 사회적인 것들의 영향을 받는 것은 당연하다. 결국 문학은 작가의 개인적이고 주관적인 감정을 표현하는 것임에 분명하지만 동시에 그 감정은 인간 전체의 보편적이고 객관적인 정서에 맞닿아 있는 것이기도 하다. 그러므로 창조적 예술 중에서도 시는 그 시대와 사회를 대변하는 힘으로 작용하게 된다.

수많은 시가 가슴을 저리게도 하고 때론 웃음을 자아내기도 한다. 또한 소외된 사람들에게는 위로의 힘으로, 권력을 휘두르는 자들에게는 철퇴가 되기도 한다. 사람들의 얼굴 생김새가 각양각색으로 다른 것처럼 시도 제각각 개성이 다를 수밖에 없다. 아울러 시가 주는 아름다움 혹은 시각적 인상에서 발견할 수 있는 미의식의 범위는 상당히 넓고 다양하다. 이상으로 다섯 시인의 시집을 살펴보면서 "시 삼백 편을 읽으면 사특한 마음이 없어진다"는 공자의 말을 떠올렸다. 시를 읽는 일 자체가 사람에게 큰 정화작용일 수 있는 것처럼 시와의 인연에 대한 소중함으로 더 넓고 깊은 시적 소통이 가능케 되리라 기대한다.

감각과 감성의 미적세계

– 류인서, 박라연의 시를 체험하는 두 가지 방식

1. 감각과 감성

시는 감각과 감성만으로 그 본질을 다 보여주지는 않지만, 미적세계의 고유한 특징들을 갖고 있는 것은 사실이다. 이때 드러나는 시적 구조와 미적 반응의 고유성은 그 후에 이루어지는 좀 더 깊이 있는 시인의 시세계를 알게 해준다.

보들레르는 세상에 대한 열광과 희망을 버리고 그것을 향한 저주와 절망을 솔직히 시인하며 그것을 시적 소재로 삼았다. 오스카 와일드는 소외된 예술을 소외된 채로 시인하고 순전히 예술을 위한 예술을 시도하였다. 또한 보들레르의 영향을 받았다는 미당 초기시의 악마적이고 원초적 관능성은 후기에 이르러서는 달관과 원숙미로 나타났다. 황지우가 추구한 이상향을 향한 역사의식의 전환이 해체시를 만들어냈듯이, 시인은 자신의 상상력 외에 다른 여러 곳으로부터 영감을 얻는다. 사물에 대한 각기 다른 시각과 삶과 죽음에 대한 새로운 인식 능력, 그리고 다양한 체험을 통해 착오 없는 이행을 허용한다.

독자 역시 시를 이해하고 체험하는 방식은 다양하다. 저마다 자기 세계로 시를 수용하기 때문이다. 이는 유협의 『文心雕龍』에서 찾아볼 수 있는데, 「양기」 편의 아름다움을 일차적으로 체험하는 시각·청각 같은 감각기관, 「명시」 편에서 말하는 아름다움을 마음으로 체험할 수 있는 타고난 감성들, 「물색」 편에서 말하는 미적인 감동 등, 다양하게 증폭시킬 수 있는 체험 코드로써 상상력을 창출한다고 말한다.

그렇게 볼 때, 류인서와 박라연 두 시인의 시세계는 분명 시를 통해 다양한 감성들을 전달해주는 메신저 역할을 맡고 있으며, 카타르시스의 효용성과 희열성을 동시에 내포하고 있다. 이는 이들의 시를 체험하는 두가지 방식을 통해 시의 미적 법칙에 대한 진리를 찾는 과정일 것이다.

2. 류인서 시의 미적 세계

『여우』는 류인서 시인의 두 번째 시집이다. 그가 애초에 생각해본 시집 제목은 넓은 의미로 '자연'이었다고 말한 것처럼 55편의 시들은 대부분 우리의 주변에서 흔히 볼 수 있는 사물이나 자연물들이다. 그는 활달하면서도 날카로운 감각으로 사물에 대한 존재의 이면과 생의 근원적 의미를 확장시킨다. 이러한 시인의 시적 특성은 서정성을 바탕으로 하고 있으나 결코 진부하지 않은 새로운 미감의 표현방식을 추구하고 있다.

또한 어떤 기억이나 추억에 연관된 사건들을 감각적으로 받아들이고 그 표상을 시적으로 환기시킨다. 그의 첫 시집 『그는 늘 왼쪽에 앉는다』에서도 볼 수 있듯이 좀처럼 자신의 사적인 감정을 잘 드러내지 않는다. 다만 여러 종류의 렌즈를 가지고 하나의 사물을 다양한 각도에서 관찰하고 살펴본다. 이러한 감각적이면서 명징한 표현들은 한층 시의 격을 높이고, 그런 명징함 속에 내재하고 있는 여유로운 필치는 유장함을 느끼게 한다. 과거의 기억이나 오래 묵은 이미지들만으로는 자칫 지루함과 진부함으로 빠질 수 있다. 그러나 류인서의 경우 시에 내포된 의미와 내면에 흐르는 세상에 대한 성찰은 그가 쌓아온 내공의 힘이다.

> 시골집 수돗가 빛바랜 저 거울에게도 어느 순간 반짝, 빛나던 때가 있었다
>
> 일생을 흘려보낼 조그마한 저수지를 이루었다고 세숫대야 물이 흰 부추꽃처럼 찰랑일 때
> 아버지 돋보기안경에 날아앉은 잠자리가 멀리 있는 어린 자식 안부 편지를 읽을 때
> 긴 여름날 마당가 백일홍꽃 속에서 더위 한자락 싹둑 자르는 가위소리 들릴 때
> 오래 집 나갔던 낸 끄트머리 보랏빛 형제가 돌아와 일곱색깔 모두 모였으니 어머 이리 나와봐, 저기 무지개 떴어
> 포도 몇 송이 놓고 식구들이 빙 둘러 앉을 때, 으깨고 으깬 그 저녁의 육즙
>
> 그리고 시골집 수돗가 거울이 마지막 반짝 빛나던 때, 이삿짐 나가고 식구들 다 떠나고 담장 밖 능소화가 적막한 등불 하나 걸 때
> — 「거울」 전문

현대시에 나타난 거울이미지는 의미와 상징의 숲일 수도 있고, 자기의 무의식으로 해석되기도 한다. 대상을 반영하여 자기와의 대면을 시

도하는데 소통을 유도하거나 반대로 대립하게 된다. 그러나 「거울」에서의 '거울'은 자아 분열이나 자아 해체적 의식이 아니라 좀 더 화자(나)와 가까이에 있는 과거로서의 상징이라고 볼 수 있다.

이 시에서 시인이 바라보고 있는 곳은 한때 거울 속에서 반짝이던 순간들이다. 그 기억을 반추하는 표현이 2~3연으로 이어지지만 "마지막 빛나던 때"가 "이삿짐 나가고 식구들 다 떠나고 담장 밖 능소화가 적막한 등불을 하나 걸 때"라고 본 시인의 시선이 아름답다. 누구에게나 지난 과거 속에 반추할만한 이야기가 있다. 그러한 기억들을 시인은 감각적으로 유추해내는 연금술사 같다. 이 시의 첫 구절 "시골집 수돗가 빛바랜 거울"을 보면서 시인은 그 거울 속에 자신을 투영한다. 문득 필자의 시어머님이 사셨던 시골 古家의 툇마루 기둥에 매달린 누런 거울을 떠올린다. 시어머니 뻘 되시는 큰 형님이 시집오실 때 해온 혼수 품목 중 하나라고 들었다. 어쩌다 그 거울을 볼 때마다 과거 그 집안 여인네들의 눈물과 한이 보이는 것만 같아 마음이 아팠다. 거울 속에 잠긴 가족을 하나로 이어준 모티브 역시 가족 한 사람 한 사람 빛나던 시절의 절편들이 아니었을까 상상하곤 했다.

들뢰즈는 『차이와 반복』(1968)에서 노마드의 세계를 말한다. 자크 아탈리의 '호모 노마드, 유목하는 인간'이란 책도 있지만 이는 간단히 말해 시각이 정체되지 않고 끝없이 유동하는 것을 말한다. 시인의 눈이란 눈에 보이는 그대로를 보지 않고, 돌아다니는 시각을 가진 자로서 체험과 기억, 그리고 상상력을 통해 조화로움을 얻는다는 것이다. 이러한 시인의 감각과 감성을 유추해 내는 직관은 필경 고급독자의 것이라고만 말할 수 없다. 시의 명징한 이미지들이 독자로 하여금 그렇게 읽혀지게 하는 것은 아닐까. 이러한 점이 류인서의 시가 가진 현현한 본질이라 믿는다.

나는 빛을 모으는 오목거울이지
자전거의 은빛 바퀴살 사이에 핀 양귀비꽃
세계와 세계 사이를 떨며 흐르는 공기
회오리를 감춘 강물이지

— (중략) —

세계의 벽을 두드리는 망치, 나는 그 끝나지 않는 물음이지
기다림이지
아침을 향해 절뚝이며 달려가는 괘종시계
발기하는 소경의 지팡이지, 날 선 창끝이지
네가 나를 들을 때,
너의 눈이 나를 쓰다듬을 때,
나는 너에게 덤빈다 먹어치운다
먹으며 먹히며 서로 끝없이 스민다
내가 너를 수태하고 네가 나를 낳는다

너와 나, 마주하는 두 개의 사물
사이에서 넘쳐흐르는 낯선 세계의 즐거운 멜로디

—「사물의 말」부분

언어는 인간의 생각이나 감정을 전달하는 도구이며 의식과 언어는 동전의 양면과 같은 관계이다. 이 시의 제목이 '사물의 말'이듯이 사물과 소통할 수 있다는 전제가 내포되어 있다. 따라서 사물을 통해서 생각하고 실행하는 자신과 언어와의 관계를 표현한 것으로 이해된다. "네가 나를 들을 때,/ 너의 눈이 나를 쓰다듬을 때,/ 나는 너에게 덤빈다 먹어치운다/ 먹으며 먹히며 서로 끝없이 스민다/ 내가 너를 수태하고 네가 나를 낳는다." 이렇게 시인의 의식은 결국 감성의 표현으로써 시의

미적 세계로 전이되는 것이다. 단순히 하나의 개념이 아니라 불가피하게 화자에게는 언어가 곧 내가 되는 것이다.

시 원문에서 "세계의 벽을 두드리는 망치, 나는 그 끝나지 않는 물음이지/ 기다림이지/ 아침을 향해 절뚝이며 달려가는 괘종시계/ 발기하는 소경의 지팡이지, 날 선 창끝이지"란 의미 역시 결국 사물과 나의 관계를 극명하게 드러내는 것이며, 마지막 연에서는 "너와 나, 마주하는 두 개의 사물/ 사이에서 넘쳐흐르는 낯선 세계의 즐거운 멜로디"라는 표현이 이를 정확히 반증하고 있다.

류인서의 시에 대해 장석주 시인은 "삶의 지루함과 비루함을 견디려는 유희 본능이 빚은 것들, 누추한 기억들, 그 천일야화에 상상의 도금을 입힌다. 그것은 '추억의 봉합사'로 감쪽같이 꿰매붙여 다시없는 변종품으로 세간에 내놓는 것. '일종의 도굴 프로젝트'이자 '일종의 연금술'이다"라고 말한 바 있다. 실제로 우리가 사용하는 언어에는 구체적인 서술적 언어와 메타언어가 있는데, 시의 언어는 분명 후자에 가깝다. 시의 감각적이고 감성적 언어들이 일상어와 다를 수밖에 없는 것은 어떤 생각의 한계를 뛰어 넘는 초월적 의미를 지니고 있으며, 단순한 정서표명 그 이상의 것이기 때문이다. 그것은 시인으로서 끝없이 언어와 싸우고 또 타협해가는 고통의 과정을 의미하는지도 모른다.

> 그에게는 참으로 많은 손목시계가 있다
> 그의 손목은 시간을 잡아당기는 무거운 구리 문고리
> 그의 손목에서는 숨가쁜 말굽소리가 났다
> 그의 손목에서는 매일 노오란 해바라기꽃이 피었다 졌다
>
> ─ (중략) ─

그는 허공에 대고 정신없이 팔을 휘둘렀다 손목에 주렁주렁 매달린
시계들을 잠재우지 않으리

　　한때 그에게 단단히 손목 잡혀 있던 시간들이 이제 그의 손목을 되
잡아 끌고 어디론가 가고 있다
　　　　　　　　　　　　　ー「그에게는 많은 손목시계가 있다」부분

　　현대인은 시간 속에 갇혀 살 수밖에 없는 존재이다. 그 시간 속에서
과연 누가 자유로울 수 있을까. 무수히 많은 일상의 굴레들이 인간의
손목에 감겨있다. 즉 시간이 인간을 통제하기에 이른 것이다. 시간이
사물의 변화를 인식하기 위한 개념이듯이, 시간 개념이 인간에게 적용
되기 시작하면서부터 인간은 시간의 노예가 된다. 미국의 무성영화 『모
던 타임즈』(1936)를 보면 컨베어 벨트 공장에서 일하는 주인공이 단순
반복 작업으로 인해 급기야 눈에 보이는 모든 것을 조여 버리는 강박증
에 시달린다. 톱니바퀴 사이를 미끄러져 가는 장면이 인상적인 이 영화
속에 내포된 시간의 의미는 실로 의미심장하다.
　　이 시의 마지막 연에서도 보면 "한때 그에게 단단히 손목 잡혀 있던
시간들"에 의해 어디론가 끌려가고 있다. "숨가쁜 말굽 소리가 났던",
"노오란 해바라기꽃을 피"웠던 자신의 시간이 이젠 시간에 의해 끌림
을 당하고 있음을 깨닫는다. 이는 아직도 벗어날 수 없는 수많은 약속
들이 그의 손목에 매달려 있음에 대한 고통일 수도 시간의 덧없음에 대
한 체념일 수도 있다. 그러나 반대로 다시 한번 자신 있게 시간을 이끌
어가고 싶은 삶에 대한 욕망으로도 볼 수 있다. 이렇듯 류인서의 시는
"끝없이 계속되는 그 도시의 야화"(「클럽, 아라비안나이트」)이며, 그
흐름 속에서 순간순간 전달되는 빠른 속도의 "낯선 세계의 즐거운 멜로

다"(「사물의 말」)인 것이다. 마치 사막 한가운데 바그다드 카페로 가는 길목에서 주인공의 뒷모습에 흐르는 환상적이고 신비스런 분위기의 영화 배경음악과도 같이.

3. 박라연 시의 미적세계

시집 『빛의 사서함』의 시편들은 제목에서부터 따뜻한 빛이 전해지는 듯하다. 그만큼 시집의 제목은 시를 접근하는데 적지 않은 도움을 준다. 박라연 시의 미적세계는 한마디로 단정 지어 말하기 어렵다. 시인의 감성 에너지는 그의 시 전체를 관통하고 흐르는 모성의 대지인 동시에 사랑을 전제로 하고 있다. 한 시인이 20대에서 40대를 거쳐 60대에 이르렀다면 그의 시세계는 이미 많은 변화를 거쳐 왔음을 의미한다. 그럼에도 분명한 자기 본연의 색을 유지하고 있다는 것은 쉬운 일이 아니다. 그만큼 글쓰기에 있어서 문체는 모든 창조적 의도의 시작이다. 그렇다고 본다면 박라연 시인의 시세계는 창조적 의도를 넘어 자신의 스타일을 이루었다고 말할 수 있다. 인간의 슬픔과 좌절에서 조용한 희망을, 죽음에서 생명을, 차가움에서 따뜻한 안식을 일관되게 발견할 수 있기 때문이다.

> 피를 빛으로 바꾼 듯/ 선 자리마다 검게 빛났다/
> 아는 얼굴도 있다/ 산채로 벼락을 몇 번쯤 맞으면/
> 피를 빛으로 바꾸는지/ 온갖 새 울음 흘러넘치게 하는지/
> 궁금한데 입이 안 열렸다/ 온갖 풍화를 받아들여 돌처럼/
> 단단해진 몸을 손톱으로 파본다/ 빛이 뭉클, 만져졌다/

산 자의 밥상에는 없는 기운으로/ 바꿔치기 된 듯/
힘이 세져서 하산했다

—「고사목 마을」 전문

　우리는 사소한 것으로부터 큰 힘을 얻을 때가 있다. 이 시에서도 보면 "피를 빛으로 바꾼 듯 선자리마다 검게 빛났다"라는 표현을 통해 검게 죽은 고사목에서 조용한 희망을 발견하고 그 힘으로 다시 일상으로 돌아온다는 이야기를 묘사하고 있다. 봄이 되어 추운 겨울을 이겨낸 나무들이 새순을 틔우고 꽃을 피우는 것에서 다시금 삶의 활력을 얻는 것과 같다. 이미 죽었다고 믿은 어미목의 몸에서 자란 새끼목이 매년 화사한 꽃을 피우는 경남 산청의 6백년 넘은 매화나무를 떠올린다. 사람들은 그런 자연 현상을 보면서 삶을 추스르고 다시 일어설 수 있는 자신감을 얻는 것이다.

　"돌처럼 단단해진 몸을 손톱으로 파본다"라든가 "빛이 뭉클, 만져졌다"란 표현에서 시인이 걸어온 삶의 궤적이 보인다. "산자의 밥상에는 없는 기운으로/ 바꿔치기 된 듯/ 힘이 세져서 하산했다"라는 구절에서 더 이상의 긴 수식이 오히려 사족이 될 것 같다.

설산에 꽃구경 가면
그 사람 볼 수 있을 것 같아
고소공포증에도 목숨 걸고
그네를 타고 올라갔다 올라갈수록
가다가 죽을 일이 뻔했다
제 분수 모르고 저를 높이고 싶은
者, 오르는 길에 죽고 마는구나!
동행들은 끄떡없는데 죽을 듯이

어지럽다
서랍 속에 숨겨 둔 어떤 것
사람만이 감출 수 있는 어떤 깊이
어떤 높이 같은 것들이 죄다
드러나서다

가서 보니 그 사람은 없다
그 사람을 연기해낼 수많은 얼굴과
목소리를 접했다
고도에 존재하는 것들은
모두가 그 사람이다

— 「그 사람」 전문

　이 시의 마지막 연에서 "고도에 존재하는 것들은 모두 그 사람"이라는 것은 바로 이 시의 주제가 된다. 고도가 가리키는 의미 역시 "고도는 모든 사람의 마음에 있다"는 것을 의미하며, 불교적으로 해석한다면 '색즉시공, 공즉시색'이라고도 할 수 있다. 물질적 현실 존재인 색은 곧 공이다. 다시 말하면 깨침을 얻기 전에는 마치 코끼리의 다리만을 만지고 오판하는 것과 같다. 우리가 이렇다하고 생각하는 사람들 모두 이미 그 사람이 아니다. "그 사람을 연기해 낼 수많은 얼굴과 목소리를 접했"을 뿐이다.

　첫 연의 "설산에 핀 꽃구경 가면/ 그 사람 볼 수 있을 것 같아/ 목숨 걸고 올라갔"는데, 결국 "가서 보니 그 사람은 없"었다. 사무엘 베케트의 『고도를 기다리며』에서도 고도라는 인물이 딱히 누구인지 기다림의 장소와 시간조차 확실치 않다. 그러나 습관이 되어버린 기다림의 지루한 시간을 죽이기 위해 그들은 온갖 노력을 다한다. 결코 기다림을 포기하지 않고 여전히 살아있음을 실감하기 위해서 그들이 할 수 있는 일은 말을 하는 것이다. 그 모든 노력은 고도가 오면 기다림이 끝난다는 희망 속에 이루어진다. 그렇다면 시인이 할 수 있는 일이란 무엇인가. 이미 숙명이 되어버린 시를 쓰는 일 즉, 내면으로부터 완성되는 해탈의 과정을 체험하는 것을 말함이 아닐까. 그런 맥락에서 다음 시는 필자의 뒤늦은 생각일 듯 싶다.

> 꽃의 색과 향기와 새들의
> 목도
> 가장 배고픈 순간에 트인다는 것
> 밥벌이라는 것
> 허공에 번지기 시작한
> 색과
> 향기와 새소리를 들이켜다 보면
> 견딜 수 없이 배고파지는 것
> 영혼의
> 숟가락질이라는 것
>
> — 「너무 늦은 생각」 전문

인간이 먹고 살기 위해 일을 한다는 것에 환상이나 낭만은 다소 거리가 멀다고 생각할 수 있다. 이 시의 첫 구절에서 "꽃의 향기와 새들의 목도 가장 배고픈 순간에 트인다는 것"이란 표현은 그래서 더욱 절절하고 시적이며 아이러니하다. 인간의 가장 근원적인 문제이기도 한 '밥벌이'를 생각해보면 결국 "영혼의 숟가락질이라는 것"이다. 단순함 속에 담긴 깊은 의미를 꽃의 색과 향기, 새들의 목에 비유한 것은 인공적인 것이 아닌 자연물에서 의미를 찾으려한 시인의 초월적 시각으로 본다.

단순하지만 심오한 진리를 우리는 때때로 너무 늦게 떠올린다. 이러한 생각들을 시인의 잔잔한 감성이미지를 통해서 일상을 되돌아보는 도구로 삼게 된다.

> 너를 일찍 알았더라면// 비단결 같은/ 내 피 안 마셨겠다//
> 치명적인 피 안 마셨겠다/ 첫사랑과 신방 꾸미지 못했겠다//
> 내 피에도/ 네가 흐른다는 신호 알아챘다면//
> K대학원도 중도 하차 안 했겠다/ 터진 생의 바느질도 못 배웠겠다//
> 내 피 너무 심심해서 해파리/ 석류 오디 사과 고추 맛은/ 엄두도 못 냈겠다
>
> — 「U턴」 전문

우리의 삶은 '~했더라면'이라는 후회로 늘 연민을 갖게 한다. 그런 말을 하지 않는 사람이 있다면 그는 아마 달관의 경지에 이른 사람일거다. '~했더라면'이라는 아쉬움이 있기에 다음엔 실수하지 않을 것이라고 믿지만 그것도 그때가 되고 보면 또 다른 후회를 하게 되는 것이 인간의 삶일 것이다. 이 시는 첫 연부터 마지막 연까지 과거형을 사용하여 '~했더라면 ~하지 않았을 텐데', '~했기 때문에 ~했다'는 식의 자기연민과 원초적 성찰을 일상어로 사용하고 있다.

마지막 연의 "내 피 너무 심심해서 해파리/ 석류 오디 사과 고추 맛은/ 엄두도 못 냈겠다"는 표현에서 생을 바라보는 시인의 처연한 시선을 느낄 수 있다. 시인에게 젊은 시절의 기억들은 석류나 오디, 사과와 고추 맛과 같이 새콤달콤하나 씁쓸하고 매운 맛의 수많은 아픈 경험들일 수 있다. 그러나 우리가 후회 없이 가는 길을 그렇게 빨리 알아차린다면 생의 터닝 포인트가 되는 'U턴'은 엄두도 못 낼 일이 아닐까.

4. 미적세계의 체험방식

류인서의 시집 『여우』와 박라연의 시집 『빛의 사서함』을 통해 두 시인의 세계를 흥미롭고 진지하게 체험했다. 시인이 갖는 모든 세계의 집약체인 시집을 감상하는 데는 다양한 방식이 있다. 인간의 오감을 통해서 사물의 가치나 변화를 알아내는 정신 능력과 그것을 받아들이는 인식 능력이 시인마다 다르듯이, 시를 체험하는 독자 역시 차이가 있을 수 있다. 그러나 이들 두 시인의 시는 보다 감각적이고 감성적 상상력으로 이성적 시각이라는 고정관념의 틀을 깨고 은유와 객관적 상관물을 통해 형상화를 꾀한다. 특히 그들의 시에는 부드러움과 강함이 있고, 슬픔과 기쁨 그리고 밝음과 어두움의 공존이 있다.

류인서의 감각적이고도 섬세한 시세계는 잔잔하면서도 강한 "대역 없는 리얼 액션"(「활극처럼」)으로 전해진다. 오월 사과꽃 그늘에서 반복되는 "망각의 음악회"(「천국의 정원」)는 비록 돌아오지 않는 노래일지라도 꺼져가는 기억의 불씨를 되살릴 수 있을 거란 믿음을 갖게 한다. 이는 수준 높은 「추억 마케팅」 방식이기도 하다.

박라연의 시편들은 마치 독자에게 거는 조용한 주문과도 같이 느껴진다. 잔뜩 꼬여버린 공격적인 묘사나 거친 표현조차 조용히 끓는 그의 감성이미지의 주전자 속으로 들어갔다 나오면 새 실처럼 주름이 펴져서 나올 것만 같다. 시집의 표제시이기도 한 「빛의 사서함」에서처럼 "잘 익은 근심들을 붉고 노란 웃음소리로 뽑아내듯" 말이다.

III.

호모 스피리투스 (Homo Spiritus)

비극적 환상성과 존재의 시학

- 김성규,『너는 잘못 날아왔다』[1]

김성규 시인의 첫 시집『너는 잘못 날아왔다』는 독자의 입장에서 착잡한 비극과 환상의 경계에 서있게 한다. 그의 시는 우리가 살아가면서 쉽게 외면해버리고 싶은 현상들을 통해 묘한 비극적 환상을 체험하게 한다. 또한 화려한 수사법이 배제된 단정한 어법으로 인간의 불행이나 고통마저도 아름답게 묘사하고 있으며, 동세대 시인들이 추구하는 시들과는 다르게 트렌디한 경향을 쫓지도 않는다. 그럼에도 불구하고 그만의 독보적이고 차분한 시세계는 타의 추종을 불허한다.

독문학자 유형식은 그의 저서[2]를 통해 "아리스토텔레스의『시학 Poetik』에서부터 르네상스와 바로크에 이르기까지 문학이란 무엇이며, 또 어떤 문학이 가치 있는 문학이냐 하는 문제를 절대적이고 객관적인 척도에 의해서 규정할 수 있다고 생각해왔다."고 했다. 그러나 이 절대적이고 객관적인 척도의 잣대를 소설이나 시에 적용하는 문제는 '규칙 미학'을 붕괴시킨 칸트가 아니더라도 21세기를 사는 젊은 시인의 상상

---

1) 창비, 2008.
2) 유형식,『문학과 미학』, 역락, 2005, 59쪽.

력에는 아무런 의미가 없어 보인다. 현대시는 절대적으로 주관의 감성에 의한 판단이기 때문이다.

그런 차원에서 볼 때, 김성규의 시편들은 어디에도 휩쓸리지 않고 굳이 멋내려하지 않아도 독자로 하여금 높은 자유의지를 느끼게 한다. 그 시적 의지는 한 시인의 개성이 지닌 미묘하고 복잡한 매력을 가장 풍부하게 경험할 수 있도록 해준다는 것이다. 그러한 상상적 의지의 새로운 생명을 위해 독자의 사상과 감정, 습관은 동맹할 수밖에 없는 것이 아닌가.

1. 현실에서 살아있는 죽음의 언어

시인이라면 인간의 감정을 엉뚱하게 드러내거나 속으로 숨기는 기법을 모르는 사람은 없을 것이고, 있어서도 안 될 것이다. 그만큼 내재적인 의미와 외형적인 발림은 시에 있어서 필수 요소라고 할 수 있다. 특히 시의 소재를 일상에 두고 있다면 더욱 그럴 수밖에 없음에도 김성규의 시에서 진부함을 찾기란 쉽지 않다. 소위 흔해빠진 극적인 상황이나 억지스런 감정의 컨트롤조차 제거되어 있기 때문이다. 최근 몇몇 젊은 시인들의 시에 나타난 과도하게 불편한 어법이나 표현의 도를 넘는 시쓰기와는 다르게 그의 시는 단지 시를 읽는 내내 심리적 임계 상태에 이르게 된다는 점에서 조용한 흥분을 체험하게 할 뿐이다.

> 가슴을 풀어 헤친 여인,
> 젖꼭지를 물고 있는 갓난아이,
> 온몸이 흉터로 덮인 사내
> 동굴에서 세 구(具)의 시신이 발굴되었다

시신은 부장품과 함께
바닥의 얼룩과 물을 끌어다 쓴 흔적을 설명하려
삽을 든 인부들 앞에서 웃고 있었다
사방을 널빤지로 막은 동굴에서
앞니 빠진 그릇처럼
햇볕을 받으며 웃고 있는 가족들
기자들이 인화해놓은 사진 속에서
들소와 나무와 강이 새겨진 동굴 속에서
여자는 아이를 낳고 젖을 먹이고
사내는 짐승을 쫓아 동굴 밖으로 걸어나갔으리라

— (중략) —

입에서 기어다니는 구더기처럼
신문 하단에 조그맣게 실린 기사가
눈에서 떨어지지 않는 새벽
지금도 발굴을 기다리는 유적들
독산동 반지하동굴에는 인간들이 살고 있었다
　　　　　　　　—「독산동 반지하동굴 유적지」부분

　이 시를 읽을 때마다 오버랩 되는 시 두 편이 있다. 지금은 불가에 귀
의한 차창룡의 시 「그것은 단지 꿈에 불과했다」와 장정일의 시 「세일
즈맨의 죽음」이란 시다. 추운 겨울날 아침 조간신문 하단에 조그맣게
실린 비극적 기사를 보듯, 이 세 편의 시는 우리를 지독히도 아프게 한
다. 냉혹한 사회 현실 속에서 삶의 무게에 짓눌려 죽어갔던 사람들을
떠올린다. 「독산동 반지하동굴 유적지」 역시 독산동 반지하 셋방에서
죽어간 일가족 시신 세 구具를 수습하며 사람들은 마치 고고학 유적지

에서 유물을 발굴하듯 처절하게 흔적을 설명한다.

"들소와 나무와 강이 새겨진 동굴 속에서/ 여자는 아이를 낳고 젖을 먹이고/ 사내는 짐승을 쫓아 동굴 밖으로 걸어나갔으리라"에서처럼 사실적 진술을 바탕으로 원시인들의 동굴생활과 연결시키면서 현재적 세계를 보여준다. 그러나 3연에서 "지금도 발굴을 기다리는 유적들/ 독산동 반지하동굴에는 인간들이 살고 있었다"는 죽음의 언어로 더 이상 가슴 아픈 일이 일어나서는 안 될 현실을 고발한다. 21세기 문명 도시 안에서도 어딘가에 원시 동굴은 존재하고 그 속에서 인간들은 살아가고 있다. 이 상황은 흡사 필자가 보았던 중국 계림의 어느 시골마을의 척박한 모습과 닮아있다. 빛 하나 들어오지 않는 토굴에 살며 관광객들에게 1달러를 얻기 위해 너도나도 손을 벌리며 아우성치던 사람들의 눈빛은 가진 자들에 대한 증오로 가득 차 있었다. 지독한 가난을 경험한 서민들이 갖는 상대적 빈곤감, 일상에서 오는 정신적 박탈감은 매일매일 조간신문의 입을 통해 구더기처럼 기어 나오고 있는 것이다.

> 흙탕물이 빠져나간 방 안은 진흙투성이 물의 얇은 결이 방바닥에 남아 있다 죽은 개가 마당에 버려져 있다 말뚝에 묶여, 물의 혀가 바닥을 핥은 자국, 소독차가 지나가고 밤마다 쥐떼들은 연기 속에서 뿜어져나오는 것일까
> 미루나무가 자라는 장마 진 강가 호수가 쓸고 간 강변에서 피리를 분다 부드러운 혓바닥에 더 부드러운 진흙을 물고 있는 개를 물으며
>
> 줄 풀어진 개처럼 아이들이 뛰어나온다
> 머리에 하나씩 새집을 짓고 헝클어진 강변을 덮어가는,
> 무섭도록 풀이 무성한 구월의 오후
> ― 「홍수 이후」 전문

수마가 할퀴고 지나간 자리의 흔적이 앙상한 뼈대처럼 드러나는 현장. 말뚝에 묶인 채 죽은 개가 버려진 마당의 모습, 소독차의 연기 속에서 뿜어져 나온 듯 창궐하는 쥐떼와는 대조적으로 목줄 풀어진 개처럼 뛰어나오는 아이들이 몽환적인 분위기로 다가온다. "헝클어진 강변을 덮어가는/ 무섭도록 풀이 무성한 구월의 오후"가 주는 그 음산함까지 묻어가듯.

김성규의 시는 그렇게 현실과 환상의 경계에 틈입한 환상적 리얼리티를 보여준다. 사실 이 시집에서 서술적 표현들로 가독을 방해하는 시가 더러 눈에 띠기도 하지만 그 부분들은 이 같은 절제된 시편들로 하여 문제 삼을 필요조차 없어진다는 점이 바로 김성규 시의 본질이다. 이 시들의 미학적 요소가 생성되는 시점부터 확장되는 지점까지 시인의 성찰적 내공을 들여다보게 된다.

2. 현실과 가상의 경계를 넘나드는 세계

김성규 시인의 시는 한결같이 힘겹고 고통스런 상황들이다. 어느 한 군데도 아프지 않은 곳이 없고 행불행을 경계 없이 넘나든다. 때로는 그런 진저리나는 상처들을 포스트모던 한 미학으로 묘사하고 있는 것에서 실제 상황을 보는 듯한 착각이 들 정도이다.

칼에 벤 너의 손가락을 핥는다
목구멍에 걸리는 고기냄새
둥근 솥에서 고깃덩어리를 건지고
너는 내 앞에 앉는다

고깃덩어리에서 무럭무럭 김이 피어오른다
부풀어오른 너의 배를 만지며 나는 침묵한다
내일은 커다란 짐승을 물어오리라
아무리 먹어도 배부르지 않은 비린내가
너를 허기지게 만든다

— (중략) —

두 마리의 짐승을 길러야 한다
시체로 가득 찬 너의 뱃속
새끼가 숨을 몰아쉰다 기름 심지를 누르고
너의 몸에 새겨진 흉터를 핥는다

으르렁거리던 두 마리 짐승,
잠에 취한 그림자가 천장에서 춤을 추고
칼자루마다 새겨진 사슴의 무리
방안을 뛰어다닌다
뱃속의 아이가 발길질을 시작한다

— 「과식」 부분

현대인에게 과연 '밥'이란 어떤 의미인가. 우리에게 '밥'이란 개념은
단순히 먹을거리에만 국한되지는 않는다. 그렇기에 "아무리 먹어도 배
부르지 않은 비린내가/ 너를 허기지게 만든다"라는 서술은 여러 방향
으로 생각을 확장시킨다. 과거에는 끼니를 걱정하는 사람들이 적지 않
았지만 지금은 적어도 굶는 사람은 없다. 그러나 아무리 먹어도 허기를
느낄 수밖에 없는 현실적 궁핍함이 짐승처럼 으르렁거리고 있는 것이
다. 이는 "뱃속의 아이가 발길질을 시작한"다는 마지막 행에서 비극의

극치를 본다. 이 시를 논하기에 앞서 현재를 살아가는 소외된 자들을
향한 시인의 따뜻한 연민의 시선을 이해하려 이 시를 읽는다.

어떻게든 이 병실을 빠져 나가야 한다 밤마다
베개를 찢어 바람에 날린다
벚나무 사이로 떠내려가는 헝겊 쪼가리

쉬지 않고 잎사귀를 먹어치우듯
온몸에 병균이 퍼져가고 있다
나뭇가지를 옮겨다니며 꿈틀거리는 벌레들,
의사는 내게 주사를 놓고 벚꽃 날리는
창밖 풍경을 감상해보라고 권한다

— (중략) —

창문으로 새어들어오는 달빛에 손바닥을 적신다
손금을 따라 고이는 노란 약물,
아직도 내가 살아 있구나
헝겊처럼 얇은 달이 지문에 부딪쳐 가라앉는다
　　　　　　　　　　　　　— 「손바닥 속의 항해」 부분

　인간의 고통과 불행을 표현하는 방식은 다양하다. 그러나 김성규 시
인에게 육신의 불행은 환자의 시선에서 가장 처절하게 접근하는 방식
을 취하고 있다. 죽음의 주변을 배회하거나 이리저리 돌리는 법이 없
다. 어떤 이는 죽음을 그저 죽음스럽게 포장하고, 죽음의 현장을 더 공
포스런 분위기로 몰고 가지만 김성규는 죽음과 공포, 고독과 좌절과 같
은 감정들을 초현실적인 환상적 리얼리티로 드러낸다는 점에서 현실

과 가상의 경계가 없다고도 해석할 수 있다. 이 시에 나타난 한 인간의 병리 현상은 병실을 벗어나고자 열망하는 사내의 손금에 고이는 노란 약물의 흐름을 따라 자신이 살아있음을 확인해가는 좁고 험한 길인지도 모른다.

인간에게 죽음과 맞바꿀 정도의 불행과 공포가 무엇인지는 어느 누구도 쉽게 말할 수 없을 것이다. 그러나 김성규 시인에게 있어서 이 시대의 불편하고 우울한 현실은 역설적이게도 그만의 언어로 아름답게 빛나고 있어 간섭하기조차 조심스럽다. 하나의 사물과 사건, 행과 불행, 삶과 죽음에 대해서 수많은 시인들은 할 말이 많을 것이다. 그들 각각의 가슴과 눈빛에 어울진 세계에 경의를 표하지만 결국 죽은 자들의 시간 속에서 겪어야 할 산자들의 시간이다. 즉 타자들의 관계 속에서 끝없이 일어나는 위태롭지만 무한한 공동의 영역인 것이다.

3. 지상에서의 행(幸)과 불행(不幸)의 무게

각자의 사람들에게 행과 불행의 무게를 달아보라 한다면 필자의 행과 불행의 무게는 몇 그램씩이나 될까. 문득 김성규 시인의 시를 읽으면서 그런 생각이 들었다. 그렇지만 정작 시인은 자신이 바라본 세상의 행, 불행의 무게를 때론 새털처럼 가벼이 여기기도, 또 어느 때는 들 수조차 없을 만큼 무겁게 만들기도 한다.

오늘 하루는 피곤했습니다

씹고 있던 고기를 뱉어내듯 사내는 덩어리 기침을 토해낸다 엎드린

채 노트의 윗줄에 날짜를 쓰고 작은 글씨를 또박또박 심어가는 사내,
볼펜을 쥔 손가락에서 기름때가 배어나온다 종이 위에 찍힌 손자국 사
이로 고추 모종처럼 띄어진 글씨가 몇 개 부러져 있다

     — (중략) —

   허기를 면한다 눈을 비비며 사내는 낮에 닦아놓은 엔진과 마모된
나사를 생각한다 살아가는 것은 조금씩 안락하게 마모되는 것, 사내는
엎드린 채 잠이 든다 기름때 묻은 손마디에서 이렇게 작은 글자들이
쏟아졌다니……
   글자들은 무럭무럭 자라서 종이 밖으로 이파리를 피운다
   사내의 얼굴로 푸른 그늘이 쏟아진다
                                              —「초원의 잠」부분

   한 노동자의 고단한 삶이 이보다 더 무거울 순 없을 것 같다. 시의 첫
행에서부터 "오늘 하루는 피곤했습니다"로 시작하다니. 카잔차키스의
소설 『그리스인 조르바』에서 주인공 조르바처럼 세상에 주눅 들지 않
고 살아갈 만큼 대범하진 않지만 이 시의 화자는 기름때 묻은 정비공
도, 시인 자신도, 필자도 그 누구도 될 수 있다. 하지만 그 손마디에서
쏟아져 나오는 작은 글자들을 생각해보라. "그 글자들은 무럭무럭 자라
서 종이 밖으로 이파리를 피우고, 사내의 얼굴로 푸른 그늘이 쏟아"지
는 순간에 그 무거운 불행의 무게는 행의 무게로 반전되기에 충분하다.
   사람들은 각자의 삶 속에서 매일 매일 선택을 해야만 한다. 그 선택
은 자신을 유리하게 돕기도 하지만 때론 잘못된 선택으로 인해 얼마나
큰 고통을 당해야하는지에 대해서는 잘 생각하지 못하는 것 같다. R.
프루스트의 시「가지 않은 길」의 마지막 연을 생각해볼 필요가 있다.
"오랜 세월이 흐른 훗날에/ 나는 한숨을 쉬면서 이야기 할 것입니다./

숲 속에 두 갈래 길이 있었다고/ 나는 사람이 적게 가는 길을 택하였다고// 그리고 그것 때문에 모든 것이 달라졌다고" 말한 그 가지 않은 길이 안간 것인지, 못간 것인지는 각자의 몫이다.

 분명 이 시의 화자는 매일 엔진을 닦고, 마모된 나사를 생각하며, "살아가는 것은 안락하게 마모되는 것"이라고 말한다. 그러나 자신이 선택한 그 길이 어렵고 고단해도 잠든 사내의 얼굴로 푸른 나무 그늘이 쏟아질 만큼 초원에서의 깊은 잠에 빠진다. 아마도 모든 사람들이 쉽고 편한 길로 가기를 원하는 것은 그 길이 안정적일 수는 있을 것이나, 좁고 거칠어 아무도 가지 않은 길을 선택한 사람은 분명 후회할 수도 있다. 그럼에도 불구하고 그 선택으로 인해 자신의 인생이 달라질 수 있다면 기꺼이 선택의 이데올로기를 경험하며 방황하지 않아도 되지 않을까.

오후가 되어도 난 일어나지 못하고
이불 속에서 뒤척이다 눈을 감고
아무 것도 먹고 싶지 않은 날
어둠이 다가와 나를 흔들 때까지
씻지 않은 밥그릇과 썩어가는 음식물이 잔뜩 쌓인
냄새나는 방에 전화벨이 울린다
귀신처럼
나를 부르는 사람들
아무것도 하지 않고 다만,
흐느낄 수 있는 기쁨을 주신 밤이여
가라앉는 유리창이여
나를 바라보라
오후가 되어도 일어나지 않는 나를,
오오 누가 나에게 밤을 선물하셨나
썩은 내 꾸역꾸역 피어오르는 방에서

어둠에 질질 끌려다니는 영혼으로 하여금
공책에 이런 시나 쓸 수 있도록
　　　　　－「오후가 되어도 나는 일어나지 못하고」 전문

　김성규의 시가 비극적 환상성을 지닌다는 것은 누구라도 시집 절반
쯤 읽다보면 자연스레 알게 된다. '오후가 되어도 나는 일어나지 못하
고'라는 시 제목에서 이미 짐작이 갈 만큼 창작을 한다는 사람들은 바로
알 수 있기 때문이다. 그것은 고통 속에서 맛보는 비극적 희열과도 같은
'환상'을 말한다. 아무리 유리창이 가라앉고, 썩은 내가 꾸역꾸역 피어
올라도 시인은 그 속에서 '시'라는 보물을 길어 올릴 수 있으니 말이다.
　이렇게 우리의 일상 속 작은 파편들이 모여 큰 모자이크 화면을 채우
듯, 불행이라는 이름을 달고 있어도 그의 시들은 행복을 감춘 불행, 그
러니까 언제든 행복의 얼굴을 내보일 수 있는 불행이라 여기게 된다.
어쩌면 니체가 '신은 죽었다'라고 말하며 허무주의를 논했지만 그의 철
학은 반드시 허무주의로만 끝나지 않는 것처럼 신은 있어도 없다고 해
두자. 인간은 어차피 죽는 것이어서 허무하게 그냥 살다 가는 게 아니
라 나의 자아를 스스로 가꾸고 신에만 의존하지 않으며, 오히려 내 삶
을 내가 절대적으로 지배하여 보다 적극적인 삶을 유도하라는 의미일
수도 있지 않을까.
　시인이 "오후가 되어도 일어나지 못"하는 것이 결코 일어설 의지가
없어서가 아닌 것처럼 말이다.

현실과 비현실 그리고 환상적 은유

- 차창룡과 이효인;
현실과 환상을 오가는 일상의 문

1. 문이거나 아우라인 시적 현실

라이너 마리아 릴케는 『말테의 수기』에서 "시는 감정이나 지식이 아니라 체험이다. 체험 없이 머리로 쓰는 시는 감동을 줄 수 없다"고 했다. 릴케는 소설 속에서 무명시인 말테를 통해 자신이 파리에서 체험한 것들을 다채롭게 투영해 낸다. 즉 "시란 시인의 삶과 따로 떼어 생각할 수 없다"는 말이다. 그러나 시는 삶의 현실을 그대로 그려내는 것이 아니라 굴절시켜내는 것이며 그 굴절의 각은 철저히 작가의 꿈과 체험, 철학에 근거를 둔다.

그러므로 시인의 시적 현실이란 인간과 자연에 대한 것뿐만 아니라 삶의 중심에서 끊임없이 체험하고 변화하는 정치·사회·문화적 풍자와 우화 그리고 자유로운 상상력 속에 있다. 다시 말하면 정체되거나 멈추지 않고 부단히 움직임으로써 비현실과 환상이 현실과 일상의 시적 현재로 수용되는 것이다. 시인에게 있어 지금 이 순간 '현재'란 그 어떤 것의 개입도 허용치 않는 순수한 '창조'의 순간으로써 존재한다.

최근의 시와 소설, 연극과 영화 속에 나타난 비현실과 환상적 경향을 보면 각각의 장르적 특징은 다르지만 과거의 작품들과는 분명 차이와 변화가 있다. 마치 저쪽을 이쪽에서 불러주어 마음을 통하게 하려는 무엇, 여기에서 저기로 가면 저기는 여기가 되고 여기는 저기가 되는 것, 일종의 앞뒤로 통하는 '문'과 같다. 그것은 대척 개념이 분간되지 않고 어우러진다는 의미이기도 하다. 하나의 이름을 불러줌으로써 자신의 남다른 일면이 자각되는 것이다. 엄밀히 말하면 분간이 안 된다기보다 나누어서 보았던 개념을 뭉뚱그려 하나로 볼 수 있는 특징을 가지고 있다.

연극 「오구」에서 재현한 죽음의 형식으로 인해 관객들은 「오구」에 대하여 삶과 죽음, 현실과 환상, 시작과 끝이 없는 연극이라고들 했다. 그 연극에서도 보면 이 방과 저 방, 이 공간과 저 공간이 있는데 하나의 문―관객과 배우 간의 제4의 벽이 허물어지는 순간―을 통하는 때가 있다. 일종의 그것과 같다고 본다면 시적 현실에 있어서 비현실과 환상의 화두는 '문'이거나 '아우라'라고 할 수 있다.

시인은 시를 쓰고 독자는 그 시를 통해 자기가 체험하지 못한 또 다른 세상을 본다. 시인을 '하나의 세계를 최초의 언어로 말하는 사람'이라고 한다면 그만의 세계가 발화하는 그 순간 시인의 언어는 미래를 향해 무한히 움직이게 된다. 비록 허구와 실제의 구분이 모호해지고 영상과 이미지에 밀려 점차 그 색이 희미해져갈지라도 독자에게 시적 체험을 전달하기 위한 장르로서의 역할과 비중은 매우 크다. 그러므로 시적 현실이란 그 시인이 어떤 감각의 세계를 지니고 있냐에 따라 시적 방법론과 기법은 다르게 나타난다.

그런 차원에서 두 시인의 시편을 면면히 살펴보았다. 2010년 3월 불가에 귀의한 차창룡(법명: 동명)의 시집 『벼랑위의 사랑』과 약진하는 젊은 시인 서효인의 『소년 파르티잔 행동지침』이다. 차창룡의 시편은 일상성을 화두로 삼고 있으나 그 안에 녹아 있는 희극과 비극적 의미에 대한 성찰을 현실과 신화의 경계를 넘나들며 자신의 삶과 함께 전개해 나간다. 이미 세속에서 초탈한 그는 끝없이 심오한 꿈을 꾸는 시인이고, 그 꿈의 대상과 꿈을 꾸는 방식은 정직하며 신화적 세계관에 닿아 있다. 전체 4부로 나누어진 이 시집은 자아의 성찰과 인간의 욕망, 직관과 서정, 그리고 신과의 만남의 과정을 통해 속세와의 인연을 끊고 새로운 길을 선택한 시인 자신의 자화상이라고 할 수 있다.

서효인의 시편들 역시 일상과 떨어져있지 않다. 소시민과 삼류들의 다양한 삶의 행태를 자기만의 방식으로 풀어내고 있다. 시적 방법론으로 본다면 그는 자신의 체험과 현실적 공간을 비현실적인 세계와 접목시키며 시적 현실에 신명과 생명력을 불어넣는다. 그는 당연히 체험되는 일상의 주제들을 거침없이 쏟아내며 살아 움직이는 언어의 생생함 그 자체를 독자에게 선사한다. 우리는 이러한 점들을 통해서 시인 개개인이 자신만의 시선으로 세상과 소통하고, 자신의 경험을 시적으로 진술하는 화법의 세계를 만나게 된다.

2. 신화적 세계로의 시적 현실

시인들은 자신의 시 속에서 인간의 슬픔과 고통이 용해된다는 사실을 잘 알고 있는 사람들이다. 말하자면 시는 형식화된 언어로의 변형을 통한 고통의 정화물이라고 볼 수 있는데, 그 과정에서 맞닥뜨리는 것이 허구와 실제의 충돌이다. 그러나 차창룡 시인이 불교적 세계관으로 인간의 욕망을 녹여냈듯이, 세상에 대한 시인만의 특별한 대응 방식을 통해 충격은 다소 완화될 수 있다. 오랫동안 독자들에게 시 읽기의 즐거움을 전파해온 장석주 시인은 "시인은 보는 것과 볼 수 없는 것을 보게 하는 사람"이라고 말한 바 있다. 차창룡 시인이야말로 보이는 것과 보이지 않는 것들을 볼 수 있게 하는 시인이라고 분명하게 말할 수 있다.

> 내 손은 나도 모르게 죽은 나무를 만지고 있었다
> 죽은 나무는 여인의 몸처럼 부드러웠으나
> 내 손이 닿자마자 앗 소롯해지는 것이었다
> 그녀의 몸속에서는 예쁜 벌레들이 꼬물거리고 있었다
>
> ─ (중략) ─
>
> 죽은 나무는 온종일 서서 기다리다 죽은 나무는
> 기다림이 벌레로 태어나 나비가 될 때까지
> 내가 죽어도 당신을 잊을 수 없음을 알 때까지
> 죽은 나무는 죽은 나무가 아니었다
> 새가 나무를 잠시 떠났다 해도 다시 돌아오고 마는 한
> 나무의 살 속에서 기다림이 낳은 벌레를 꺼내먹는 한
> ─「죽은 나무는 죽은 나무가 아니다」 부분

한겨울 저 혼자 칼바람을 맞고 서서 도도한 기를 뿜고 서있는 주목나무를 본 적이 있다. 겨울 수목원을 지키는 힘은 거기에 있었다. 세상에 호락호락 멱살 잡히지 않는 푸른 주목의 기운. 겨우내 죽은 듯한 나무들은 그 깊은 뿌리 속에 묻어둔 사연을 누군가 꺼내주기를 기다리고 있었을 것이다. 차창룡의 시 「죽은 나무는 죽은 나무가 아니다」에서 화자

는 "나무를 잠시 떠났다 해도 다시 돌아오고 마는 한", "나무의 살 속에서 기다림이 낳은 벌레를 꺼내 먹는 한" 그에게 "죽은 나무는 죽은 나무가 아니"라고 힘주어 말한다. 이 시의 중심에는 자신의 이야기를 이끌어가는 메타적 요소가 한 축을 이루고 있다. 그의 시가 간혹 환상성을 보일 때가 있는데, 이는 사실을 재현하기보다 시적인 사유와 상상력을 이끌어낼 세계를 구축하기 위한 초월적 언어사용으로 볼 수 있으며, 그 것이 곧 그의 시적 현실을 구성하고 있기 때문이다.

모든 촛불은 하늘을 향해 타오른다

모든 촛불은 자신의 몸이 연료다

모든 촛불은 눈물을 흘리며 타오른다

모든 촛불은 나방이 달려들면 소리 내어 울면서 몸부림치다가 나방
이 불 타 죽는 것을 어쩔 수 없이 바라보면서 다시 타오른다

모든 촛불은 자신의 몸만큼만 타오른다.

모든 촛불은 바람이 달려들면 죽은 듯 누웠다가 사람의 따뜻한 손
과 종이컵의 힘을 빌리거나 마침내 바람에 익숙해져 다시 일어선다

모든 촛불은 타오를수록 작아진다

모든 촛불은 결국 죽는다

모든 촛불은 그리하여 언제나 새로 태어난 촛불이다.
— 「촛불」 전문

'촛불'은 시적으로 해석할 수 있는 의미의 폭이 깊고 넓다. 그만큼 많은 시인들에게 시의 소재로 애용되어왔다. 촛불은 어둠을 밝혀주는 존재지만 문학적으로는 우리 삶과 정신을 비춰주는 역할을 한다. 다시 말하면 주변을 환히 밝혀준다는 의미와 함께 인간을 성찰하게 하고 세상을 바로 볼 수 있게 해준다는 뜻을 지닌다. 몸 한가운데 가늘게 초심初心 하나 꽂고 제 몸을 사르는 촛불은 제 몸이 다 사그라져 죽어야 다시 태어난다. 이는 불교적 세계관에서 본다면 순환론적 시간관념을 갖는다. 즉 "모든 촛불은 타오를수록 작아진다/ 모든 촛불은 결국 죽는다/ 모든 촛불은 그리하여 언제나 새로 태어난 촛불이다"에서처럼 '생'과 '사'가 환상적으로 상통하는 무한한 상상력의 발현이다.

　　　신이 신을 버리고 지상으로 내려오니
　　　개와 가마우지가 뒤지는 시체 속에서
　　　모든 생명체가 아름다이 꿈을 꾸누나
　　　풀과 나무와 더불어 인간의 운명을 토론하면서
　　　바람은 몸 없는 신의 모습을 그리는데

　　　아들이 아버지를 죽인 것은 이미 신들의 일이지만
　　　신도 인간의 자식에게 아비를 죽일 권리를 부여하니
　　　아브랑제브는 아버지 사자한을 죽이고 천하를 얻은 후
　　　신이 되려다 그만 아버지가 되고 말았다
　　　아그라 성과 타지마할 사이에 화장터가 있다

　　　　　　　　− (중략) −

　　　신이 신을 버리니 슬픔의 강이 되었어라
　　　신이 신을 버리니 비로소 신이 되었어라

신으로서는 용서할 수밖에 없는 생명체의 반란
바람은 모든 생명체가 추악한 꿈을 꾸는 동안
소와 돼지와 더불어 몸 없는 인간의 운명을 토론한다
―「야무나」부분

한 국가의 역사적 성립에는 반드시 신화가 있다. 실제가 아닐지라도 인간은 신화를 만들어냈을 것이다. 특히 찬란했던 역사가 살아 숨 쉬는 도시는 더욱 그러하다. 인도 무굴제국의 5대 황제였던 샤자한. 그는 자신의 아들 아우랑제브에게 권력을 빼앗기고 아그라 성에 8년간 유배되었다 생을 마감했다.

인류 역사상 신의 세계와 인간의 세계는 늘 투쟁이 있어왔다. 시「야무나」에서도 권력을 빼앗은 자는 신(통치자)이 여럿일 경우의 혼란을 거부하기 위한 권력통일의 단일화 차원에서의 거세였다고 볼 수 있다. 즉 여기서의 신은 하늘의 신이 아니라 신적인 존재로 군림했던 아버지 샤자한을 포함하여 본인 또한 신이 되고자 했던 인간임을 가리킬 것이다. 모든 역사는 말한다. 인간의 끝없는 욕망이 부른 화로 인하여 자신은 물론 대를 이어서까지 비극적인 최후를 맞는다고.

그러나 아이러니컬하게도 시인은 "신이 신을 버리니 슬픔의 강이 되었고, 신이 신을 버리니 비로소 신이 되었"다고 말한다. 이 시의 환상적 비극은 여기에 있다. 그리하여 "바람은 모든 생명체가 추악한 꿈을 꾸는 동안/ 소와 돼지와 더불어 몸 없는 인간의 운명을 토론한다"는 것이다. 여기서 '바람'은 인도 신화의 '바람의 신' 바유가 말한 '대자연의 호흡'으로 생각되는데, 차창룡은『인도신화기행』에서 "인도인에게 파괴는 바람이나 폭풍우로부터 비롯된다. 그러기에 그들의 파괴는 물이나 불이 아니라 바람인 것이다. 몬순의 파괴력이 온 세상을 뒤엎어버리듯이 바람의 신은 온 세상을 뿌리째 뽑아버린다. 그리고 그로부터 세상은 재생된다"고 말한 바 있다.

다시 말하면 인간의 헛되고 헛된 모든 욕망은 인간의 꿈일 수도 있고 희망일 수도 있다. 그러나 그것은 사라지면 그만인 '바람'일 뿐 결국 '몸 없는 인간의 운명'을 말한다. 시인은 이렇게 역사의 장소인 아그라 성에서 바라본 타지마할의 아름다움과 덧없는 인간의 욕망을 그 사이에 있는 '화장터'로 환치시키고 있다.

> 당신의 욕망에 불이 붙었습니다.
> 알뜰했던 당신의 육신이
> 임무를 끝내고 영원히 잠든 날,
> 당신의 육신에 불이 붙었습니다.
>
> 세상에서 가장 아름다운 불이었습니다.
> 불이라고도 부를 수 없는 불이었습니다.
> 불이 활활 타올라 우리들의 가슴에서
> 불이라고 부를 수도 없는 불이
> 활활 타올라 우리들의 눈에서
> 뜨거운 눈물이 흘렀습니다.
>
> 그 눈물을 모아 만든 거대한 탑에서
> 만나기로 약속했지요?
> 언제였던가요?
> 그때 뵙겠습니다.
>
> — 「쿠시나가르」 전문

화자는 부처의 열반지인 쿠시나가르에서 출가를 결심하고 자기 스스로에게 약속했을 것이다. 쿠시나가르는 인도의 성지 중 가장 슬픈 곳이라고 한다. 시의 내용으로 보아 '제행무상諸行無常' 즉 모든 것의 덧없음을 시인은 깨달았던 것으로 보인다. "세상에서 가장 아름다운 불이 가슴에서 활활 타올라 우리들의 눈에서 뜨거운 눈물이 흘렀"던 이유는 시의 마지막 연에서 밝혀진다. "그 눈물로 모아 만든 거대한 탑에서/ 만나기로 한 약속"과 "그때 뵙겠"다는 것이리라. 그의 이러한 불교에 대한 사유와 인간 정신의 근원성에 대한 고찰은 이미 오래 전부터 출가를 위해 예견된 행보였는지도 모른다. 그는 지금 그분과의 약속을 지켰고 그분과 동행하여 길을 가고 있다.

3. 현장성과 진정성의 시적 현실

서효인의 시를 이해하는 데에는 현장성과 서정성에 대한 시각이 필요하다. 그러나 다분히 반항적이고 도발적인 부분이 없지 않은, 그야말로 파르티잔과도 같은 시는 너무나도 평범하고 순진한 소년에 가까운 청년시인의 시라는 점에서 봐야 한다. 그의 시를 현장성의 시각에만 중점을 두었다면 다소 산만하거나 피상적인 방향으로 수용될 수 있으나 절묘하게도 진정성을 내포한 서정을 가지고 있다. 그렇다고 하여 시적 가치가 크게 달라진다거나 훼손되지 않는 것은 그러한 피상적 표현들이나 모든 추상적 의미들이 '시' 자체의 본질을 뒤흔들거나 보다 중요하게 작용하지 않기 때문이다.

그의 말처럼 '파르티잔'이란 '비정규직', '고시원족', '사회적 불만에 찬 트위터족', '성공궤도에서 벗어난 루저'를 가리킨다면, 그는 기성세대 시인들의 쾌쾌 묵은 고정관념을 단번에 날려버리기에 충분한 호기를 가지고 있다. 그러면서도 다분히 키치적 사고를 지닌 요즘 젊은 세대답지 않게 시가 다소 산문적으로 흐르는 점은 시적 리듬감을 떨어뜨리는 단점이기도 하다.

항문에서 바람이 거세게 불어옵니다. 당신의 등을 밀어냅니다. 그럼 이제 당신 차례, 꽃의 슬픈 유래나 강물의 은결 무늬에 대한 노래에 항문이 간질간질하던 당신, 구타의 당신, 무거운 가방에 매달려 참고서를 완주하던 당신, 바로 당신. 붉은 엉덩이를 치켜들고 만국의 소년이여, 분열하세요. 배운 대로, 그렇게.

대한논리속독학원 : 대각선으로 읽히는 세상, 대각의 극점에서 주제가 아닌 문장들이 대각의 극점에서 비틀비틀 걸어오는 길목에서

— (중략) —

엔터정보전산학원 : 스스로를 복제하는 수천 가지 자격증을 가진 포부 당당한 이중간첩, 그의 예민한 촉수처럼
우리학고야자시간 : 수레바퀴의 빈틈에 덕지덕지 달려들어 주제들의 세상을 혼내 줄 시간, 휘영청 휘영청 마음껏 변신할 것, 양껏 분열할 것.

생뚱한 바람이 거대한 치마를 들어 올려 아이스크림 한입 베어 먹기 전까지 우리의 항전은 끝나지 않아요. 근엄한 얼굴로 인생의 진리를 논하는 정규군의 향연에 더 이상 뒤를 대지 않을 테니 그리 알아요. 부릉부릉 분열하는 파르티잔들이 습격을 거듭하는 이상한 트랙에서, 소년들이여, 등에 누운 참고서 아래에 붉고 뜨거운 바람의 계곡을 기억해요. 그리고 궐기해요. 배운 대로, 그렇게, 뿅.
— 「소년 파르티잔 행동지침」 부분

이 나라의 소년소녀들은 파르티잔 즉, 유격대가 되지 않으면 살아남기 어려운 시대를 살고 있다. 도처에 숨은 지뢰를 피해 안전지대에 안착하기까지 유격대의 경로는 그야말로 게릴라전을 방불케 한다. 그들에게 꿈과 환상은 "대각의 극점에서 비틀"거리는 현실일 뿐이다. "붉은 엉덩이를 치켜들고 분열하는 만국의 소년들"은 더 큰 꿈을 찾지 못하는 현실에서 분열한다. 그 분열과 항전이 어찌 그들에게만 국한되겠는가. 아이가 소년이 되고, 소년이 청년이 되어 어른이 된다한들, 시인이 죽어라 시를 쓰고 세상을 향해 울부짖는다한들 쉽사리 바뀌지 않는 현실은 도저히 시대 밖에 서있을 수밖에 없는 삶을 강요한다.

마지막 연에서 화자는 "근엄한 얼굴로 인생의 진리를 논하는 정규군의 향연에 더 이상 뒤를 대지 않겠으니 그리 알"라고 말하며, "붉고 뜨거운 바람의 계곡을 기억하고 퀄기하며 배운 대로, 그렇게 뿅"하며 살아갈 것을 선언한다. 이 기막힌 현실에 비소를 던지듯 세상에 대한 연민을 느끼게 하는 것은 어쩌면 서효인이 제시한 아픈 시대를 사는 청소년뿐 아니라 이 시대를 살아가는 모든 파르티잔들의 '행동지침'일지도 모르겠다.

> 학자들은 지구의 종말을 얼음에서 찾으려 했다 이상 기후에서 이상한 징후를 찾으려 노력했으나 지구는 불판 위의 오래된 고기처럼 질겼다 이것은 이미 망한 가게의 숯불돼지갈비처럼 건강에 해로운 이야기
>
> 빙하의 감소로 인한 해수면의 상승으로 바다의 이야기는 폭주했다 이야기는 이야기를 부르고 셰에라자드의 천일 밤처럼 끝도 없는 마찰음이 났다 이야기가 데워 놓은 물에 잠겨 부레처럼 지갑은 벌어졌다
>
> ─(중략)─

연기 속에 사라져가는 인류의 유토피아가 화염 속으로 튀겨지고 있
다 이야기는 모든 기도와 비상구를 장악하고, 심해에서부터 심혈을 다
해 휴화산을 깨웠다 그러니까, 오늘은 이상하게도 운수가 좋더니만 인
류는 모두 눈을 홉뜬 채로다가, 이렇게.

—「마지막 이야기는 눈을 뜨고」 부분

이 시는 인간이 추구해온 물질문명의 위기나 환경파괴에 대한 이야
기이다. 시인은 지구상에서 일어나는 모든 현상들을 "망한 가게의 불판
위에서 굳어가는 고기처럼 건강에 해로운 이야기"라고 묘사한다. 2연
에서도 "빙하의 감소로 인한 해수면 상승"이 현대판 노아의 홍수를 초
래할지도 모를, 인류의 마지막 바다이야기가 될 수도 있음을 시사한다.
특히 마지막 연의 "연기 속에 사라져가는 인류의 유토피아가 화염 속에
서 튀겨지고 있다"란 표현에서 그 심각성과 폐해가 고스란히 전해진다.
결국 "인류 모두 눈을 홉뜬 채로", 소리 없이 병들어가거나 죽어가는 생
태계의 모습을 빠른 템포로 전개하며 독자를 긴장시킨다.

서효인의 시 대부분은 구조나 내용상으로 산문시라는 점과 하나의
진술을 하면서 동시에 끊임없이 다른 이야기를 접속하는 말의 반복이
특징이다. 또한 일관된 돌발성, 저돌적이나 시적 동기와 리듬을 설득력
있게 반복하는 기법을 사용하고 있다. 이같은 언어의 순발력은 언뜻 견
자見者적 시각을 지닌 듯 보이나, 그보다는 그의 개성적 의식과 언어의
세계에서 기인한다고 생각된다. 그러나 그의 시가 결코 가볍게 느껴지
지 않는 것은 시 전체를 아우르는 주관이 강한 삶의 현장성이 있기 때
문이다.

보통의 초등학교 앞 판촉행사
사내가 마스크 X의 인형 탈을 쓴다

이마부터 내려오는 거대한 어둠이 사내의 얼굴을 삼킨다
짱구 목소리를 내며 하니처럼 달리도록 설계된 30대 중반
남자의 얼굴

— (중략) —

그가 쓴 인형이 그를 결정한다

— (중략) —

마스크 X를 쓰면 그는 마스크 X
반칙과 이빨에 대한 충성으로 아이들은 얼굴을 감추었다
인형 안은 컴컴하고 그의 얼굴은 점점 없어지고 숨이
카운트를 셌다 원, 투, 쓰리 반칙처럼 일정치 않았다
늘 한꺼번에 움직이는 동심이 그를 밀친다
비열하게 비틀거리며 볼품없이 쓰러지며
인형 탈의 눈구멍 속 사각의 세계
이중의 가면을 쓴 명랑한 얼굴들이
묻는다

아저씨 대체 누구

　　　　　　　　　　　　　　　　— 「마스크 2」 부분

　세상은 링 위의 프로레슬러가 수행하는 기믹Gimmick에 의해서 캐릭
터가 수시로 바뀌는 것처럼 자신이 쓰고 있는 마스크에 따라 영웅도 되
었다가 악당도 되고, 슈퍼스타가 되었다 또 다른 얼굴로 변신하며 살아
갈 수밖에 없다. 프로레슬러는 인기가 떨어지면 기믹 변경을 통해 전에
보지 못한 새로운 쇼맨십과 기량을 관객들에게 보여주며 다시 그 인기

를 올리려 애쓴다. 그것이 어찌 헐크 호건과 같은 프로레슬러에게만 국한된 일일까. 우리는 본래의 얼굴을 감추고 있는 수많은 마스크들을 본다. 시 「마스크 2」나 「마스크 3」에서처럼 세상은 실제와 허상이 분간되지 않는 세계이다.

코믹 판타지 영화 〈마스크〉에 나오는 평범한 주인공이 마스크만 쓰면 신비한 힘을 발휘하는 불사신이 되듯이 '마스크'가 갖는 이미지는 '페르소나(외적인격)' 즉, 두 개의 얼굴이라는 것이다. 서효인은 이렇게 현대인의 감춰진 이중성을 '마스크 X'를 등장시켜 오히려 그 환상을 깨버린다.

라캉이 욕망이론에서 실재계와의 만남이 이루어질 때 발생되는 주체의 분열을 반복의 토대로 보는 것은 분열의 변증법적 효과라고 했다. 그 속에서 사람들은 실재와 환상을 혼동하기도 한다. 그러므로 이 실재계는 우리 일상생활에서 균형을 탈선시키기도 하나 동시에 균형을 지탱해주기도 한다. 특히 아이들의 눈에 비친 세상은 온통 새롭고 흥미로운 마스크 1, 2, 3으로 그 환상을 더해간다. 때론 우리 스스로 마스크를 쓰고 또 다른 자신을 즐기며 "이중의 가면을 쓴 명랑한 얼굴들"에게 '당신은 누구?' 라며 서로 물을 것이다.

4. 매트릭스 속의 시적 현실

외상을 허구성의 반영으로 간주하는 것이 일종의 모험일까? 전통에 따라 진실과 외관外觀의 변증법 차원에서 외상을 규정해야 하는 것일까. 인식이 시작되는 순간 시각의 중심으로써 근본적으로 이데아적이며, 다소 미학적인 것으로 외상을 파악해야 할까?[1] 그렇다. 시를 이해하는 방식은 다양하다. 서정과 현실참여가 있듯이 서정이 지나치면 미학적으로 기울기 쉽고, 현실참여 쪽으로 강하면 정치적이거나 이데올로기적으로 갈 수밖에 없다. 그러나 오늘날 현실성을 잃고 환상만을 신성시하는 일부 작가들의 시뮬라크르 적 사고는 그래서 위험성을 내포한다.

그런 차원에서 본다면 차창룡 시인이 가진 신화적 세계관은 일반적 환상과는 거리가 먼 종교적 환상이라고 할 수 있다. 그는 분명 자기 안에 들어와 자신을 통과한 언어만을 세상 밖으로 내보내는 시인이다. 자기를 쓰는 것이 세계를 쓰는 것이고, 자신을 반성적으로 사유하는 것이 세계를 반성적으로 사유하는 것임을 알고 있는 시인이기 때문이다. 필자의 부족한 비평이 수행의 길을 가고 있는 차창룡 시인(동명스님)에게 누가 되는 건 아닐지 조심스럽지만 그분의 포용력으로 나의 우려를 덮어 주리라 믿는다.

반면 서효인의 시는 자신의 눈이 따라가는 대로 거침없는 언어로 현실과 환상이 교집합된 리얼리즘적 시를 구사하고 있다. 젊고 패기 있으며 자신의 시에서처럼 파르티잔 유격대의 일원인 듯한 시적 상상력으로 볼 때 그는 무한한 해석의 가능성이 확장되는 시인이다. 담벼락의 그라피티는 일상 속에서 쉽게 접할 수 있지만 그 그림 자체가 갖는 시니피에는 각자의 시각에 따라 매우 다양하게 수용되는 것처럼 말이다.

영화 〈매트릭스〉에서 가상현실을 살아가는 인간들이 매트릭스를 벗어나기 위해 수없이 출구를 찾아 헤맸듯이, 지금 이 순간도 많은 시인들은 시적 현실의 진화라는 벽에 부딪치며 새로운 방향을 찾고 있다. 아마도 그들은 비현실과 환상의 매트릭스에서 또 다른 '가면 X', '가면 Y'로 살아가고 있는 건 아닐까.

---

1) 자크 라캉, 민승기 외 공역, 『욕망이론』, 문예출판사, 1994, 191쪽.

삶과 죽음의 세리머니

— 조동범 시집『카니발』[1]

한 평론가는 "조동범의 시는 검다"고 말한 바 있다. 그러나 자세히 들여다보면 꼭 그렇지만도 않다. 그는 겉과 속이 다른 다양한 이미지들이 차고 넘치는 도시 안의 이면들을 세밀하게 관찰하는 눈을 가진 시인이다. 현미경을 들여다보듯 일상의 뒤에 가려진 풍경 한 컷을 포착하여 그것이 지닌 특성을 깊이 파고 들어간다. 사람과 사물 또는 일상으로부터 다양한 각도로 분광되는 시선 중에서 무거운 이미지를 접목시키다 보니 검게 보일 수도 있다. 물론 죽음의 이미지가 희다고 보기는 어렵지만 반드시 검고 어둡다고만 할 수는 없다.

조동범의 시는 마치 사진작가가 꽃에 앉은 한 마리의 벌을 포착하기 위해 접사렌즈를 갖다 대듯 밀착해서 찍어내는 시적 기법을 구사한다. 그만큼 진술보다는 묘사가 강한 시에 속한다. 때론 부드럽고 섬세한 시선으로 접근하기도 하지만 경우에 따라서는 날카로운 감각으로 렌즈를 바꾸기도 한다. 특히 인간의 삶과 죽음에 관련된 이미지나 일반적으로 다양한 죽음에 관련된 것들을 다룰 때는 지나치게 과장하거나 이미

---

1) 문학동네, 2011.

지를 손상시키지 않으면서 화자인 '나'와 아무런 관련이 없는 현상적 일부로 그 죽음을 다룬다.

여기서 독자들은 김훈의 단편 「화장」에서와 같이 죽음을 객관화시켜 냉정한 시각으로 바라보게 되며, 곧 죽음은 단절이라기보다 또 하나의 삶의 연장이고 해탈인 것이다. 그렇게 본다면 조동범의 시편들은 우리 주변에서 일어나는 모든 죽음—사람, 동물, 작은 미물까지도 자신이 설정해 놓은 세계 안에서 해석한다. 특히 그 죽음의 광경에서 인간의 욕망을 미적으로 담아내는 데 아주 능숙한 자기만의 장치를 사용하기도 한다.

그는 첫 시집 『심야 배스킨라빈스 살인사건』에서 직설 화법을 통해 자본주의 도시 공간 안의 고독한 개인, 그 안에서 일어나는 현상이나 사물을 정교하고도 예리한 묘사력으로 적나라하게 드러냈다. 두 번째 시집 『카니발』에서는 현대 문명에 널려 있는 수많은 죽음과 죽음의 이미지들을 마치 퍼즐 조각처럼 하나하나 맞춰나간다. 축제와도 같은 어지럽고 산란한 편린들, 하나의 사건을 바라보는 냉소적이고 차가운 풍경들을 그만의 시적 방법과 시적 정신을 동원해 도시 생태학적 차원에서 다루고 있다.

지금까지 보여 왔던 조동범 시인의 시적 스타일보다 더 깊은 죽음과 고독에 맞추려는 의도성이 다소 강하게 느껴지기도 한다. 그 역시 다른 시인들이 그랬듯이 초기시에서 나타나는 상징들이 후기로 갈수록 다양하게 분화 또는 변형되기도 하는 경향을 보인다. 그 지나침은 '낯선 죽음'과 '진한 고독'을 지닌 현대인들의 과거와 현재, 그리고 미래에 대한 불안의식을 관통하고 있다. 따라서 그의 시편들을 통해 인간 내면에 박제된 공포적 일상의 단면들을 살펴볼 수 있다.

1. 인간의 욕망과 죽음의 시선

21세기는 수없이 생산되는 대중매체의 증가와 범람하는 소비문화로 모든 현상들이 기괴한 형태로 드러나고 있다. 대다수의 젊은이들이 자본주의적 이데올로기에 사로잡혀 성장과 물질을 중시하고, 경쟁만을 추구하고 있다. 오로지 한 곳에만 매달리느라 진정한 삶의 기준점조차 상실해가며 상처받고 있다. 그 상처는 정신을 가격하거나 극단적 죽음으로 정리되기도 한다. 지금 이 순간도 끊임없이 인간의 욕망과 관련된 죽음의 그림자는 도처에 널려있다.

실제로 감성보다는 물질에 집착하는 현대인들은 자신이 추구하는 욕망의 벽에 부닥쳤을 때, 일어나기보다 포기하는 경우가 더 많다. 수용의 방식이든 포기의 방식이든 모든 한계상황에서 절망하기도 하지만 때론 출구를 찾기 위한 처절한 몸부림에 괴로워한다. 이렇듯 조동범 시인의 시편들에 나타난 모든 죽음들은 그 죽음의 현상에 강하게 집착하는 인간의 욕망을 미적으로 담아낸다.

> 여자가 떠오른 것은 저물녘의 마지막 순간이었다.
> 여자가 떠오른 순간 파문이 일었고, 파문을 따라 해넘이의 붉은빛이 넘실댔다.
>
> ─ (중략) ─
>
> 여자의 양팔은 저수지의 바닥을 향해 있다. 무엇을 잡으려 했는지, 무엇을 건지려 했는지.
> 뻗은 손의 끝은 힘없이 굽어 있고 수초처럼, 여자의 팔이 느리게 흔들렸다.

여자의 신발이 발견되었다고도 하고, 여자의 목걸이가 발견되었다
고도 했다. 저수지를 향하던 여자의 발자국을 따라 풀이 눕기도 하고
그녀의 구두가 남긴 무늬를 따라 숲의 어둠이 들어섰다고도 했다. 저
물녘의 마지막 순간과 해넘이의 산 그림자가 사라지는 계절이었다.
　아직, 눈을 감지 못한 것이지, 지금도 여자는
—「저수지」부분

　레슬러의 등 뒤로 나비가 날아간다.
　나비를 바라보는 레슬러의 몸이 활처럼 휜다.
　활처럼 휜, 레슬러의 눈망울에 나비의 궤적이 담긴다. 육중한 그의
몸을 따라, 물러설 수 없는 순간이 지나간다. 레슬러는 온 힘을 다해 중
력을 견디고 있는 중이다.
　장외로 날아가던 나비가 젊은 레슬러의 영역으로 들어선다. 바닥을
밀어내는 레슬러의 손끝은 캄캄한 허공이 된다.

　— (중략) —

　젊은 레슬러의 숨결 한 조각, 매트에 눌려 납작해진 귀를 지나쳐 짧게
가라앉는다. 깊은 바닥이 가벼운 몸을 맞는다. 그의 몸은 텅 비어 있다.
　고요한데 흐느끼며 나비가 날아간다.
　레슬러는 마지막 힘을 다해 한없이 가벼워진 숨을 놓는다.
　부릅뜬 두 눈 너머로 나비의 허공이 날아간다. 죽은 물고기 가득 피
어 있는 레슬러의 안간힘 속으로
—「송성일」부분

　두 시에서의 죽음의 이미지는 '죽음'을 다루는 점에서는 같지만 상반
된 죽음을 다루고 있다. 앞의 시는 저수지에 스스로 몸을 던진 여자의
시신을 통해 바라본 객관적인 시각의 죽음이다. 그러나 '고故 송성일'의

죽음은 위암 말기 환자의 몸으로 죽음 직전까지 매트위에서 사력을 다하다 생을 다한 레슬링 선수의 죽음을 담담하게 묘사하고 있다. 세상에 어떤 죽음이 안타깝지 않을까. 그러나「저수지」의 주검은 자의적인 사연이 있는 죽음의 모습으로 비춰지지만「송성일」의 죽음은 암과의 사투 끝에 요절하고만 레슬러의 절절함이 묻어난다.

인간의 몸이 쇠퇴하고 죽는 과정은 자연스런 현상이라고 말한 네덜란드의 생물학자 미다스 데커스는 자신의 저서를 통해 "모든 죽어가는 것은 아름답다"라며 나이듦에 대한 찬사를 피력한 바 있다. 그러나 위의 두 죽음은 다르다. 하나는 자연사가 아닌 스스로 목숨을 끊은 경우이고, 다른 하나는 병마를 이기지 못하고 안타깝게 생을 마감한 경우라는 점에서 그러하다. 그는 "일을 한다는 것은 매일 매일을 단축시켜주고 삶을 연장시켜준다는 장점이 있다"라고 한 프랑스 철학자 디드로의 말을 인용한다. 물론 일이란 성취감과 함께 시간의 흐름 속에서 자신의 존재를 알게 하지만, 그의 말처럼 우리 입 속의 이도 시간이 지나면서 하나씩 썩거나 사라지게 되듯이 우리의 삶 역시 언젠가 사그라져 관 속에서 덜그럭거릴 몇 개의 뼛조각에 지나지 않는다는 것이다.

또한 "우리가 죽는 것은 단지 마지막 남은 부분들의 죽음을 지칭할 뿐이며 대부분의 것은 이미 오래 전에 아무런 애도의 절차 없이 뱃전 밖으로 내던져진 것들이다. 그러나 아직까지 남아 있는 부분은 시간이라는 것에 대해 놀라워하기 위해서라도 한동안 더 살아갈 이유가 충분히 있다."[2]고 했다. 사람들은 타인의 주검을 보면서 그가 생전에 무슨 일을 했고, 어떻게 살았으며 왜 죽었을까를 생각한다. 그것은 상징적인 죽음이 아닌 실제 우리 자신도 그럴 수 있다는 위기의식을 가질 수도

---

2) 미다스 데커스,『시간의 이빨』오윤희 · 정재경 공역, 영림카디널, 2005, P.256.

있다는 것을 의미한다. 그저 편하게 살다 자연스레 죽음을 맞는 사람들의 죽음과 죽을 만큼 힘겹게 살다 떠난 사람들의 죽음을 같다고 볼 순 없겠지만 결국 세상을 등진다는 것에서는 같다. 대부분의 사람들이 죽음을 두려워하지만 죽음 앞에서조차 강할 수 있다면 그는 죽음을 초월한 사람일거다. 생명의 유한함을 깨닫기 보다는 영원히 살 것 같은 욕망이 죽음의 시선과 일직선상에 놓여있음을 아는 사람은 없다. 그 점을 시인은 당연한 시선으로 바라보고 있다.

2. 이방인의 상실된 유토피아

현대인에게 진정한 유토피아란 존재할까. 현대문명과 제도적 침투가 한 인간뿐 아니라 이 사회와 국가에 침투하여 모두를 이방인으로 만들어간다면 하고 가정해봤다. 일찍이 미셸 푸코는 『권력이론』에서 "사회나 문화의 합리화를 하나의 전체로써 다루기보다는 이 과정을 광기, 질병, 죽음, 범죄, 성 등과 같은 각각의 근원적 경험에 근거하는 몇 가지 분야로 나누어 분석하는 것이 바람직하다."고 말한 바 있다.

결국 모든 인간은 자신의 마음속에 품은 유토피아를 향해 몸이 부서져라 살아가다 그 버거운 삶 속에 스스로 갇혀있는 고독한 존재를 인식하는 순간, 죽음을 맞는다. 따라서 문학인이란 보편적인 사회 탐구, 인간은 무엇으로 살아가는가와 같은 가장 원초적인 질문에 대하여 작품을 통해 끝없이 표출하는 행위를 하는 자들이다.

> 발견되지 않은 루트를 따라 고독이 발굴되었다. 얼음산을 오르던
> 자들의 시신은 놀라운 고독으로 가득했고, 고독의 외로움은 완벽하게

보존되었다. 시신들은 저마다 침묵하며 고독했으므로 죽은 자들의 흐느낌은 침엽수림을 돌아보며 어느덧 사라졌다.

누구나 침묵했고 언제나 고독했다.

― (중략) ―

백 년 동안의 고독이 고독한 세월을 견디는 동안 눈보라는 그저 단조롭게 쏟아졌다. 죽은 자들은 잊혔고 오래된 씨앗의 발아는 요원했다.

백 년 동안의 고독이란 얼마나 슬픈 일인가.

― (중략) ―

백 년 동안의 고독이 완성되자 비로소 세상은 고독할 수 있었다.
세상의 모든 고독이 고독을 앞에 두고 드디어, 고독을 노래할 수 있게 되었다.
참으로 오랜 세월이었고, 견디기 힘든, 고독이었다.
― 「백 년 동안의 고독」 부분

시인이 마르케스의 『백 년 동안의 고독』이란 소설 제목을 차용한 이유는 지금 우리의 자리가 결코 인류가 맨 처음 추구했던 지상 낙원이 아니라 한낱 허구라는 것을 말하고 있음이다. 따라서 소설 속 '마콘도'는 환상의 공간이자 유토피아를 상징하고 있으며, 타락한 물질문화를 반영하는 도시로 전락해버린다. 즉 현대사를 상징하는 공간인 마콘도가 멸망한 후, 진정 고독을 누리게 된다는 의미로 해석할 수 있다. 이 시에서 시인은 고독을 말하지 않으며 고독을 보여줘야 하지만 지나치게 고독에 맞추려는 의도성이 강하게 드러난다. 그것은 반복과 수미상관

방식을 통해 이 시대에서 벗어날 수 없는 현대인의 고독과 유리 안치된 유토피아 등을 드러내고 디스토피아로 향하고 있는 현실을 폭로하기 위함으로 보인다. 결국 현대인은 고독하고 싶어도 고독할 수조차 없는 시대를 살아가고 있는 것처럼, 지그문트 바우만 역시 자신의 저서『고독을 잃어버린 시간』을 통해서 인간의 욕망이 고독조차 누리지 못하는 현대인의 비극적 상황에 대해 말한 바 있다.

　　당신의 심장을 따라 바다가 출렁였고, 당신은 이내 구름을 헤아리며 잠이 들었다.
　　심장을 떠난 피가 지친 몸을 끌고 돌아오는 날이면 당신은 두근거리는 뜨거움과 기억할 수 없는 과거를 사이에 두고 이역의 먼 바다를 떠올렸다

　　이것은 먼 항해의 이야기지

　　－ (중략) －

　　더 이상 은빛 고기 떼는 날아오르지 않았고, 당신은 심장을 꺼내 도륙당한 거대한 흐름을 어루만졌다
　　당신은 살점을 도려내며 더 이상 바다를 신뢰할 수 없었다
　　난파된 해역마다 들리지 않는 음역이 철새를 따라 날아갔지만 얼어붙은 이국의 물고기 떼는 당신의 뜨거운 혈관을 향해 돌아가지 못했다

　　－ (중략) －

　　팔레스티나
　　당신의 피는 흘린 듯,
　　도륙당한 혈관을 따라 정처 없고

머나먼 이국의 바다에
끝이 없는 전생과 이생이

그저 아득하게 흐느끼고 있었다

— 「디아스포라」 부분

　최근 디아스포라가 새롭게 조명되는 데에는 가속화되고 있는 국제
화 현상과 밀접한 관계가 있다. 신자유주의 논리는 자본을 앞세워 국경
은 물론 언어 · 문화적 경계까지 허물어버림으로써 단일 민족국가 체제
에 균열을 일으키고 있다. 국가적 차원에서 상당히 빠르게 이주민이 이
동하고 있는 현상을 시인은 「디아스포라」를 통해서 말한다. 동시에
"더 이상 은빛 고기 떼는 날아오르지 않았고, 당신은 심장/ 을 꺼내 도
륙당한 혈관의 거대한 흐름을 어루만졌다/ 당신은 살점을 도려내며 더
이상 바다를 신뢰할 수 없었다"는 대목에서 특별히 유이민類移民이 정
해진 것이 아니고 이미 유토피아를 잃고 헤매는 정신적 유이민일 수밖
에 없다는 것이다. 특히 마지막 연에서 그러한 사유는 절정에 닿아 있
다. "머나먼 이국의 바다에/ 끝이 없는 전생과 이승이// 그저 아득하게
흐느끼고 있었다" 이는 전 세계에 제 나라가 아닌 이방인의 신분으로
머물 수밖에 없는 이주민으로써 현대인의 지독한 고독과 아픔을 극적
으로 보여주고 있다.

3. 유령의 상징성

　죽음이란 현상이 결코 화려하거나 행복할 수는 없다. 그러나 한 지인
이 떠난 봄날의 장례식을 아이러니하게도 아름답게 느껴본 적이 있다.

조동범 시인의 「유령」에서도 볼 수 있지만 하관하는 관 위로 쏟아지는 벚꽃을 보면서 죽음의 예식이 그렇게 화려할 수 있음도 알았다면 망자에 대한 무례일지 모르겠다. 필자의 체험으로 늦은 밤 지하철 안에서 쓰러진 어느 노인의 가슴 아픈 죽음은 보는 이들로 하여금 가히 충격적이었다. 우리는 매순간 삶과 죽음의 경계를 넘나든다. 언제 어디서 나타나 우리를 괴롭힐지 모를 '유령'은 화려한 옷을 입고 거리에서, 지하도에서, 횡단보도에서 그리고 햄버거 가게에서 수시로 등장하며 우리와 함께 살아간다.

유령이 나타났다
유령은 지하주차장의 어둠을 뚫고 서서히, 오래된 적막강산을 드러냈다
유령은 세련된 슈트를 입고 있었으므로 누구도 유령을 유령이라 생각하지 못했다
순백의 셔츠는 빛이 났고 매끈하게 빗어 넘긴 머리카락은 한없이 단정했다

— (중략) —

유령이 숨을 거두었다는 소문이 돌았지만 유령은 도처에서 나타났고 또 나타났다

여전히 유령을 본 사람은 없었고
유령을 보려 한 사람 역시 없었지만

햄버거 하우스 이층 창가에 앉아
피를 흘리며 햄버거를 먹고 있는

유령이,

유령이, 나타났다

—「유령」 부분

김제욱의 시 「구름베개를 베고 잠드는 바람—최하림 선생님께」란 시의 마지막 연에 이런 구절이 있다. "투명한 미소가 바람을 따라/ 맨걸음으로 내려오시는데/ 소리의 어깨가 바람 언덕으로 피어나고/ 옅은 뒷모습으로 벚꽃 속에 휘날리는/ 한 사내가 보인다"는. 물론 이 시는 스승의 죽음에 대한 애도의 시이지만 누구에게나 느닷없이 찾아오는 죽음은 어느 날 바람처럼 올 것이다. 조동범의 시에서 나타나는 현상은 마치 야간에도 찍히는 적외선 카메라의 눈과 같은 감각으로 「격발의 순간과 명징한 감각」과 같은 시를 통해서도 분명하게 드러난다.

이렇듯 조동범 시인의 시편들은 현대인의 욕망을 내포하고 있지만 다른 시각으로 본다면 과거와 현재, 그리고 미래를 스스럼없이 왕래하는 비 욕망으로 보이기도 한다. 이는 '존재'와 '비존재' 사이에 한계의 모양으로 포착되는 시간의 흐름이기도 하다. 시인의 눈은 결코 평범할 수 없고, 세상에 처음 형체를 드러내는 최초의 언어로써 독자를 뒤흔들어놓을 수도 있어야 한다. 계속 진화하고 있는 그의 또 다른 시적 언어가 어느 날 유령처럼 등장하여 여러 평자들의 눈을 통해 새로운 방식으로 해석되길 바란다.

고통과 슬픔을 응시하는 특별한 시선

— 정다혜의『스피노자의 안경』

1. 고통과 슬픔의 변증법

'극과 극은 서로 통한다'란 말이 있다. 철학적으로 해석하면 "어떤 것이 극에 달하면 결국 양극단은 서로 일치한다"는 의미로 그 다음에 우리를 기다리고 있는 것은 바로 현실이다. 고통은 고통으로 끝나는 것이 아니라 그 깊이가 깊을수록 미명처럼 밝아오는 따뜻한 해후가 약속처럼 기다리고 있음이다. 그렇기에 고통과 슬픔으로부터 달아나지 않고 담담히 받아들여 마침내 그 근원적인 고통에서 벗어나게 되는 것이다. 그런 측면으로 볼 때, 인간의 극한 고통에서 초월적 힘의 근원을 말하고 있는 시집이 정다혜의『스피노자의 안경』이다.

인간은 실존적 한계에 직면하면 새로운 삶의 의미를 되찾고 삶의 문제를 극복하기 위해 '초월'을 갈망한다. 그때 인간의 마음은 초월적 힘이 작용되는 장소이며, 동시에 어떤 힘이 발현되는 곳이기도 하다. 이 시집의 시편들은 결코 화려하고 요란한 소리가 아니라 감동과 울림이 있는 소리다. '슬픔도 힘이 된다'는 말은 이 시인의 시에서 바로 이해될 수 있다.

정다혜의 시는 지나치게 난해하거나 해독이 불가능한 시는 아니다. 그렇다고 쉬운 시라고 할 수도 없다. 어렵게 읽혀지지는 않으나 마음속으로 서서히 삼투된다. 슬픔의 샘이 요동쳐 흙탕물이 되어도 제 스스로의 자정력을 갖고 있어 정제된 웃물만 사용할 수 있다는 진리를 선험적으로 시인은 체득하고 있는 것이다. 그렇게 걸러진 시들은 독자로 하여금 승화된 감동과 따뜻한 해후를 한다.

> 사고로 눈 하나 잃고
> 의안으로 열다섯 해 숨기고 살다가
> 그 비밀 누설했더니
> 나를 볼 때마다 사람들 수런거린다
> 더러는 측은한 눈빛으로
> 더러는 흥미 있는 비밀인 것처럼
> 소곤소곤 귓속말들 한다
> 그 진실 목구멍 밖으로 끌어내어
> 캄캄한 눈 그들에게 보여주던 날
> 눈 맑은 아이로 돌아가
> 어린 짐승처럼 소리 내어 울었는데
> 진실은 비밀이 되어 떠돈다
> 그러나 사람들은 모를 것이다
> 순백의 스무 살 지나
> 분홍빛 서른 살 지나
> 자줏빛 불혹도 지난
> 이제사 바랜 빛깔로 그대, 시를 만나
> 산골 물같이 깨끗한 영혼으로
> 밤잠 못 이루며 연애질한다는
> 이 기막힌 비밀
> 사람들은 모를 것이다

감쪽같이 모를 것이다

—「비밀」전문

　이 시에서 화자가 추구하는 것은 근원적인 고통과 슬픔을 시를 통해
서 극복하고 있음이다. 일상적 삶의 공간에서 어둠이 걷히고 맑은 눈과
예리한 智力 그리고 생명의 소중함을 확인하게 한다. 그에게 있어 시를
쓰는 행위는 지난날의 고통스런 기억들을 극복하기 위한 수사학적 전
략을 낳고 그러한 힘들이 모아져 시를 만들어내는 필수조건이 된다. 또
한 고통의 편린들의 집합체인 언어의 조각들은 표층 밑으로 끊임없이
흐르면서 응어리들을 최면같이 삭여내고 있다. 따라서 그의 시적 언어
는 시인 자신의 몸에서부터 한 올 한 올 풀어져 나온 세포와도 같다.

　인간에게 있어 고통스런 기억은 자기의 몸과 정신에 각인되기 마련
이다. 그것이 스스로 죄의식에 사로잡히게 하는 사건이었다면 더욱 그
러하다. 다만 그 대상들을 파편적인 것으로 경험하는가, 아니면 총체적
인 것으로 인식하는가에 따라 좌우된다. 정다혜의 시는 자기극복의 결
정체다. 한쪽 눈으로 바라보는 세상에 대해 그는 총체적인 고통조차 파
편화시킬 줄 아는 시인이다.

　시인은 "사고로 눈 하나 잃고/ 의안으로 열다섯 해 숨기고 살다가" 그
비밀 누설한 뒤 되레 '눈 맑은 아이'로 돌아갔다고 했다. 즉 잃어버린 한
쪽 눈은 그가 잃어버린 세상이 아니라 마음의 눈으로 또 다른 세상을
볼 수 있게 다시 태어난 것을 의미한다. 그것은 자기연민의 과정을 통
해 자신의 시작 행위를 사랑하고 그 사랑으로 타자들을 감싸 안을 줄
아는 '사랑의 힘'으로 확산되어간다.

　다음 시에서도 볼 수 있듯이 그는 이별에서조차 푸른 희망을 본다.
낙화하는 동백꽃의 붉고 선명한 추락에서 분명한 자연의 섭리를 만난

다. 이처럼 자아와 세계의 일체감을 통해 시적세계와 관계 맺는 자아의
무한한 주관성으로 표출되고 있다.

> 떨어지는 동백꽃 본 적 있는가
> 한 치 망설임 없이 툭 떨어지는
> 그 선명한 추락
> 가장 아름다울 때 떠나는 이유는
> 피고 지는 윤회의 수레바퀴
> 그 바퀴 굴러 다시 꽃 피울 것이라
> 나무는 스스로 당당하다
> 왜 나는 낙화를
> 마침표라 생각했는지
> 떨어져서도 동백 유난히 붉다
> 저렇듯 이별이 푸른 희망처럼
> 반짝이는 순간도 있는 것을
> 어떻게 배웠을까
> 나무들은
>
> ─「이별, 푸른 희망처럼」 전문

　화자는 땅에 떨어지는 동백꽃을 보며 새로 피어날 꽃봉오리를 본다.
한 치 망설임 없이 떨어지는 동백꽃에서 오히려 당당함을 찾은 것이다.
그것은 삼라만상 어느 것에도 적용되는 만남과 이별, 생성과 소멸의 이
치를 말하고 있음이다. 죽음도 이별도 마침표가 아니라 다시 만날 수
있는 푸른 희망이라는 것을 독자에게 깨우쳐주고 있다.
　이 시의 핵심이 되는 "이별이 푸른 희망처럼/ 반짝이는 순간도 있는
것을/ 어떻게 배웠을까/ 나무들은" 이 구절은 야콥슨Roman Jakobson의 시
적 화자와 청자와의 관계를 '화자(시인)—메시지—청자(독자)'로 도식화

했을 때 화자는 주로 일인칭인 '나'가 되어 독백적인 경향의 어조를 지니며 감탄, 애조 등의 정서를 유발하게 된다. 즉 낙화하는 붉은 동백꽃은 시간의 윤회성과 사라지는 모든 것들에 대한 서러움보다 푸른 희망을 당당하게 시인의 의지로써 독자에게 전한다.

따라서 정다혜 시편들의 주된 핵심은 고통과 슬픔의 근원에서 벗어나고자 하는 초월적인 힘에 있다고 할 수 있다. 이러한 사라지는 것들에 대한 애정은 "떨어지는 것들에는 못 다한 영혼의 말들이/ 바람처럼 펄럭이고 있다는 것을"(「떨어지는 것들에는」), "서랍 속에 툭 떨어지는 보내지 못한 편지/ 잊어버린 것들은 잊어버린 시간과 함께 온다"(「오래된 주전자」)와 같은 표현들에서 더욱 강하게 나타난다.

정다혜의 시편들의 소재는 우리가 일상에서 쉽게 만나 쉽게 지나칠 수 있는 것들이다. 그러나 그러한 것들이 시인의 심혼과 부딪쳐 토해내는 목소리는 여러 갈래로 변주되어 나타난다. 생명을 가진 모든 것은 영원하지 않기에 고통이라고 한다. 아이러니하게도 그 고통은 창작의 모태가 된다. 그렇듯 시인에게 있어 고통과 슬픔이라는 암석은 감성이라는 제련과정을 거쳐 새로운 생명력으로 빛을 발하게 되는 것은 아닐까.

2. 제3의 눈으로 바라본 세상

사람을 감동시키는 일차적인 신체 기관은 눈이다. 말과 행동은 주고받는 과정이 있어야 하는 전달 기관이지만 눈은 말과 행동 없이 눈빛만으로도 어느 정도는 마음을 전달할 수 있다고 생각한다. 눈을 통해 수용된 시각적 영상이 뇌의 시각중추로 전달되어 이성적 판단에 의해 가습으로 느끼고, 행동으로 연결되기 때문이다. 다만 나이가 들어감에 따라 감각은 다소 무뎌질 수 있지만 사물을 바라보는 시선은 더욱 깊어지게 된다.

이 시인은 건강한 두 눈을 가진 사람보다 더 풍부한 감성으로 세상을 보고 사랑을 전한다. 눈을 뜨는 아침 자기를 위해 늘 변함없이 스피노자가 되어주는 남편에게서 빛을 얻는다. 또한 마음과 육신의 눈 사이를 왕복하며 인간의 기쁨과 슬픔, 어두움과 밝음을 넘나든다. 그러한 과정들이 가슴 깊은 곳에서부터 퍼올려져 시를 통해 고스란히 정제된다. 제3의 눈을 통해 힘들게 점철되어온 시간을 연소시키듯 자기가 느낄 수 있는 최대한의 세상을 바라보는 것이다.

눈을 뜨면 제일 먼저
아내의 안경을 닦는 남자
오늘도 안경을 닦아
잠든 내 머리맡에 놓고 간다
그가 안경을 닦는 일은
잃어버린 내 눈을 닦는 일
그리하여 나는 세상에서 가장 푸른
새벽과 아침을 맞이하지만
그때마다 아픔의 무늬 닦아내려고
그는 얼마나 많은 눈물 삼켰을까
생계를 꾸려가기 위해
안경의 렌즈를 갈고 닦았다는
철학자 스피노자
잃어버린 내 한쪽 눈이 되기 위해
스피노자가 된 저 남자
안경을 닦고 하늘을 닦아

내 하루 동안 쓴 안경의
슬픔을 지워, 빛을 만드는
저 스피노자의 안경

—「스피노자의 안경」 전문

이 시집의 표제시인 「스피노자의 안경」에서 화자는 생계를 위해 안경 렌즈를 갈고 닦았던 철학자 스피노자를 생각하며, 자신의 남편을 스피노자에 비유한다. 그의 시편들에서 읽혀지는 고통과 절망은 오히려 그에게 사랑과 희망을 말하게 한다. 화자는 남편이 매일 아침 닦아놓은 안경을 쓰며 "나는 세상에서 가장 푸른/ 새벽과 아침을 맞이하지만/ 그때마다 아픔의 무늬 닦아내려고/ 그는 얼마나 많은 눈물 삼켰을까"라고 남편에 대한 사랑과 감사의 마음을 절절이 표현하고 있다. 그만큼 그에게 있어 가족은 살아갈 수 있는 큰 의미와 힘이 되고 있는 것이다.

현대시는 다양한 상징과 은유가 서로 맞물려 직조되어 있다고 볼 수 있다. 시인이 가지고 있는 무의식이나 잠재의식의 편린들이 그 시인의 시에 영향을 주게 된다. 정다혜의 시에서도 자주 발견할 수 있는 일례로 "슬픔을 지워, 빛을 만드는/ 저 스피노자의 안경"과 같은 경우를 들 수 있다. '한 눈으로 고통스럽고 힘든 세상보기, 그래서 쌓인 화자의 슬픔이 묻은 안경알을 닦아주는 남편의 마음'을 '빛을 만드는'이라고 표현하고 있다. 그렇게 그가 사용하는 시어들은 의도를 했건 하지 않았건 일정한 상징성으로 나타난다.

그런 메타포들은 모든 주체 속에서 자리를 잡을 때에만 제 기능을 발휘할 수 있다. 정다혜의 시는 전적으로 상징적 문맥들에 의해서 그 의미를 강하게 부여받는다. 그것은 시 속에서 비유적 의미를 취함으로써 자신의 모습을 드러낸다. 특히 은유가 가진 특징 중에서 이미지의 제시는 의미의 연쇄 속에 있는 관계를 통하여 독자에게 전달되어진다.

정다혜의 시편을 관통하는 핵심어를 찾아보자. 시 「눈물 속에도 사막이 있다」에서 그는 '울기 위해 슬픔의 씨를 사막에 묻는다'란 표현과 「고백」이란 시의 '갇혔던 슬픔이 다 쏟아져 나온 뒤/ 맑은 노래는 찾아올 것이다, 나는 지금/ 가장 맑은 물의 고백을 기다리고 있는 중이다'와 같은 부분은 그 의미가 응축되어 있다고 볼 수 있다. 아마도 그 시점이 언제가 될지는 모른다. 다만 그의 시가 끝없이 이어지는 내내 그 고백은 계속될 것이라고 믿는 것이다.

세상에는 여러 장애로 고통 받는 사람들이 많다. 장애가 있는 사람은 각자 자신의 고통이 가장 크다고 생각하는 것이 보통이다. 그러나 아름다운 자연과 사랑하는 사람들을 볼 수 없는 고통은 경험하지 않고는 알수 없는 일이다. 건강한 두 눈을 가지고도 바로보지 못하는 사람이 얼마나 많은가. 내 눈을 남의 것과 바꿀 수 없듯이 나이 들어 탁해진 눈을 맑은 아이의 눈빛으로 되돌릴 수는 없는 일이다. 다만 시인이 보는 세상에 대한 눈빛이 '怒眼'이 아닌 진실함과 따뜻함을 지닌 아름다운 '嘘眼'으로 또 다른 그 만의 깊고 넓은 시의 세상을 보게 되기를 바라는 마음 간절하다.

IV.
호모 파베르(Homo Faber)

안데르센, 『치통 아줌마』

─ '나'의 시인되기 꿈과 치통의 치환

1. 들어가며

> "소설은 자네를 유명하게 만들었지만 동화는 자네의 이름을 불멸하
> 게 할 걸세"

이 말은 안데르센의 절친한 친구이자 후원자인 외르스테드만의 예언이기도 했다. 그의 말은 그대로 실현되었고, 처음부터 안데르센의 진가를 알아본 사람의 혜안이었던 것이다.

안데르센(1805~1875, Hans Christian Andersen)은 덴마크 왕국의 오덴세라는 지방도시에서 태어났다. 구두수선공이었던 아버지와 알코올 중독에 걸린 어머니 밑에서 가난하게 자랐지만 그는 열정으로 가득 찬 삶을 살았다. 소년시절 작가보다는 오히려 가수나 배우의 꿈을 꾸기도 했던 그는 상류계급의 여러 은인들의 도움으로 작가의 길을 걷게 되면서 「인어공주」, 「장난감 병정」, 「미운오리 새끼」 등 수많은 걸작을 만들어낸다. 그의 동화작품들은 그의 인생관과 비범한 재능의 결정체다.

특히 안데르센은 환상적이고 아름답기만 한 다른 여느 동화와는 달리 가난한 살림을 주인공으로 삼은 작품을 많이 발표하여 독자들에게 세상을 넓게 보는 지혜를 가르쳐 주었다. 이는 그의 성장환경에서 비롯되었다고 할 수 있다. 뛰어난 상상력을 바탕으로 따뜻하게 세상을 바라보는 그의 작품들은 "안데르센이 덴마크 아이들을 발견했다"는 찬사를 받기에 충분하다.

그는 대부분의 생애를 여행으로 보내면서 평생을 독신으로 지냈지만 사랑하는 여인들도 있었고, 다양한 계층의 사람들과 폭넓은 교류를 유지했다. 1867년 오덴세의 명예시민으로 추대되기도 했던 안데르센은 독일과 이탈리아에서 즐겨 체류했으며, 교우관계도 매우 광범위하여 국내외의 시인, 문학가, 미술가는 물론 왕후와 저명한 정치가에까지 미쳤다. 그의 아름답고도 환상적인 약 157편의 동화작품은 백년 이상, 전 세계 사람들의 끊임없는 사랑을 받고 있으며, 수많은 어린이들을 매혹시켰다.

이 중 초기에 쓰여진 이야기들은 안데르센이 어릴 때 들은 설화에 바탕을 두고 있다. 그는 작품 활동을 시작할 때부터 두 종류의 독자를 염두에 두었다고 한다. 아이는 물론 어른도 구어체로 된 이야기를 좋아한다는 사실을 깨닫고 "어른들에게 적합한 주제를 잡은 다음 아이들이 이해할 수 있도록 풀어나갑니다. 하지만 부모도 함께 읽고 마음의 양식을 얻는다는 사실을 잊지 않지요."라고 말했다. 다시 말해서 안데르센의 이야기는 아이들이 이해할 수 있을 만큼 단순하면서도 어른이 공감할 수 있는 심오한 의미를 내포하고 있다는 뜻이다.

그러나 이 「치통 아줌마」가 다양하게 출간된 안데르센 동화집에 거의 빠져있는 이유는 이 작품이 애초에 동화의 목적으로만 쓰여진 것이 아니었음을 말해준다. 특히 이 작품 속에서 주인공인 대학생 '나'의 시인되기 꿈은 '치통'이라는 문학으로의 길고 힘든 고통의 시간과 치환된다. 그만큼 치통이라는 참기 어려운 고통을 통해 주인공은 하나의 창조적 결과물을 만들어내기 위해 노력하는 것이다. 필자는 안데르센의 동화 작품 중에서 「치통 아줌마」를 읽고 그 속에 담긴 의미와 심리적인 테마를 통해 그가 전하는 메시지를 찾아보려 했다. 특히 안데르센의 상상력과 아름다운 문장 속에 흐르는 서정적 정서와 환상, 휴머니즘은 일반 소설과는 큰 차이를 갖는다.

2. 「치통 아줌마」에 나타난 서정적인 정서와 환상

아동문학이란 "어린이와 순수한 동심을 향유하려는 어른을 위하여 창작되어지는 문학양식으로서 동요, 동시, 동화, 아동소설, 아동극 등의 장르를 총칭한 명칭"[1]이다. 아동문학이라 하여 반드시 아동만을 대상으로 한 것은 아니지만 어디까지나 그 주체는 아동과 동심에 두어야 할 것이다. 따라서 아동문학은 예술성이 뛰어난 문학작품을 통하여 어린이들에게 감동과 꿈을 심어주고 따뜻한 심성을 고양하고자 하는데 그 목적이 있다.

그러나 안데르센의 동화는 애초부터 아이들만을 위해서 만들어진 것은 아니다. 다만 아이들의 눈높이에 맞춰 수정되거나 삭제되어 온 것으로 알려져 있다. 문학은 한 인간을 가치관과 세계관을 가진 인격체로 성장시키는데 반드시 필요한 것이다. 특히 동화는 그 문학적 특성중 하나로 교육성을 배제할 수 없다. 이러한 역할의 중요성에 있어서 일반

---

1) 강정규 외 공저, 『아동문학 창작론』, 학연사, 1999, 11쪽.

성인들을 위한 대중소설과는 그 차이를 분명히 두어야 할 것이다.

「치통 아줌마」는 동화 속 주인공이 어린 시절 치통으로 고생했던 '밀레 아줌마'라고 불리는 이모를 가리킨다. 그녀는 사랑스런 아이들이 즐거워하는 모습이 좋아 늘 잼과 설탕을 묻은 샌드위치 따위의 단 음식을 주게 되는데, 그 결과 이가 상하게 되고 결국은 주인공 소년이 대학생이 되어 심한 치통으로 죽게 된다. 그 이야기가 한 식료품 가게에 있는 종이 통 속에서 꺼내어지면서 작품이 전개된다. 이러한 설정은 작품의 시작부터 독자로부터 심상찮은 호기심을 발동케 한다. 안데르센은 서정적이면서도 누가 읽어도 쉽게 이해할 수 있고 공감이 가는 필치로 이야기를 전개한다. 이 동화 본문 4장에 이런 말이 나온다.

> "첫 이! 우유처럼 누부시게 하얀, 때 묻지 않은 젖니! 이가 하나 나오면 줄지어 여러 개가 나오고, 위아래로 나란히 줄이 생긴다. 하지만 아름다운 젖니들은 선발대에 불과하고, 평생 동안 지니고 다녀야 할 영구치가 나온다. 마지막으로 나오는 이가 사랑니다. 사랑니는 위아래로 맨 끝에 하나씩 나오는데, 커다란 고통과 괴로움 속에서 태어난다. 그러다가 세월이 가면 이는 자신의 임무를 마치기도 전에 하나씩 떠나버린다. 마지막 남은 이가 떠나는 날은 축제의 날이 아니라 슬픔의 날이다. 이렇게 되면 마음이 아무리 젊다 해도 사람은 늙는 것이다."

이 구절은 매우 의미심장한 말이 아닐 수 없다. 인간의 삶과 희로애락이 내포되어 있고, 동화라기보다 단편소설과 같은 구성으로 인생에 대한 역설을 명료하고 환유적으로 묘사하고 있다. 이러한 문체를 가진 작품이 어찌 어린이만을 위한 동화라 할 수 있겠는가. 이 문장 자체로 안데르센의 뛰어난 상상력을 발견할 수 있다.

과거의 판타지는 모험이야기나 마술적인 힘을 빌린 단순명쾌한 옛

이야기를 구분 짓는 잣대가 되었으나, 현대의 판타지란 주인공이 환상의 세계로 들어가 즐겁게 놀다 나오는 단순명쾌한 이야기가 아니다. 주인공은 선과 악이 혼재된 현실 안에서 수없이 망설이다 그 망설임 끝에 선택하는 주인공의 길 찾기 여정을 그린 이야기가 비로소 판타지2)라는 것이다.

판타지 속의 주인공들은 종전의 이야기 속 주인공들이 회귀적 여행을 하고 마는데 비해 단선적 여행을 한다. 종전의 주인공들은 숱한 모험을 한 후, 제자리로 다시 돌아오지만 단선적 여행을 하는 판타지 주인공들은 불확실한 결말을 보여주고 이야기를 끝낸다. 불확실하다는 것은 결국 그 끝이 닫혀 있기보다 열려 있는 것을 의미하며, 독자들에게 깊이 있고 흥미로운 질문을 던진다는 뜻을 지닌다. 특히 다음과 같은 문장은 더욱 환상을 자아내게 한다.

> 창문 틈새로 바람이 새어 들어왔으며 달빛이 마룻바닥에 빛을 뿌렸다. 달빛은 점점 선명해지다가, 바람이 하늘을 가로지르며 구름을 흩뿌리자 이내 사라져 버렸다. 마룻바닥에서 빛과 그림자가 자리다툼을 하다가 마침내 그림자가 자리를 차지했다. 그 순간 싸늘한 공기가 얼굴을 확 덮치는 것 같았다.
>
> 마룻바닥을 차지한 그림자는 사람 같은 형상을 하고 앉아 있었다. 그것은 어린아이가 분필로 칠판에 그린 그림 같았다. 몸은 하나의 가는 선으로 되어 있고, 팔다리도 선한 색으로 되어 있었으며, 머리는 둥근 원이었다. 형상이 더 뚜렷해지자 아주 얇고 고운 옷을 입은 듯이 보였다. 바로 여자의 형상이었다. 어디선가 콧노래를 부르는 듯한 소리가 들렸다. 어디서 들려오는 것이었을까? 깨진 창문에 부딪히는 바람 소리였을까? 마룻바닥에 앉아있는 그림자가 이야기를 하는 것일까?

---

2) 김제곤, 『아동문학의 현실과 꿈』, 창작과 비평사, 2003, 273쪽.

이 부분은 매우 서정적이고도 환상적인 표현이다. 동화라는 장르이면서도 시나 소설적 묘사라는 생각이 든다. 이 구절에서 치통의 고통은 바람처럼 우리 곁에 다가와 '무시무시한 악마의 형상'을 하고 나타난 치통아줌마였던 것이다. 여기서 치통은 사람처럼 의인화되어 있고, 주인공 '나'에게 '고통에 관한 송시' 짓는 것을 도와준다고 한다. 안데르센은 이렇듯 무한한 상상력을 가지고 있다. 치통을 앓아 본 사람은 잘 알 수 있듯이, 욱신거리는 통증이 머리를 뒤흔들고 나중에는 몸살을 일으킬 정도로 참기 어려운 고통을 안데르센이 문장으로써 형상화한 것은 감탄하지 않을 수 없다.

이 이야기의 배경이 되는 곳은 덴마크인데 다른 작품에서 보면 주로 덴마크의 시골풍경에 대한 찬미에 가까웠고, 그 외의 작품3)에는 중국 황제의 궁전에서 돼지우리 까지, 천국의 문에서 지옥의 대기실까지, 바람의 동굴에서 바다 왕궁까지 매우 다양하다. 특히 덴마크의 시골 풍경에 대한 묘사를 보면 전통적인 민간설화에서는 풍경이 배경에 지나지 않지만 안데르센의 이야기에서는 작품의 일부가 됨을 알 수 있다. 「치통 아줌마」에서도 곳곳에 삽입되는 서정적인 묘사의 발견은 언뜻 전원을 연상하게 된다.

문학이란 장르를 막론하고 언어를 통해서 이야기를 꾸미는 'narrative spinning(이야기 짜기)'에서 작가가 상상력을 형성하고 그 집적된 것이 정착되어 나오는 결과물이다. 「치통 아줌마」에서도 역시 '아줌마'와 '나' 그리고 '치통'의 관계는 시인과 치통의 길을 꿈과 현실로 대치시킨다. 즉 자기가 연결할 수 있는 것을 연결하여 한 형태를 만들어 나가는

---

3) 안데르센, 윤후남 역, 『안데르센 동화 전집』, 현대지성사, 2001, 1178~1179쪽 후기 편에서.

형태형성본능이라고 할 수 있는 게슈탈트 이론4)이 적용된 예라고 할 수 있겠다.

이는 안데르센이 동화작가가 되기 위해 받은 고통과 노력을 치통 아줌마 등을 통해서 상징한 것이다. 많은 인간들이 괴롭고 힘든 삶을 살면서도 대부분 끝까지 주어진 생을 살아낸다. 과연 그 고난의 일생을 꿋꿋이 버티고 살 수 있도록 해주는 힘은 어디에서 오는 것일까. 누군가는 그 이유를 바로 나르시시즘에서 찾기도 한다. 자신에 대한 끝없는 '도취' 덕에 인간은 평생 스스로 자살을 택하지 않고 살아간다. 라캉의 '거울단계'5)에서도 보면 이 점에 대해 좀 더 이해하고 수긍할 수 있을 것 같다.

이를테면 침팬지는 거울 속의 이미지에 익숙해지고 그것이 허상에 불과하다는 것을 알게 되면 자신의 이미지에 더 이상 관심을 가지지 않

---

4) 게슈탈트(Gestalt) 이론: 문학예술 방면에 응용할 때, '형태'라는 뜻으로 쓰이는 어휘로 문학에서는 언어가, 조각에서는 대리석이 재료인데 이것이 예술 작품이 되기 위해서는 재료가 가공되고 형식화되어야 한다. 이 재료와 형식을 통일성에서 파악한 개념이 형태이다. 또한 심리학에서는 M. 베르트하이머, W. 퀼러, K. 코프카, K. 레빈 등을 중심으로 한 형태심리학의 중추적인 개념으로 다룬다. 여기에는 유사성의 법칙, 근접성의 법칙, 연속성의 법칙, 공동운명의 법칙이 있다. 두산동아 대백과사전, 2002에서 발췌.

5) 거울단계(Mirror Stage): 거울단계라는 개념은 라캉이 정신분석에 기여한 것 가운데 아마도 가장 유명하다 할 수 있을 것이다. 생후 6개월에서 18개월 사이 아이는 거울에 비친 자신의 이미지를 알아보는 능력을 발달시키고 자신의 동작과의 관계를 의식하고 있음을 보여준다. 하지만 이 거울 속 이미지는 엄밀한 의미에서의 반영-이 아니라 오히려 환상적 구축물 혹은 게슈탈트(Gestalt : 통일적 형태)이다. 즉 그것은 아이가 동일시하는 신체상의 통합과 통일의 이상적 형상이다.
라캉의 거울단계 개념은 현대 이론에 널리 영향을 미쳤다. 그 영향은 프랑스의 마르크스주의 철학자 루이 알튀세르가 발전시킨 이데올로기 이론에서 시작하여, 개인주체와 그 주체가 태어나는 보다 넓은 문화 구조 사이의 관계문제에 관여하는 많은 페미니즘 비평가와 그 밖의 비평가들의 작업에 존속되고 있다.
조셉 칠더즈 · 게리 헨치, 황종연 역, 『현대 문학 · 문화비평 용어사전』, 문학동네, 2003, 282~283쪽에서 발췌.

게 된다. 반면 아이는 일단 이미지를 습득하고 나면 그 이미지가 사라진 후에도 일련의 행동들 속에서 인식 행위가 가져오는 즉각적인 반향들을 보여준다. 아이는 놀이를 통해서 자신의 이미지 속에 가정되었던 행동들과 그 행동을 반영하는 주변 상황이 갖는 관계를, 다시 말해 허구적인 합성물과 그것이 만들어내는 현실(자신의 신체나 주위의 사람들이나 사물들과 같은)간의 연관성을 경험하는 것이다.[6]

안데르센의 다른 많은 작품들도 읽어보면 어떤 이야기에는 신랄한 풍자가 들었고, 당시 인간들의 속물근성과 거짓된 가치관을 비웃으며 무슨 이야기를 하던 활기 찬 유머로 이야기를 전개해나간다. 동화작품이란 단순히 정보를 전달하는 낮은 차원의 글이 아니라 정보를 더 풍부하게 생성하는 고급문학일 수 있다는 점을 상기할 필요가 있다.

3. 동화 속에 흐르는 휴머니즘적 인식

동화 속 주인공은 아줌마가 늘 주던 단것으로 훗날 치통을 겪게 되었고, 그로 인해 그는 죽게 된다. 그러나 그의 기억 속에 있는 아줌마는 그를 시인이 되게 하는데 일조를 한 사람으로 설정되어 있다. 따라서 주인공은 자신에게 이렇게 최면을 건다.

> "아무리 하찮은 것이라도 상상력을 가졌다는 것은 축복이기 때문이다. 그것은 영혼과 마음을 충만하게 하는 한 줄기 햇살과도 같다. 하지만 그것이 어디서 오는지는 알 수 없다."

---

6) 자크 라캉, 민승기 외 공역, 『욕망이론』, 문예출판사, 2000, 39쪽.

그러면서 주인공은 늘 곁에 있는 일상과 풍경, 나무의 관찰, 신과 죽음과 불멸에 대해서 깊이 사색하게 된다. 그 모습을 인간의 지혜라고 생각하면서. 이는 자연을 있는 그대로 바라보고 작은 것에 감사하는 마음을 가져야 한다는 의미를 은연중에 알리고 있다. 특히 밀레 아줌마의 주인공에 대한 격려와 칭찬은 그를 시인으로 만들어가게 되었고, 삶의 풍요로움과 아름다움은 우리가 깨닫지 못하는 사소한 것에서 발견할 수 있다는 것을 보여주고 있다.

> "넌 타고난 시인이야! 넌 우리 시대의 가장 위대한 시인이 될거야. 네가 시인으로 성공하는 것을 볼 때까지만 산다면 여한이 없을 텐데. 브라우어 라스무센 씨의 장례식 이후 그런 상상력에 감탄하기는 처음이야."
> "넌 진정한 시인이구나! 그대로 적으렴. 그럼 디킨스 작품처럼 훌륭할 거야. 아니, 그보다 나을거야. 그의 작품보다 더 재미있으니까 말야. 네가 말했듯이 그대로 옮기렴. 네가 사는 집이 눈앞에 생생하구나. 그 안에 살아 있는 사람들을 적어 넣으렴. 사랑스럽지만 불행한 사람들을 말야. 그럼 참으로 재미있어질 거야."

밀레 아줌마의 주인공에 대한 끝없는 격려와 사랑은 오히려 '나'(주인공)에게 부담스러움과 동시에 '시인되기로의 꿈'에 대한 다양한 심리 상태를 만들어낸다. 그렇기 때문에 이 작품이 우리에게 주는 느낌은 즐거움보다는 슬픔과 비애 쪽에 더 가까운 것이라고 생각하는 것이다.

인간과 사물은 각기 그들만의 이야기를 가지고 있다. 우리가 눈을 크게 뜨고 마음의 문을 열면 세상은 결코 지루하지 않다는 것을 전하고 있는 것이다. 안데르센은 이러한 세상의 이야기에 현실적인 측면을 가미하고, 그 이상의 꿈을 치밀하게 묘사함으로써 비현실적인 것을 현실적으로 보이게 한다. 특히 많지 않은 등장인물들과의 묘한 정서적 심리는 따스한 인간미의 표출로 이어진다. 그러한 구절들은 동화 속 곳곳에서 휴머니즘으로 작용하기도 한다.

때로는 완전히 현학적인 이론의 무게에 짓눌려 길을 잃기도 하는 성인의 문학과는 달리 겸허한 독자라면 동화를 쉽고 재미있게 읽어내며, 그 읽기의 과정 속에서 길어 올린 성찰을 글로 옮기는 작업 또한 의미 있는 일이라고 생각할 것이다. 결국 지극히 주관 속에 매몰되지 않는 것이 작품−독자 간, 소통의 한 방법이 아닌가 싶다.

안데르센의 동화에 나오는 주인공들은 「치통 아줌마」뿐 아니라 대부분의 작품 속에서 혹독한 아픔을 겪는다. 이 시련의 아픔은 독자와의 공감대를 형성하기도 하고 때론 마음 속 상처를 대신 치유해 주기도 한다. 이 작품에서도 치통에 시달리는 주인공이 아줌마로부터 시를 쓰라는 권유를 받지만 그는 천사처럼 잠들어 있었고 꿈인지 현실인지 알 수 없는 중에도 주인공은 시를 쓴다. 그러나 그것은 시가 아니었으며, 영원히 출판되지 못한 아름다운 이야기로 끝이 난다. 주인공이 세상을 떠났으므로.

4. 나오며

안데르센 동화집은 1835년 「어린이를 위한 동화집」으로 그 모습을 드러낸 이후, 수많은 판본으로 모습이 바뀌고 방송 애니메이션으로도 꾸며져 널리 알려져 왔다. 그런데 이 안데르센 동화집이 애초에 어른들을 위한 동화였다는 사실은 매우 흥미롭게 다가온다. 하지만 그의 이야기가 순전히 아이들만을 위한 것이라는 생각이 지배적이자 이러한 오해를 일소하고 진지한 면을 부각시키기 위해 1843년에 다시 책 제목을 『신 동화집』으로 바꾸었다.

안데르센과 그림 형제의 동화를 거치지 않고는 서양문화를 이해할 수 없다는 말이 있을 정도로 그의 동화집은 유아교육에서부터 청소년과 어른이 함께 필독해도 좋은 작품이다. 안데르센의 동화가 이솝우화나 그림동화 등의 작품들과 확연히 다른 점은, 예로부터 전해 내려오는 이야기를 수집·정리한 것이 아니라는 것이다. 여기에는 문학적 형식이 있고 주제가 있으며, 이를 보다 효과적으로 표현해 내기 위한 문체가 있다. 그의 작품이 아름다운 서사로 가득하고, 인생의 여러 주제들을 아우르고 있는 것은 바로 그런 이유이다.

'이솝 문학'이나 '그림 문학'이라는 표현은 잘 쓰지 않으나 '안데르센 문학'이란 말은 쓴다. 안데르센의 주옥같은 명작들은 바로 안데르센 스스로 고뇌하며 창작한 문학 작품이기 때문이다. 이러한 안데르센 문학을 읽고 이해하기 위해서는 남다른 노력이 필요하다. 단순한 줄거리 이해나 주제 찾기 수준에서 벗어나 보다 심층적인 독서를 해야 하기 때문이다.

1998년 윤후남은 전집을 다 읽기 어려운 청소년과 어른을 위한 『안데르센 걸작동화선집』을 펴냈다. 「인어공주」나 「장난감 병정」, 「미운 오리 새끼」 등이 안데르센이 마음속으로 몰래 짝사랑했던 여성에게 쓴 러브레터였다는 사실과 그 연정을 전하거나 실연한 마음을 스스로 치유하기 위해 동화를 썼다는 사실은 그 자체로 감동을 준다. 그만큼 순수하고 열정적이었던 안데르센의 동화 세계에 대한 탐구는 작품 뒤에 숨겨진 인간의 진실을 찾아가는 의미 있는 작업이다. 2004년에 안데르센 동화를 우라야마 아키도시라는 일본작가에 의해 『어른들을 위한 안데르센 동화』(구혜영 역, 베텔스만, 2004)로도 각색되어 출간되었다. 지금까지 느껴보지 못했던 또 다른 감동과 즐거움을 찾을 수도 있겠다.

안데르센의 「치통 아줌마」를 통해서 느낀 점은 어려운 소설이나 해독 불가능한 시와 같은 문학 작품만이 우리를 감동시키고 그 속에서 큰 의미를 얻는 것이 아니라는 것이다. 논리적이고 시사적이며, 이해하기 위해 많은 노력이 필요한 분야의 책도 있어야 하지만 복잡한 도시생활에 찌든 독자들에게 웃음과 감동을 주는 어른을 위한 동화라는 영역도 분명 존중되어져야 할 장르라는 생각을 한다.

최근에는 정호승과 안도현 같은 시인들에 의해 어른이 읽는 동화도 쓰여지고 있다. 이야기 방식을 차용하여 어른들에게도 삶의 의미를 느낄 수 있는 동화라는 장르에 대해 다시 한번 생각을 환기시킬 필요가 있는 것이다. 그런 맥락에서 볼 때, 안데르센의 동화는 특별히 어린이라는 독자를 따로 상정하지 않은 것이 특징이다. 금기시되거나 심리적인 테마들을 통해 삶의 외부와 내면을 향한 다양한 시선을 경험하고 바로 그 안에서 얻어지는 희망과 구원을 만나게 되는 계기가 되게 하는 것이다.

장창호, 『ㅅㄹㅎ』

― 인간의 내면에 존재하는 희극과 비극

  희곡이 그 자체로 완결된 독자적인 문학의 한 장르라는 견해에는 이견이 없다. 다만 희곡은 배우를 통해 언어·행동·서사구조의 형식으로 표현하게 만드는 무대 예술이라는 점에서 다른 문학과 다르다. 작가가 추구하는 세계관과 함께 긴 이야기를 짧은 시간동안 관객에게 전달하고 집단 체험이 가능케 함으로써 희곡은 더 큰 감동과 강렬한 수단이될 수도 있다. 극작가는 그런 점을 염두에 두고 등장인물의 역할을 구상하며 작품을 쓸 것이다. 즉 희곡은 무대에 올리기 위한 극작가의 잘짜인 밑그림이라고 할 수 있다.

  부조리극이라 함은 종전의 사실주의 연극과는 다른 새롭고 난해한형식이다. 등장하는 인물들의 말과 행동 하나하나가 이해하기 어렵다. 틀에서 벗어난 형태지만 메시지를 담고 있고, 특이한 상황에서 끊임없이 현실을 인식하게 한다. 또한 삶의 무의미함을 보여주어 관객들에게현실을 직시하도록 한다는 게 특징이다. 장창호의 부조리극 역시 언뜻이해하기 어려운 내용과 다양한 의미들이 곳곳에 숨겨져 있다. 정직한 리얼리스트 작가인 그는 "전위적이고 부조리한 성향이나 관점이 아니고는 현대사회를 사는 인간의 복잡다단한 문제의식을 풀기 어렵다며 부조리극은 실험적이고도 새로운 관점을 필요로 한다"고 했다.

그의 'ㅅㄹㅎ' 연작은 그의 말처럼 "자신의 의식의 놀이터에 떨어져 뒹구는 파편 같은 문자로 언제 어디선가 불길에 속살을 다 태우고 껍데기만 남은 닿소리"인 것이다. 'ㅅㄹㅎ'이 무엇을 의미하는지는 작가 본인에게 묻지도 알려고도 하지 않았다. 그것은 독자 개개인 생각의 몫이기 때문이다. 필자는 그의 작품을 대하면서 도대체 무슨 말을 하는 것인가. 어떤 의미로 이러한 표현을 사용했을까 하는 의문을 갖기도 했다. 그러나 작품의 대사 하나하나를 자세히 들여다보면 그 속에 있는 인간에 대한 휴머니티를 발견하기란 그리 어려운 일이 아니다.

그의 희곡집 『ㅅㄹㅎ』에 실린 작품에서도 세상을 살아가는 많은 표정의 얼굴들을 만나볼 수 있다. 고단한 삶에 지친 인간의 모습, 직선 구조로 살아가는 인물의 광기 또한 수시로 변할 수 있는 인간의 심리 상태를 다루고 있다. 길가의 풀 한 포기도 의미 없는 것은 아무것도 없듯이 작품 속 인물들은 우리 가족이기도 자식과 친구일 수도 있는 삶의 전부이다. 끊임없이 직선과 순환을 반복하면서 시작과 끝을 왕복한다. 즉 현대인의 삶의 문제로 점철된 일상이 해결되기보다는 끊임없이 다양한 형태로 전개되어 간다. 그렇게 등장인물들이 나누는 대화 속에서 다양하고 복잡한 인간관계가 빚어지는데 이런 모습들은 흡사 우리의 실제 삶과 닮아 있다.

특히 부조리극은 비극적인 상황에서 우스꽝스럽게 연출한다거나 그 반대로 희극적인 상황에서는 비극적으로 표현되기도 한다. 그런 면에서 연극이 비극적으로만 발달한 서양의 것과는 달리 장창호의 작품은 동서양의 특징을 고루 보여준다. 셰익스피어의 작품이 직설화법이 아닌 최대한 은유이며 간접화법이듯이. 더구나 결미에 가서는 진리와 교훈을 얻게 된다. 인간답게 사는 삶이 어떠한 것인가를 일깨워주는 그의 작품 대부분이 따뜻함과 함께 문명을 따라가기를 거부하고 광속에 역행하는 '느림의 미학'을 추구하는지도 모르겠다.

작품 'ㅅㄹㅎ 8'과 'ㅅㄹㅎ 9'를 살펴보면 논리의 범주를 벗어난 시간과 공간, 이미지와 영상들 그리고 소통이 어려운 언어들 ― 이러한 것들을 통해서 실제와는 거리가 먼 상황 설정이기도 하지만 평범한 일상을 살아가는 인물들의 표정이 그대로 나타난다. 군더더기 없이 전개되는 작법은 다소 동화적인 분위기를 연출하고 있으며, 중간 중간 삽입된 표현들은 시적이고도 아름답게 묘사되어 있다. 'ㅅㄹㅎ 8'의 "하늘 우물"이라던가 "낙엽이 깔깔거리며 몰려다닌다"는 표현들은 매우 은유적인 묘사이다.

작품 'ㅅㄹㅎ 8'은 사진작가와 천체관측자의 대화이다. 이들 사이에 '홍콩'이 등장한다. 여기에서 '홍콩'이 의미하는 것은 '홍콩'으로 설정된 어떤 문명의 이기가 되어버린 괴물일 것이다. 다시 말하면 인간 존재의 근원적 무의미함과 그로 인한 공포에 대하여 작가는 말하고 있다. 문득 플라톤의 '동굴우화'가 생각난다. 세상을 설명하는 모델이 되는 이야기로 인식론적으로 보면 모든 것은 가상의 형상을 가지며 그 형상의 진실은 우리가 인식하는 범주에 속한다. 그러나 그 형상은 인식의 대상임과 동시에 목적이기도 하다. 결국 플라톤의 이 이야기는 우리가 인식하는 대상들은 사실상 진실된 참모습이 아닌 조물주가 가상으로 만든 이데아 혹은 모방, 즉 가짜라는 사실이다. 그렇게 그는 작품을 통해서 진리의 고통을 보여준다.

작품 'ㅅㄹㅎ 9'에서도 역시 인간 존재의 본질적인 문제인 '나는 누구인가'에 대한 질문을 끊임없이 하고 있지만 끝까지 그 대답은 나오지 않는다. 부조리극의 주된 정서인 근원적인 '불안'은 근원적인 것으로부터 분리되어 나옴으로써 갖게 되는 공허함과 상실감에 대해 작가는 확실하고 선명하게 보여주지 않는다. '흰 장갑을 끼고 소나무를 흔드는 호랑이'나 '보이지 않는 또 다른 손'처럼 말이다. 이 이야기의 끝에서 엄마와 형과 아우가 함께 'ㅅ'과 'ㄹ'과 'ㅎ'을 각각 불살라 버린다. 결국 그의 말처럼 "속살을 다 태우고 껍데기만 남은 닻소리" 그 자체로 남는 것이다.

장창호의 'ㅅㄹㅎ' 작품이 모두 그러하지만 특히 작품 'ㅅㄹㅎ 8'과 'ㅅㄹㅎ 9'는 황당한 설정과 대화가 과장되어 이해되지 않는 상황이 연출되기도 한다. 이는 늘 삶에 쫓기며 방황하는 인간 삶의 모습을 보여주는 것이 아닐까. 그는 작품 안에서 이성적이거나 합리적인 해답은 절대로 제시하지 않는 방식을 이어나간다. 그러나 그는 인간애 가득한 세상을 갈구하는 작가의 세계관을 가지고 있다. 그의 석사학위 논문인 '부조리극의 창작 방법 연구'에서 인용된 말이 있다. "언어를 평가절하한다는 점에서 부조리극은 우리 시대의 보편적 경향과 궤를 같이 한다"는 것이다. 또한 등장하는 인물들 사이에 충돌하는 기질도 인간적인 정열도 보여주지 않는다. 이처럼 부조리극은 전통극과는 달리 극의 전개에 있어서 논리적 플롯이나 성격 묘사가 부재한다고 그는 말한다. 이는 현대사회의 복합적이고 다면적인 모습을 담아내고 있는 부조리극의 특별함이다.

필자는 어리석게도 전통적인 연극의 구성과 흐름을 생각하고 그의 작품을 접했다가 큰 낭패를 본 셈이다. 다시금 희곡의 구성 형식, 인물들의 성격과 언어 사용 형식이 상징하는 것이 무엇인지를 살피면서, 그곳에 내재하는 '익명의 폭력성'과 '현대사회의 인간존재와 부조리성'과 같은 문제들이 그의 실험적 세계를 보다 넓게 확장시킨다는 데에 공감하게 되었다. 앞으로도 작품 'ㅅㄹㅎ' 연작이 사무엘 베케트의 『고도를 기다리며』처럼 오랫동안 무대에서 빛을 발했으면 좋겠다. 물론 인기에 편승해서 관객을 모으는 작업이 아니라 늘 새롭게 변화를 시도하면서 이어지기를 기대한다.

그는 자신의 글에서 "예술을 전업으로 삼는 것은 '칼날 위를 걷는 것'이나 마찬가지이다"라고 했다. 그만큼 예술을 한다는 것이 얼마나 큰 고통인지를 말해준다. 이러한 고통의 자취인 장창호의 희곡은 '순환과 직선', '복선과 암시', '언어의 해체'라는 요소를 가지고 있다. 세상이라는 무대에서 희극과 비극을 넘나들면서 관객들로 하여금 가슴을 뜨겁게 또는 미처 깨닫지 못한 것들을 깨우치게 하는 그의 작품은 그래서 정제되고 자로 잰 듯한 연극과는 다른 그만이 낼 수 있는 부조리극의 참맛인지도 모른다.

작가는 한동안 어린이극에도 관심을 가지고 열정을 다한 적이 있다. 자라나는 꿈나무들에게 다양한 상상력을 펼칠 수 있는 그의 활약을 아직도 그리워하는 이들이 많을 것으로 생각된다. 그는 지난 6년간 집필한 대하 뮤지컬 『삼국유사』(전12권)를 2014년 4월 초 출간했다. 대단한 집념과 땀의 결실이다. 이제 곧 사람들을 그의 무대 앞으로 불러 모을 수 있기를 기대해도 좋을 것이다. 무당이 신기가 올라 예리한 칼날에 발을 베이지 않고도 작두를 타듯이, 그에게 또 다른 접신이 이루어져 희곡과 연극이라는 양날의 칼 위에서 마음껏 춤추며 자유로워지기를 바란다.

윤제균,《국제시장》

─ 그 흔한 소재, 그럼에도 불구하고

감독 : 윤제균 (2014/ 126분)
출연 : 황정민, 김윤진, 오달수, 정진영

1960년대 후반, 내 기억 속에 시장은 어머니를 따라 나서면 뭔가를 얻을 수 있는 기쁨의 장소였다. 시장이란 공간이 치열한 삶의 현장이라는 생각을 할 수 없는 나이였지만, 많은 사람들의 북적임과 시장사람들의 외침으로 활기 가득 찬 장소였다. 지금처럼 마트나 백화점이 없던 시절, 시장은 늘 어수선하고 지저분했지만 정이 넘치고 사람 사는 냄새가 있었다. 어머니께 간식거리나 갖고 싶은 걸 사달라고 조르면 열 번에 한번쯤은 들어주셨다. 그러면서 어머니는 "난리를 직접 겪어보지 않은 니들은 모르는 게 당연하지만 먹고 싶은 거 다 먹고, 갖고 싶은 거 다 사면 잘 살 수 없으니 아끼고 절약해야 한다"고 말씀하셨다.

1970년대는 행상하는 아주머니들이 대문을 두드리면 미숫가루라도 한잔 들고 가게 했던 어머니의 인심으로 가끔씩 일명 '미제아줌마'가

집으로 들어오곤 했다. 평택 미군부대를 드나들며 미제물품을 갖다 팔던 아줌마들은 지퍼 달린 가방 속에서 로션과 샴푸, 커피나 가루주스 같은 것들을 마루에 펼쳐놓았다. 모든 물자가 귀하던 시절에 어머니 경제 사정이 좀 되는 달엔 그거 하나 들여놓기를 학수고대하며 기다리곤 했었다. '그땐 그랬지'라는 유행가 가사처럼 초등학교 입학 후엔 수시로 반공교육을 받았고, 반공영화를 단체 관람했다. 그야말로 모든 게 아날로그로 가득했던 시절, 극장에서 보는 영화는 기회만 있으면 밥을 안 먹고도 쫓아가곤 했다. 그 시절 영화란 우리들에게 무한한 상상의 세계를 열어주었고, 특히 전쟁 영화나 반공 영화는 6·25이후 시민들에게 반공의식을 고취시키기 위한 교육의 일환이기도 했다.

전쟁 영화에서 관객들이 감동과 공감을 동시에 느끼는 건 쉽지 않다. 오히려 SNS를 통해 비난이나 논란의 대상이 되기도 한다. 2000년도 이후 전쟁 관련 영화 중에서는 2003년 강우석 감독의 〈실미도〉나 2004년 강제규 감독의 〈태극기 휘날리며〉가 크게 흥행한 작품들이다. 두 영화는 관객들에게 충격과 감동을 주었다. 사실 전쟁세대라고 해도 직접 참전하거나 그 현장에 있지 않았다면 전쟁의 비극적 참상에 대해서 말하기는 선뜻 어려운 일이기 때문에 영화나 영상물들을 통해서 과거의 역사를 되돌아보게 된다. 서울에는 한국전쟁을 경험하지 못한 세대들이 전쟁의 참상에 대하여 영상 및 기록, 모형으로나마 접해볼 수 있는 공간이 몇 곳 있다. 그중에서도 대한민국역사박물관은 한국의 근현대사에 대한 역사적 사료와 영상자료가 전시되어 있다. 특히 4층 2전시실은 흥남부두 철수 때, 영화 속 주인공의 아버지가 딸의 손을 놓치고 말았던 '메러디스 빅토리 호'를 재현해놓은 관이다.

지난 2015년 12월 15일 대한민국역사박물관에서 광복 70년을 맞아, 6·25전쟁 발발 65년 '특별전'이 열렸다. 홍남은 곧 전쟁의 참혹함, 분단의 비극, 이산의 고통을 압축적으로 말해주는 시공간이다. 당시 연합군의 희생과 피란민들이 보여준 생명과 자유를 향한 강렬한 의지, 그리고 대탈출 속에서 피어난 인간애는 65해를 넘었어도 우리에게 아프고 소중한 기억일 수밖에 없다. 1950년 그해 겨울, 메러디스 빅토리 호의 상급선원 중 한 명이었던 백발의 로버트 러니 씨가 한국초청으로 왔었다. 그 전시로 하여 다시는 이 땅에 전쟁이 일어나서는 안된다는 평화의 메시지와 더불어 당시 피란민들의 실향의 고통과 이산의 아픔을 어떻게 극복했는지 대강 알게 되었다. 일명 '기적의 배'라고 불렸던 그 배 안에서 태어난 다섯 명의 아기들 즉 '김치 파이브', 그들은 이제 65세를 맞는다.

　박물관의 영상실에 들어서면 기분이 착잡해진다. 한국전쟁의 아픈 역사가 가슴에 와 닿기 때문이다. 전쟁 직후, 굴곡의 시간을 넘어온 피란민이나 집 없는 사람들이 생존을 위해 터를 잡고 장사를 시작하면서 형성된 부산 '국제시장' 역시 6·25부터 시작해서 월남했거나 귀환한 동포들, 전쟁 난민들의 근거지가 된 장소이기도 하다. 사실상 이북 피란민들은 연고가 없는 전쟁 중의 혼란한 부산에서 정착하기 위한 치열한 또 하나의 전쟁을 치러야만 했던 것이다. 따라서 당시의 부산 국제시장은 서울의 남대문 시장, 인천의 모래내 시장과 함께 상거래 뿐 아니라 사회·문화·정보의 발원지였다고 할 수 있다.

　1970년 후반까지도 서울 남대문 시장에는 일명 '도깨비 시장'이라고 하여 미국의 구호물자나 군용품 등이 일반 소비용품과 함께 유통되었고 속칭 '양키시장' 같은 곳에서는 외제품 일색인 때였다. 필자 역시

1980년대 초만 해도 남대문시장에 가면 손쉽게 외제 카세트라디오를 살 수 있었으니 말이다. 그랬으니 전쟁 통에 부산이란 거대한 항구도시에서는 얼마나 많은 원조국들이 보내준 구호 물동량이 쏟아져 나왔을지 짐작이 가고도 남는다.

〈국제시장〉은 허구가 가미된 전기적 영화라고 할 수 있다. 어쩌면 이 시대에까지도 지울 수 없는 전쟁의 아픔을 안고 있는 마지막 세대들의 작은 목소리이기도 한 영화다. 지금까지 한국전쟁을 다룬 영화는 다수 제작되어 왔으나 〈국제시장〉의 접근방식은 기존 영화와는 조금 다른 색깔을 띠고 있다. 젊은 나이에 전쟁통에서 가난과 굶주림을 참아내고 가족을 위해 평생을 살아온 우리 할아버지, 아버지들에 대한 영화라고 할 수 있다.

1950년 한국전쟁을 지나 부산으로 피난 온 '덕수'(황정민 분)의 다섯 식구, 전쟁 통에 헤어진 아버지를 대신해야 했던 '덕수'는 고모가 운영하는 부산 국제시장의 수입 잡화점 '꽃분이네'서 일하며 가족의 생계를 꾸려 나간다. 모두가 어려웠던 그때 그 시절, 남동생의 대학교 입학 등록금을 벌기 위해 이역만리 독일에 광부로 떠난 '덕수'는 그곳에서 첫사랑이자 훗날 아내 '영자'(김윤진 분)를 만난다. 그는 가족의 삶의 터전이 되어버린 '꽃분이네' 가게를 지키기 위해 '선장'이 되고 싶었던 오랜 꿈을 접고 다시 한번 전쟁이 한창이던 베트남으로 건너가 기술 근로자로 일하게 되는데 그곳에서 불의의 사고로 다리를 잃고 귀국한다. 그때 마침 KBS를 통해 '이산가족찾기'가 방송되기 시작한다. 흥남부두에서 잃은 막순이를 찾기 위해 덕수와 가족들은 방송국으로 향하고 무진 애를 쓴 끝에 막순이와 재회한다. 모든 가족들이 모인 얼마 뒤 어머니는 숨을 거둔다.

과거 피란민들의 삶의 터전이자 현재까지도 서민들이 서로 부대끼며 살아가면서 소박한 꿈과 희망을 꿈꾸는 곳이 국제시장이다. 모든 것이 너무나 빠르게 변화하고 있는 지금 조금 느린 걸음으로 변해가는 '국제시장'을 배경으로 가족을 위해 한 시대를 굳세게 살아온 우리 아버지 세대의 슬프지만 조금은 희망적인 이야기이다. 특히 파독 광부 시절 '덕수'와 '달구'의 고단한 일상이 펼쳐진 독일 함보른 광산에서의 눈물과 애환, 그리고 따뜻한 우정은 코끝을 시큰하게 만든다. 정말 가난하고 힘겨웠던 그때 가족과 자식을 위해 모든 것을 다 바친 우리 할아버지, 할머니, 그리고 아버지, 어머니 세대의 이야기 '국제시장'은 1950년 한국전쟁 흥남철수부터 1983년 이산가족 상봉까지 대한민국 현대사를 조용히 들여다보게 만든다.

특히 영화를 더 영화답게 만들기에 충분한 배경음악으로 '굳세어라 금순아', '노오란 셔쓰의 사나이', '로렐라이', '님과 함께', '누가 이 사람을 모르시나요' 등의 노래는 지금 들어도 전쟁의 아픔과 이산가족의 그리움, 애환을 느끼게 한다. 영화에 음악이 없다면 아무 맛도 느낄 수 없는 음식과 같다. 이 노래들은 지금도 '이산가족찾기' 하면 떠오르는 가사가 아닌가.

하지만 이 영화의 불편한 진실을 들자면 첫째, 영화 속 인물들이 지나치게 작위적이라는 것이다. 어차피 실제 역사적 사실을 소재로 했지만 극적 영상미와 상업성을 고려하여 허구가 가미된다 하더라도 주인공과 시대적 상황이 다소 어색하고 부자연스럽다. 이는 영화의 과도한 상업성을 배제할 수 없는 점이기도 하고, 관객들의 감성을 자극하기 위한 장치이기도 하다. 특히 영화의 마지막부분으로 갈수록 주인공의 대사가 젊은 20대 관객의 시각이라면 기성세대보다는 좀 더 불편할 수 있었을 거라고 생각한다.

두 번째, 신구세대의 갈등이나 소통부재는 어느 시대나 있어왔으나 영화에서조차 굳이 그것을 "니들이 과거를 알 수 있을 것 같아, 감히"와 같은 표현은 "니들이 이렇게 편히 사는 것이 다 우리들 덕이니 까불지 마"라는 말처럼 들린다. 이는 다르게 보면 자식세대에 대한 부정적 의식으로써 전쟁을 전혀 알지 못하는 시대를 살고 있는 세대를 향한 비난의 메시지로 이해될 수 있다는 점이다.

　그야말로 "영화는 영화다." 관객은 잘 짜인 스토리와 영상을 통해 공감하고 때론 분노하며 시대를 읽는다. 하지만 영화의 절반이 사실에 근거를 두었다면 문제는 다르다. 특히 역사적 사실에 있어서는 영화적 픽션을 삽입하기 위한 철저히 계산(?)된 정직함과 우직함이 필요하며, 역사적 인식에 대한 성찰이 요구된다. 그러나 지나치게 상품성에만 치우친 영화의 생산은 층위가 다양한 관객들에게는 불리한 선택을 제공하기도 한다. 그럼에도 불구하고 젊은 세대들의 국내 영화에 대한 선호도가 꾸준히 오르고 있는 것으로 볼 때, 그들이 곧 우리 영화의 대중성과 작품성을 한층 더 업그레이드 시키는 선봉에 서 있다고 본다.

　그러므로 전쟁영화에 있어서 전쟁은 영화가 다루고자 하는 배경으로서의 소재지만, 영화 속 인물(배우)들은 그 시대를 살아낸 사람들을 보다 사실성 있게 보여줘야 한다는 점에서 매우 힘든 연기를 감당해야만 한다. 그러한 섬세한 부분까지도 집중하는 관객들은 영화를 통해서 우리의 과거와 현재, 그리고 미래를 제대로 바라볼 수 있다. 그런 점에서 이 영화는 대박을 내고도 조금은 아쉬움이 남는다는 생각을 하게 되는 것이다.

'옹기와 자기, 詩를 만나다'

─ 헤이리 '한향림 갤러리'에서

　시원한 자유로를 달려 통일전망대를 지나 오른편으로 접어들면 헤이리 아트밸리가 눈에 들어온다. 11년 전 파주 헤이리에 세워진 우리나라 최초의 예술인 전원마을이다. '헤이리'는 경기도 파주 농요農謠에서 이름 한 것이며, 자연 속에서 문화와 예술의 향기를 느낄 수 있게 한다는 취지로 세워진 마을이다.

　헤이리에는 370여명의 문화예술인이 각자의 영역에서 활동하며 살고 있지만 그 가운데 소개하고자 하는 곳은 '한향림 갤러리'다. 마을 입구로부터 완만하게 경사진 길을 따라 맨 위 블록까지 올라가면 산과 도자기의 선을 모티프로 한 산마루 형태의 알루미늄 외장으로 된 건물이 눈에 띈다. 갤러리의 1층에는 100년 이상 된 한국 근대 도기가 전시되어 있고, 2층에는 현대도예를 주요 테마로 한 전시공간이다. 밖으로는 계단식으로 층을 나눠 다양한 형태의 옹기들이 촘촘히 들어앉아 있다. 우리에게 익숙한 모양의 옹기도 있지만 시대별로 다양하고 희귀한 형태의 옹기들로 가득하다.

한향림 갤러리는 1950년대 이전까지 국내에서 사용되었던 옹기와 현대 도예품을 전시하는 공간이다. 도예가로 활동하고 있는 한향림 관장은 오랫동안 이어져 내려온 우리의 소박한 생활 도구이지만 점차 사라져가는 이름의 옹기를 지난 20여 년간 꾸준히 모아온 이정호 수집가와 부부이다. 남편 이정호 수집가는 전자공학을 전공했으며 처음부터 이 분야에 관심이 있었던 것은 아니었다고 한다. 그는 도예가 아내와 생활해 오면서 한국의 옹기와 도자 예술에 관심을 갖기 시작했고, 전통 옹기를 하나 둘씩 모으다보니 본격적으로 수집하기에까지 이른 것이다.

한향림 관장은 대학에서 도예를 전공한 후, 프랑스 리모즈 국립장식미술학교를 졸업했다. 그 후 여러 차례의 개인전과 단체전을 열기도 한 그는 현재 갤러리를 운영하고 있다. 전공은 다르지만 한사람은 옹기를 수집하고, 또 한사람은 현대 도자를 연구하고 만들면서 예술로 승화시키고 있다. 이들 부부는 마치 씨실과 날실이 교직되듯 서로에게 영향을 주며 향후 연대별로 옹기와 현대 도자를 전시할 수 있는 전시관 건립 계획을 실현하기 위해 열심히 준비 중이다.

먼저 옹기에 대하여 간단히 살펴보면 '옹甕'이라는 의미는 그릇의 종류를 가리키는 것으로 저장용 큰 항아리를 말한다. 근대에 들어와 도자기의 생산체계가 자기와 옹기로 양분되면서 토기·오지·질그릇·옹기를 통틀어 옹기라고 한다. 가정용 옹기에는 독·항아리·뚝배기·자배기·푼주·동이·방구리 등이 있다. 옹기의 의미와 역사에 대해서는 정확히 그 시기를 알 수 없으나 고구려 고분벽화의 그림을 통해서 대략 357년 이전부터 사용되었음을 확인할 수 있다. 우리나라 도자사陶磁史에서 옹기와 자기가 양대 주류로 발전된 시기는 고려시대 이후부터이며, 옹기가 자기보다 빠르게 발전된 시기는 조선시대이다. 옹기는 궁중은 물론 양반에서 서민에 이르기까지 다양한 용도로 사용되어 왔다. 결국 도자 역사는 그 시대적 특징과 변천을 이해하는 데 필수적이다.

옹기는 지역에 따라서 제각각 모양이 다르다. 중부지방의 옹기는 아구리가 넓고 배가 부르지 않으며 키가 크다. 호남은 아구리가 좁고 어깨가 많이 퍼져 있다. 영남 역시 아구리가 좁고 어깨에서 배까지의 곡선이 팽팽하고 둥근 형태를 하고 있다. 이같이 지방마다 옹기의 모양이 다른 이유는 기후조건 때문이라고 한다. 영·호남은 중부 지방에 비해 기온이 높고 일조량이 많다.

따라서 옹기의 아구리가 넓으면 수분 증발량이 많아지게 되므로 아구리는 좁고 어깨를 넓혀 복사열을 더 많이 받아들이게 한 것이다. 자연히 순환하는 공간이 넓게 되어 충분한 발효 효과를 볼 수 있다하니 지혜로운 디자인이 아닐 수 없다. 이렇듯 우리 전통 옹기는 숨 쉬는 흙의 성질을 고스란히 담고 있으며, 그 용도와 기능면에서 매우 과학적이라고 할 수 있다.

그러나 1960년대 이후 플라스틱 용기나 스테인리스 식기류가 나오고 냉장고가 만들어지면서 각 가정으로 보급되기 시작한다. 특히 70년대 들어 건설 붐으로 인해 아파트가 지어지기 시작하면서부터 우리나라의 주거 형태와 음식 문화가 서구화된 후로 옹기의 모습은 서서히 우리 생활에서 멀어지게 되었다. 그러한 이유로 지금은 옹기를 전문으로 하는 수집가나 특별하게 장을 업으로 담그는 사람들에 의해서만 옹기가 전해지거나 사용되어지는 게 현실이다.

다음으로 현대도예의 전신이라고 할 수 있는 도자예술은 1950년대 말 피터 볼커스Peter Voulkos를 비롯한 '오티스 그룹Otis Group'을 필두로 미국에서 출발하였다. 이때부터 도예는 미술에서의 추상 표현주의 미학을 적극적으로 수용하여 매끈한 표면에서 벗어나 우연의 효과들을 추구하게 되었고, 이것은 현대도예의 기폭제 역할을 하였다. 1960년대 오브제적인 도예의 경향이 대두되면서 저화도低火度 유화의 개발로 인해 강렬한 색상의 표현이 가능해졌으며, 특히 전사기법은 도자에서 볼 수 없었던 자유로운 색의 구사와 조형성을 가능하게 하였다.

1970년대로 접어들면서 흙을 매체로 한 보다 급진적인 실험들이 나타났고, 조각으로서의 면모를 조심스럽게 탐구하기 시작했다. 이것은 도조, 즉 도자 조각이라는 장르 개념을 확장시키게 된다. 우리나라의 경우 1980년대를 '현대도예의 전환기'라고 할 수 있는데, 한국의 현대도예는 대학을 중심으로 발전해 왔다고 해도 과언이 아니다. 순수미술과 응용미술의 벽을 허무는 교육이 기초부터 진행되었고, 학생들이 새롭고 창의적인 도예 작품을 창출해내는 것이 가능했기 때문이다.

현대도예는 실용적인 형태를 넘어 조각적 혹은 회화적 표현성을 추구함과 동시에 다른 이질적인 매체나 재료 등의 결합으로써 다양한 접근법을 시도하였다. 이러한 시도들은 도예의 한계를 극복하는 계기를 마련하였고, 오브제적인 조형성과 도예의 경계를 더욱 확장시켰던 것이다. 이렇듯 옹기와 자기는 오랜 역사 속에서 우리의 일상생활과 밀착되어 왔던 것이다. 최근에 와서는 옹기와 그림과의 만남을 시도한 동양화가 석철주, 시와 도자기의 만남을 통해서 잊혀가는 전통을 깨우는 도예가 김용문의 등장도 새롭게 눈여겨 볼 수 있다. 특히 김용문 작가의 경우 시인의 시를 써넣어 구운 '시詩 막사발전'을 통해 토종 막사발을 세계에 알리는 데 일조를 하고 있다.

예술은 당대의 정치·경제·사회·문화와 밀접한 관계를 맺고 있다.

특히 음악·미술·문학과 같은 분야에서 활동하는 예술가들의 감각과 감성으로 그 시대에 맞게 변화해왔기 때문이다. 우리의 도자예술이 유구한 역사와 전통을 지녔듯이 선사시대 이래 우리 문화의 토양 속에 묻혀 있는 유산은 결코 적지 않다. 그러한 도자 문화의 원형을 끌어내어 예술의 가능성과 새로운 문화의 가치를 발견하는 일은 매우 중요한 일이다.

예로부터 조선 초기의 도자기는 지방의 토산물로서 왕실이나 세금으로 중앙에 공납했기 때문에 국가 수입을 충당해주는 조세징수 차원에서도 매우 중요한 물품이었다.『세종실록』,「지리지」에 수록된 당시의 도요지는 329개소지만 그보다 훨씬 많은 가마가 전국적으로 운영되었다[1]고 전한다. 그만큼 도자기는 지위 고하를 막론하고 인간과 함께 이어져 왔다고 할 수 있다. 물론 조선말의 투박한 막사발과 거친 도자기는 왕조의 쇠망을 알려주기도 한다. 이렇듯 도자기의 형태와 흐름은 우리의 역사, 왕조의 역사와 그 궤를 같이 한다고 할 수 있다.

중국의 예를 들면 성당盛唐시대 최고의 풍류시인으로 이백과 두보가 있다. 이백이 낭만주의라면 두보는 현실주의라고 할 수 있다. 이들 두 시인의 시 속에서 찾을 수 있는 아름다움은 전혀 생각을 달리하는 미이다. 따라서 그들의 서도書圖 속에 내포되어 있는 분위기 또한 성격을 달리하는 아름다움인 것이다. 그러면서도 그들의 시나 문장이 그림과 도자기 속에서 빛이 나고 후세에까지 영향을 미친 것은 매우 심원하다. 우리나라 경우에도 시서詩書에 능했다는 대원군의 서도 작품과 신사임당의 그림 속에 들어있는 시를 보더라도 시가 예술 작품과 무한히 결합되어 왔음을 알 수 있다.

---

1) 강대규·김영원,『도자공예』, 솔, 2004, 159쪽.

그러나 특이한 것은 사실 당시 고려인은 물론 중국에서도 높은 평가를 받은 고려청자나 조선 백자에서도 시가 도자기 속에서 살아난 경우는 거의 없는 것으로 안다. 그림이나 서도에서는 흔히 볼 수 있는데, 필자의 협소한 정보 탓도 있겠으나 유독 도자기 속에 든 시로 이렇다 할 예술 작품을 보진 못한 것 같다. 도자 예술이 문학과 만났을 때, 어떤 시너지 효과를 발할 수 있는가 하는 문제는 앞으로 많은 도예가들이 해야 할 몫이다.

이른바 미학 개념에서 본다면 결코 문학과 도예와의 결합만을 국한시켜 가리키는 것은 아니다. 다른 예술 분야에서도 새로운 '미의 자각'이 나타나야 할 것이며 이는 그들 자신의 창작 방법과 심미형식에 대하여 심혈을 기울이고 연구되어야 할 부분이다. 이번 한향림 갤러리 방문 기회를 통해서 문학과 도예의 연관성에 대해 다시 한번 진지하게 생각해보았다.

미국의 소설가이며 극작가인 스티븐 킹은 "가장 바람직한 글쓰기는 영감이 가득 찬 놀이"라고 말했다. 문학은 영감 즉 상상력이 우선되어야 한다. 거기에 구성력과 문장력이 더해질 때, 완성도 있는 글이 되는 것처럼 도예 역시 작가의 상상력으로 흙 속에 생명을 불어넣는 놀이라고 할 수 있다. 특히 문학과 도예의 공통점은 두 영역 모두 오랜 시간에 걸쳐 이루어진다는 점이다. 노동과 인내의 시간을 충분히 견뎌야만 하나의 작품이 완성될 수 있다는 것이다.

따라서 흙으로 옹기나 자기를 빚는 작업에는 엄청난 노력과 체력이 필요한 것이고, 문학 역시 많은 사고와 성찰이 수반되어야만 작가가 원하는 것을 얻을 수 있다. 도예나 문학이 예술의 한 부분으로서 작품으로 승화되기까지 수없이 되풀이되는 시행착오와 무한한 반복 과정은 그래서 더욱 가치가 있다. 문학에서 시나 소설, 희곡과 평론 어느 한 부분도 빼놓을 수 없는 영역이듯이 도예 역시 전통도예든 현대도예든 흙과 불, 작가의 섬세하고 여문 손끝 그리고 기다림 그 어느 하나도 소홀할 수 없는 과정일 것이다.

만약 시인과 도예가가 만난다면 그들은 분명 작품에 대한 신선한 구상을 할 것이란 믿음이 생긴다. 최근 각 지방 문협이나 여러 문예 단체에서 '시와 도자기의 만남'이란 테마로 작품전을 열고 있으나 다소 취미생활 수준에 그친다는 점에서 아쉽다. 그러므로 무엇보다 전문적인 도예가와 시인들이 함께 하는 작업을 예술적으로 확장시켜 나갈 때 좀 더 수준 높은 작품을 기대할 수 있을 것이다. 현재 우리들이 이해하는 예술 분야들이 다양한 문화권을 통해서 상당히 보편적인 존재성으로 인정된다. 그 구체적인 현상 위에서 본다면 이러한 모든 행위들은 유개념類概念인 동시에 예술적 표현의 자유라고 할 수 있을 것이다.

사사키 겡이치는 "현대 예술의 특질은 예술 일반의 성질이 극단적인 형태로 드러난 것일 뿐이다. 즉 온갖 예술 창조는 그 점을 자각하는가 아닌가를 불문하고 항상 어떤 예술관, 즉 예술이란 무엇인가 또 어떠해야 하는가에 대한 이해나 사상을 전제로 행해진다. 그리고 그 사상은 필연적으로 작품 속에 깃들게 된다."[2]라고 말한 바 있다. 따라서 인간의 미적 본능과 현대 예술에서의 지적 도발이라는 성격은 동기부여의 차원에서도 매우 중요한 의미로 작용한다.

그러나 고려청자나 조선 백자, 옹기와 막사발뿐 아니라 그 어느 예술품도 인간을 떠나서는 존재할 수 없다는 점이다. 문학은 더욱 그러하다. 인간은 끝없이 새로움을 추구하고 도전하며 발전해 왔다. 선사시대

---

2) 사사키 겡이치, 민주식 역, 『미학사전』, 동문선, 2002, 35쪽.

부터 현재에 이르기까지 예술의 기원과 발생은 그런 정신으로 이어져 왔기 때문이다. 다만 석기시대의 예술가들은 자신들이 그린 동굴벽화를 '예술'로 인식하지 않았고, 자기들을 '예술가'라고 생각하지 않았[3]다는 사실에서 예술에 대한 의식의 변천을 읽을 수 있다. 라스코 동굴 벽화를 그린 크로마뇽인이 그림을 그린 목적에 대한 해석 중 성공적인 사냥을 위한 동물도감 내지 사냥술 교육을 위한 작업이었을 거라는 위 책의 저자 견해에 공감한다. 비록 그런 예술적 인식이 없었다 해도 자연에서 얻은 색감을 통해 무언가를 그리고 만들면서 그들 나름의 미적인 체험을 했을 것이다.

예술은 인간이 창조하고 표현할 수 있는 모든 행위이며, 생존 활동의 필수적인 행동영역이다. 그러한 것들은 다양한 결과물을 통해서 나타나게 되는데 그 작업은 자유롭게 이어지고 순수할 때 아름다울 수밖에 없다. 어떤 이는 음악 홀을 지어 자신은 물론 마니아들에게 양질의 음악을 제공하고, 또 어떤 이는 음식박물관을 기획하며 또 다른 이는 진리와 지식을 농경하는 쉼터로 만들어 가고 있는 그들에게서 한국의 탤리에 신을 엿본다. 도시의 생태적인 문제를 구체적으로 파고들어 본질적인 땅과 물, 숲이라는 것에서 인간과 자연스럽게 순화될 수 있는 대안을 제시해 주는 역할이 어찌 환경운동가에만 국한될 수 있을까.

이제 21세기는 첨단을 달리는 시대이기도 하지만 문화예술이 앞서는 감성의 시대이다. IT산업이 눈부시게 발전하고 빛보다 빠른 속도로 광통신이 개발된 지금 반드시 지켜야하고 지켜져야만 하는 것은 우리의 정신과 그에 따른 실천적 의지이다. 아날로그가 디지털에 의해 사멸되기보다는 서로 융합하여 보다 새로운 개념을 창출해야 한다. 그러기 위

---

3) 전영태, 『쾌락의 발견 예술의 발견』, 생각의 나무, 2006, 114쪽.

해서는 지적·정서적으로 메말라 있는 이 시대를 사는 젊은 예술인들이 잊으면 안 될 것이 바로 '온고지신溫故知新 정신'이다. 예술에도 이 개념은 필요하다고 생각한다. 서구적인 것만이 좋은 것도 아니고 그렇다고 우리의 옛 것만을 고집하는 건 더더욱 아니기 때문이다. 정통은 필요하나 인식적 패러다임 차원에서의 퓨전도 배제할 이유는 없을 것이다.

그 한 영역으로써 문학과 도예의 만남, 옹기와 자기의 어우러짐은 이 땅의 수많은 예술가의 손과 상상력이 만들어내는 무한한 창조의 원천이다. 헤이리는 화려함보다는 열정이, 지나친 속도보다는 '느림의 미학'을 실천하는 사람들의 개성이 살아 움직이는 곳이다. 저마다 꿈과 새로운 희망을 가지고 예술인으로서의 자부심을 갖고 살아간다. '한향림 갤러리' 역시 예술을 사랑하는 사람들의 문화공간으로써 자리하고 있었다. 그곳에서 만난 옹기와 자기를 통해 한국 도자 예술의 무한한 가능성을 기대해본다.

먼 훗날에도 그들은 이렇게 말할 것이다.
*'Heyri continues to dream'*이라고.

Epilogue

문학이 일상 속에서 놀이가 된다면

— 디지털 시대의 문학과 다양한 콘텐츠
(게임, 오락, 애니메이션, 영화)

21세기는 IT주도 사회로 SNS(페이스북, 트위터, 카카오톡 등)의 발달과 함께 사람과 사람 사이의 소통방식이 매우 다양하고 광범위해졌다. 서로 대면하지 않고 나누는 형태의 텍스트가 폭주하는 만큼 익명의 무례함과 폐해 또한 도를 넘고 있다. 그러나 익명성이 다 나쁜 것만은 아니다. 여러 물리적 장애를 배제한 채, 사이버상에서 자유로운 견해를 주고받을 수 있는 의도에서의 익명성은 외려 편리한 창구로 활용될 수 있다. 좋은 의도로만 사용한다면 표현의 자유와 맞물려 한결 성숙한 사회로 발전할 수 있는 자양분이 될 수도 있기 때문이다. 이는 사이버 사용자들이 공히 온라인 공동체를 만들어가는 책임의식을 가진 '문화적 활동주체'라는 것을 전제로 할 때에 한해서이다.

사실 익명성이란 것이 종종 엄청난 사회적 비극을 불러오기도 하므로 결코 자유로울 수는 없다. 특히 불특정 다수를 향한 근거 없는 악플, 음란 동영상, 청소년 유해 사이트의 범람으로 사이버 세계는 쾌락 뒤에 감추어진 악마의 얼굴을 하고 있음을 간과할 수 없는 것이다. 사실 어린 10대나 20대 젊은 세대들은 인쇄매체보다는 영상매체에 익숙해져 있고 책을 읽는 것보다 e-북 읽기를 즐기며 그것에 익숙해 있다. 이들은 기성세대들의 대화적 소통방식이 아닌 전자식 소통방식에 익숙해 있는 것이다. 그만큼 함께 있지 않아도 혼자서 즐길 수 있는 것들이 다양해진, 그야말로 '대중 속의 고독한 존재'가 되어가고 있는 것이다. 이 것이 우정조차 기계적 상호관계로 거래되는 디지털 시대의 현실이고 빛보다 빠르게 변하는 디지털의 속도를 따르지 못하는 아날로그 세대들이 상대적으로 느끼는 박탈감과 비례한다.

지금 우리는 학교든, 기업이든 자동화와 효율성만을 강조하는 경쟁 속에서 살고 있다. 따라서 급변하는 상황을 인지하지 못하고 도태되는 사람은 절망할 수밖에 없다. 게다가 입시경쟁과 높은 자살률, 절대 빈곤, 우울증은 사회 문제로 대두될 정도로 자기존재에 대한 자존감을 잃어가고 있다. 최근에는 일명 '갑질' 논란이 인터넷을 달구기도 했었다. 이러한 현상 역시 SNS라는 온라인망을 통해 순식간에 국민적 반감으로 확산되었다. 그만큼 디지털 시스템은 상상초월한 양의 정보를 전세계에 전파하는 위력을 갖는다.

인류의 발전은 디지털의 혁명을 가져왔다. 문명은 인간의 감성을 지배하기에 이르러 모든 책과 신문, 각종 뉴스가 우리 손안에서 터치 한 번으로 열리는 시대가 되었다. 이러한 디지털 세계에서 인간의 정서적, 언어적 소통은 점점 단절되고 기계에 대한 의존은 주객의 전도를 가져온다는 점에서 공포에 가깝다.

페이스북의 접속과 이메일은 시공을 초월하여 우리 삶을 지배하게 되었지만 아무리 최첨단시대에 살고 있어도 인간의 감성과 체온을 나눌 수 있는 '피부의 접촉'은 '전파의 접속'과는 비교될 수 없다. 이미 오래 전 이어령 교수는 아날로그와 디지털의 교집합적 개념인 '디지로그(Digilogue)'라는 신조어를 탄생시켜 인간과 기계의 공존을 알린 바 있다. 따라서 디지털 시대의 문학 콘텐츠란 젊은 세대가 거부할 수 없는 차원에서의 접근이 용이할 수도 있다.

근래 들어 문학계뿐 아니라 미술계에서도 두드러지게 나타나는 현상이 바로 디지털 기법을 이용한 전시형태이다. 전시공간에 활용되는 3D 입체 영상이나 홀로그램 등은 이미 사용된 지 오래다. 특히 고인이 된 건축가나 예술가들의 작품을 디지털화한 아카이브는 자주 접할 수 있다. 예전 같으면 활자로 인쇄된 것만을 책으로 알았고, 그림 역시 벽에 걸려 전시된 것만을 작품이라고 말했다. 그러나 영상에 익숙한 세대들에게 단지 무거운 책만을 권장하고 모든 예술품을 직접 본다는 의미만으로는 어필할 수 없는 시대가 되어버렸다. 모든 분야에서 시공을 초월한 디지털화가 진행되고 있으니 말이다.

1. 문학 원작으로 만들어진 게임의 특수성

2012년 네이버는 게임시나리오 공모인 'NHN 게임문학상'[1]을 제정했다. 이는 가장 고전적 장르인 문학과 게임이라는 초현대적인 장르의

---

1) 'NHN 게임문학상'은 국내 게임 산업의 경쟁력 향상과 문화 콘텐츠 발굴을 위해 2010년 처음 시작된 게임 시나리오 공모전이다. 더 확장된 의미로 '문학'이란 용어를 사용하며 독창성·창작성을 평가 요소로 두고 있다. 게임 시나리오는 전문적인 영역이다. NHN(Naver Hangame Namuge)은 대한민국 인터넷 서비스기업 네이버 주식회사의 이전 상호명이므로 2000년 네이버컴(주)가 한게임 커뮤니케이션을 인수합병 후 2001년 9월 엔에이치엔(주)로 사명을 변경하였다. 2013년 8월 1일 한게임 사업 부문을 인적 분할하여 NHN엔터테인먼트가 신설되었고 존속 회사 엔에이치엔(주)는 네이버 주식회사로 상호를 변경하였다.

만남이다. 이미 오래전부터 중국의 고전인 '삼국지', '수호지', '서유기' 등의 문학작품이 게임으로 만들어졌지만 최근에는 예전보다 훨씬 문학적인 시나리오와 기법으로 수준 높게 제작되고 있다. 많은 독자들이 청소년기에 이미 소설, 영화, 드라마로 접한 적 있는 이 작품들은 현재 환상적인 게임으로 만들어지고 있으며, 다른 문화콘텐츠와 만나 특별한 영역으로 자리매김했다는 것은 매우 놀랍고 흥미로운 일이다. 이처럼 유교문화권의 고전들이 시대를 아우르는 장르로 대중문화 속에서 재창조, 재발견되어 많은 디지털 세대들에게 상상력과 즐거움을 동시에 주고 있는 것이다.

만화와 애니메이션까지 문학의 범주에 포함시킨다면 전국진, 양재현 작가의 '열혈강호'[2]나 국내 판타지 소설의 큰 획을 그었던 이우혁 작가의 '퇴마록' 같은 작품을 들 수 있다. 전 세계에 게임 열풍을 몰고 왔던 미국의 '스타크래프트'나 '디아블로' 시리즈 경우는 놀랍게도 게임이 소설화되기도 했다. 그러나 우리나라에서 게임을 '산업'이라고 부르게 된 것은 그리 오래되지 않았다. 불과 15년 전만해도 한국에선 게임이 청소년 유해 대상으로 분류되었고, 당시 기성세대들의 우려로 다른 나라에 비해 게임 산업은 약 30년 정도 뒤진 게 사실이다.

필자의 기억에 1970년대를 떠올려보면 만화방에서 보낸 시간이 적지 않다. 새로운 만화가 출간될 때마다 용돈의 대부분은 신간 만화를 만나는 즐거움으로 소비되기도 했다. 그 만화 작품을 쓴 작가들은 이미 고인이 되고 없지만 당시의 만화는 지금 영화로 또는 애니메이션으로 만들어졌고, 마침내 게임으로 제작되기에 이른 것을 생각해보면 비약

---

2) 『열혈강호』시리즈는 신세대 무협물로 절대고수들이 펼치는 불꽃 튀는 대결이 흥미롭게 펼쳐지는 만화이다. 이 만화가 MMORPG(다중접속역할수행게임) 즉, 원작이 있는 온라인게임으로 만들어졌다.

적 발전이 아닐 수 없다. 그만큼 다양한 영상매체에 활용되고 있는 문학 원작들은 한층 더 수준 높고 깊이 있는 게임에 수용되고 있는 것이다. 이런 추세로 본다면 문학 작품을 바탕으로 한 다양한 콘텐츠 산업은 향후 지속적으로 활성화될 수 있을 거란 기대를 갖게 된다.

2016년 3월 9일 이세돌 9단이 구글 딥마인드의 바둑 인공지능(AI) '알파고(alpha-go)'와의 대국에서 네 번지고 한 번 이겼다. 첫 대국에 이어 3연패에 이르렀을 때, "인간이 만든 인공지능에 인간이 졌다"는 보도가 연일 토픽을 장식했지만, 네 번째 대국에서 이긴 것이다. 바둑을 잘 아는 사람들은 이세돌의 한 번 승리는 대단한 인간승리라고 말한다. 알파고를 개발한 구글 최고경영자 데미스 하사비스는 "알파고는 만들었지만 우리들은 기사가 아니기 때문에 뭐가 잘못됐는지 모른다"며 무엇이 문제인지 가르쳐줘서 고맙다는 인사와 함께 영국으로 돌아갔다. 그는 또한 "다음 과제는 인기 게임 '스타크래프트'다. 그것은 바둑과 같은 보드게임과는 다르다"며 강한 도전의식을 내비쳤다.

이번 알파고와 이세돌 9단의 대국을 통해서 바둑에 문외한인 필자도 가히 문화적 충격을 받은 게 사실이다. 실제 사람이 아닌 일명 디지털 바둑 로봇(AI)과의 대국을 이기기는 어렵다고 한다. 그럼에도 불구하고 그가 알파고를 이긴 것은 앞으로 인공지능이 얼마나 더 진화할지는 잘 모르겠으나 약간의 위안을 준 것만은 틀림없다.

2. 문학 원작 애니메이션의 서정성

이미 많은 독자와 관객층을 가지고 있는 국내작품으로는 황순원의

'소나기', 이효석의 '메밀꽃 필 무렵', 김유정의 '봄봄', 현진건의 '운수 좋은 날', 정채봉의 '오세암' 등 여러 작품들이 있다. 한국 단편소설의 백미라 불리는 작품들이 애니메이션으로 만들어져 영상미와 아날로그적 감성을 청소년 관객들에게 전달한다.

디지털이란 개념이 애니메이션이나 영화에 접목되면서 젊은 세대들이 알 수 없는 1920~30년대의 당시의 상황과 더불어 식민지 시대상을 그들의 시각으로 바라보고 해석할 수 있는 계기를 제공해주었다. 특히 묵직하면서도 따스한 영상미는 빠르고 격한 영상에 익숙한 세대들에게 또 다른 감성과 문학적 깊이를 접할 수 있게 했다는 차원에서 고무적이라고 할 수 있다. 그 외에도 많은 동화 원작 애니메이션 작품들이 우리나라 뿐 아니라 세계적으로 다양하게 만들어지고 있다. 그 대표적인 작품으로 〈열혈강호〉, 〈엄마 까투리〉, 〈왕후 심청〉, 〈별주부 해로〉, 〈구름빵〉 등이며 그 외에도 필자가 놓치는 다수가 있다.

3. 문학 원작 영화의 다양성

20세기 초 신문의 연재소설이 독자의 대중화에 기여했다면, 현재는 영화가 그 자리를 대신하고 있음을 부인할 수 없다. 또한 미디어와 도서의 경계가 모호해지고 있는 요즘 드라마는 소설로, 책은 영화로 만들어지는 경우가 다수 있다. 이것들은 관객이나 독자의 시각적·심리적 영역을 넘나들며 대중성과 상업성이라는 한계에도 불구하고 대중들에게 어필하고 있다. 필자의 생각으로는 영화보다 책이 상업적 논리에 훨씬 덜 좌우할 것으로 생각해왔으나 자본주의 시스템 하에서는 출판 역시 어쩔 수 없는 게 사실이다.

지난 몇 년 사이에 젊은 20대 작가들(귀여니, 백묘 등)의 인터넷 소설이 선풍을 끌었으나 최근에는 황석영의 『개밥바라기별』, 김훈의 『공무도하』, 정이현의 『너는 모른다』외에도 심지어 외국 작가 파울로 코엘료의 『승자는 혼자다』 등이 주목받고 있다. 이와 같이 대중의 입맛은 시시각각 변화하고, 그것에 어울리는 작품들이 시기별로 대두되고 있는 것이다.

해마다 영화평론가와 관객이 선정한 영화는 계속해서 갱신되고 있다. 따라서 독보적이고 영원한 장르는 존재하지 않는다. 그만큼 영화는 21세기 대중들에게 가장 쉽게 접근할 수 있는 문화 아이콘이자 그 소재의 폭이 무한대인 영역이다. 미디어와 문학의 경계가 점점 모호해져가고 있는 요즘, 다양성 속에서도 지켜야 하는 원칙 하나는 원작을 무시한 채 상업성에만 치우친 제작은 지양되어야 한다는 것이다.

1) 소설이 영화화된 작품의 예

① 우리나라 경우 : 우리들의 일그러진 영웅/ 서편제/ 도가니/ 은고/
　　　　　　　　　광해/ 밀양
② 외국 경우 : 벤자민 버튼의 시간은 거꾸로 간다/ 오페라의 유령/
　　　　　　　양철북

2) 영화가 소설화된 작품의 예

① 우리나라 경우 : 로맨스가 필요해/ 응답하라 1997/ 아이리스/ 7
　　　　　　　　　번방의 선물
② 외국 경우 : 죽은 시인의 사회

3) 소설이 영화, 연극, 애니메이션으로 된 예

① 이정명, 『뿌리 깊은 나무』 → 연극 〈누가 왕의 학사를 죽였는가〉
   → TV 드라마 〈뿌리 깊은 나무〉
② 황조윤, 『광해』 → 영화 〈광해〉 → 연극 〈광해〉
③ 황석영 『삼포 가는 길』 → TV 드라마 〈삼포 가는 길〉
④ 조엔 롤링, 『해리포터』 → 영화
⑤ C.S 루이저, 『나니아 연대기』 → 3D 영화
⑥ 톨킨, 『반지의 제왕』 → 영화
⑦ 판타지 문학의 거장 다이애나 윈 존스의 『하울의 움직이는 성』 →
   미야자키 하야오 감독의 애니메이션
⑧ 루리료 헤이, 『우동 한 그릇』 → 영화

이 외에도 다수의 작품들이 있으며, 앞으로도 계속 이어질 전망이다.

4. 문학이 미친 가상현실과 사이버 공간의 성립

최근 10년간 문학은 그 어느 때와도 비교할 수 없을 정도로 급격한 양식의 변화를 겪고 있다. 이러한 문학 양식의 변화는 컴퓨터의 확산으로 인한 글쓰기 수단의 변화와 가상현실을 상정하는 사이버 공간의 성립이라는 두 측면이 문학에 미친 영향과 직결되어 있다. 특히 20대 시인들의 가상공간상에서 이루어지는 문학의 새로운 표현은 하이퍼텍스트 시스템을 기반으로 하고 있다는 점에서 주목해 볼 필요가 있다.

사실상 의사소통과 정보 전달의 매체가 아날로그 시대로부터 디지털화 시대로 변화하면서 나타나는 중요한 특징 중 하나는 문자 중심에서 소리와 영상이 결부된 다매체적 전달로 변화된 점이다. 모든 기술이 여기까지 오면서 사이버 공간상에서 문학은 정지 화상과 동영상, 음향의 요소가 결합하는 양상으로 변화했다.

1) 소설의 경우: 멀티 픽션(콘텐츠 안에 다양한 요소 첨가)

2) 시 경우: 그래픽스(기존 텍스트 위주의 시를 탈피 그림, 그래픽, 사운드를 결합)

영화는 움직이는 영상 및 그 기술로 어떤 사실이나 극적 내용을 연속 촬영한 필름에 담아 영상으로 보여줌으로써 감동을 주는 장르이다. 1970~80년대는 소설이 원작인 작품이 TV드라마로 제작된 경우가 많았다. 그러나 2000년대 이후엔 영화로 만들어지는 경우가 더 많은 비중을 차지한다. 박상연의 『공동경비구역 JSA』(2000), 이문열의 『우리들의 일그러진 영웅』(1992), 이청준의 『서편제』(1993), 『밀양』(2007), 박범신의 『은교』(2012) 등 다수의 작품이 있다. 특히 영화 『은교』에서는 열일곱 살 싱그러운 소녀와 노시인의 심리세계 그리고 제자와의 갈등으로 빚어지는 인간의 질투와 욕망을 다루고 있으며 작품 속에 여러 편의 시가 삽입되어 있다.

또 하나는 작가가 직접 작품을 영화 시나리오로 각색하는 방식으로, 소설과 시나리오를 함께 작업해 콘텐츠의 완성도를 한층 높이는 영상 소설이 있다. 이는 소설가도 단순히 원작을 제공하는 것에 그치는 것이 아니라 영화 기획 단계부터 영화인 자격으로 함께 참여하게 된다. 작품으로는 김훈의 『칼의 노래』와 『공무도하』, 신경숙의 『엄마를 부탁해』, 박민규의 『죽은 왕녀를 위한 파반느』, 김애란의 『두근두근 내 인생』,

김숨의『국수』등이 있다. 시 분야에서는 디지털과 문학을 접목시킨 하상욱의 단편시집『서울시』나 인간을 대신한 로봇이 등장하는 박민규의 소설『로드킬』등이 같은 맥락의 시도라 볼 수 있다.

디지털 시대에 문학이 미친 가상현실과 사이버 공간의 영역은 매우 광범위해졌다. 그에 따라 다양한 콘텐츠 산업의 육성은 필요하다고 본다. 하지만 투자할 가치가 있는 부분과 아닌 부분은 구분되어야 할 것이다. 그저 돈이 된다는 이유와 그렇지 못하다는 이유만으로 분류하는 것은 지나친 경제논리만을 생각한 처사이다. 실질적인 수요와 공급의 비율을 맞춘다는 것은 어쩌면 세대별로 요구되는 장르의 확대가 요구돼야 함을 의미하는 것이기도 하다. 따라서 미래의 모든 기술이 디지털화 되고 인공지능화 하는 시점에서 문학이 일상 속의 진정한 놀이가 되고 그것이 곧 자신을 지탱해줄 수 있는 힘이 된다면, 문학이 나아가야 할 방향을 설정하는 일은 매우 숨 가쁜 작업인 것이다.

노동과 놀이의 경계

초판 1쇄 인쇄일	2016년 8월 9일
초판 1쇄 발행일	2016년 8월 10일

지은이	임영선
펴낸이	정진이
편집장	김효은
편집/디자인	김진솔 우정민 박재원
마케팅	정찬용 정구형
영업관리	한선희 이선건 최인호
책임편집	우정민
펴낸곳	국학자료원 새미 (주)
	등록일 2005 03 15 제25100-2005-000008호
	서울특별시 강동구 성안로 13 (성내동, 현영빌딩 2층)
	Tel 442-4623 Fax 6499-3082
	www.kookhak.co.kr
	kookhak2001@hanmail.net

ISBN	979-11-87488-05-7 *03810
가격	16,000원